CLAUDIA ROSSBACHER

Steirerwahn

CLAUDIA ROSSBACHER

Steirerwahn

SANDRA MOHRS ZWÖLFTER FALL

GMEINER

Immer informiert

Spannung pur – mit unserem Newsletter informieren wir Sie regelmäßig über Wissenswertes aus unserer Bücherwelt.

Gefällt mir!

Facebook: @Gmeiner.Verlag
Instagram: @gmeinerverlag
Twitter: @GmeinerVerlag

MIX
Papier aus verantwortungsvollen Quellen
FSC® C014496

Besuchen Sie uns im Internet:
www.gmeiner-verlag.de

Im Ehnried 5, 88605 Meßkirch
Telefon 07575/2095-0
info@gmeiner-verlag.de

1. Auflage 2022

Lektorat: Claudia Senghaas, Kirchardt
Herstellung: Mirjam Hecht
Umschlaggestaltung: U.O.R.G. Lutz Eberle, Stuttgart
unter Verwendung eines Fotos von: © Hannes Rossbacher
Druck: GGP Media GmbH, Pößneck
Printed in Germany
ISBN 978-3-8392-0198-5

Handlung und Personen sind frei erfunden. Ähnlichkeiten mit lebenden oder toten Personen sind rein zufällig und nicht beabsichtigt.

Ein Glossar der steirischen beziehungsweise österreichischen Ausdrücke und Abkürzungen befindet sich am Ende des Buchs.

#sandramohrlebt

VORWORT DER AUTORIN

Liebe Leserinnen und Leser!

Mit *Steirerwahn* ist das Steirerkrimi-Dutzend komplett, die beliebte Reihe um die LKA-Ermittler Sandra Mohr und Sascha Bergmann aber noch nicht zu Ende erzählt.

Dass in einem Steirerkrimi-TV-Film ausgerechnet die Protagonistin den *Steirertod* sterben musste, ist dem Ausstieg der Schauspielerin Miriam Stein aus der steirischen Landkrimi-Reihe geschuldet. Seither ermittelt Chefinspektor Sascha Bergmann im Fernsehen mit seiner neuen Kollegin Anni weiter. Aufmerksamen Leser*innen meiner Steirerkrimis wird sie vielleicht aus dem einen oder anderen Buch bekannt vorkommen, wenngleich sie sich dort bislang im Hintergrund gehalten hat. Im vorliegenden *Steirerwahn* ist Anna Thaler präsenter, dennoch ermitteln Sandra Mohr und Sascha Bergmann wie gewohnt an vorderster Front, diesmal auf der Steirischen Apfelstraße. Dazu tritt ihre neue Chefin, Nicole Herbst, den Dienst an und sorgt nicht nur in der Landespolizeidirektion Steiermark für frischen Wind. Aber lesen Sie selbst.

Ich wünsche Ihnen spannende Stunden!

Herzlich
Ihre Claudia Rossbacher

Schloss Kainberg, im Dezember 2021

KAPITEL 1

Montag, 14. November

1.

Landespolizeidirektion Steiermark, Straßganger Straße, Graz

Der Landespolizeidirektor nickte wohlwollend, als er seiner neuen Stellvertreterin den Blumenstrauß überreichte, den er zu ihrem offiziellen Dienstantritt besorgen hatte lassen.

Nicole Herbst bedankte sich mit einem flüchtigen Lächeln bei ihm. Woher hätte Generalmajor Stickler auch wissen sollen, dass sie Schnittblumen nicht mochte?

Sascha Bergmann wusste es. Wie die anderen Abteilungsleiter des Landeskriminalamtes Steiermark hatte sich auch der Chefinspektor der Mordgruppe an diesem Morgen zum Amtsantritt der Vorgesetzten im Besprechungsraum eingefunden. Mit verschränkten Armen stand Bergmann im hintersten Winkel, bemüht, seinen Frust zu verbergen. Dass der Leiter der Tatortgruppe durch Abwesenheit glänzte, fiel ihm erst jetzt auf. Der Glückspilz. Wie gern hätte er dieses Meeting ebenfalls ausgelassen. So aber blieb ihm gar nichts anderes übrig, als, wenn schon keine gute, dann zumindest neutrale Miene zum bösen Spiel zu machen.

Während die frisch gebackene Vize-Landespolizeidirektorin ihre Begrüßungsworte an die Führungsriege des LKA Steiermark richtete, schweifte Bergmann gedanklich weiter ab. Wäre Nicole Herbst ein Mann gewesen, hätte der Generalmajor sie allerhöchstens mit einem feuchten Händedruck begrüßt, vermutete er. So aber zeigte sich Stickler von seiner charmantesten Seite. Eine Seite, die Bergmann bisher nicht gekannt hatte. Umso vertrauter war ihm die neue Chefin.

Die Erinnerung an die gemeinsame Vergangenheit bei der Wiener Kriminalpolizei löste Magengrimmen bei ihm aus. Seine Zukunft versprach kaum, rosiger zu werden.

Warum musste ausgerechnet Nicki diesen Posten bekommen, für den er sich ebenfalls beworben hatte? Niemand hätte ihn mehr verdient als er, war Bergmann überzeugt. Wo er doch seit über einem Jahrzehnt die Abteilung Leib und Leben in Graz leitete, während die Kriminalpsychologin bis zuletzt für den Assistenzdienst Analyse im fernen Wien verantwortlich gezeichnet hatte. Der Chefinspektor hatte sich realistische Chancen für seine Beförderung ausgerechnet. Immerhin hatte ihm der Generalmajor höchstpersönlich zur Bewerbung geraten. Am Ende des Tages war die Entscheidung dann aber doch gegen ihn ausgefallen. Zugunsten von Nicki, die seit jeher ein ausgeprägtes Gespür dafür besaß, wer sie auf der Karriereleiter weiterbringen konnte und wer nicht. Offenbar verfügte die Fallanalytikerin über die bessere Seilschaft. Was in Österreich bekanntermaßen kein unwesentlicher Faktor für die Vergabe von Ämtern war. Zweifellos hatte der neuen Chefin auch ihr Geschlecht in die Karten gespielt. In letzter Zeit wurden Frauen bei der Besetzung von Führungspositionen im öffentlichen Dienst merklich bevorzugt. Nun war die sogenannte Gleichbehandlung also auch in der Landespolizeidirektion Steiermark angekommen. Ausgerechnet jetzt. Und ausgerechnet er hatte das Nachsehen. Dumm gelaufen. Der Applaus der Kollegen ließ ihn aufmerken.

»Vielen Dank! Aber nun genug der schönen Worte. Das Buffet ist eröffnet. Greift zu und lasst es euch schmecken!« Nicole Herbst wies zum Sideboard mit den *Frankowitsch*-Brötchen, die sie zu ihrem Einstand spendiert hatte.

Fiel das nicht unter Anfüttern? Noch dazu auf Kosten der Steuerzahler? Bergmann war der Appetit vergangen.

Aus der Ferne musterte er die große, schlanke Frau von unten bis oben. Ihre brünetten Haare trug sie kürzer als in jüngeren Jahren. Die Locken reichten nur mehr bis zu den athletischen Schultern der einstmals erfolgreichen Wettkampfschwimmerin. Ihre blauen Augen wirkten wach wie eh und je. Außer einigen Fältchen, die ihm vorhin bei der Begrüßung von Angesicht zu Angesicht aufgefallen waren, hatte sie sich kaum verändert. Zweifellos hätte er sie noch immer äußerst attraktiv gefunden, wenn, ja wenn sie nicht …

Das Vibrieren des Handys in seiner Sakkotasche holte Bergmann von seinem Gedankenkarussell herunter. Vom Display las er ab, dass Sandra Mohr anrief. Es musste dringend sein, sonst würde ihn die Abteilungsinspektorin bestimmt nicht in diesem Meeting stören. Ihm war das nur recht. Hoffentlich erlöste ihn ihr Anruf von dieser Tortur. Jeder hier wusste, dass er den Kürzeren gezogen hatte. Gegen eine Quotenfrau. Und er stand als Verlierer da.

Bergmann trat näher an das hinterste Fenster im Raum heran und wandte sich ab, um den Anruf entgegenzunehmen. Während er lauschte, was ihm Sandra zu berichten hatte, blickte er auf den Parkplatz hinunter. Das kalte, trübe Nieselwetter passte zu seiner Laune.

»Verstanden. Warte unten im Wagen auf mich, Sandra. Ich bin schon unterwegs«, sprach er leise, hinter vorgehaltener Hand in sein Smartphone. Jetzt war ihm auch klar, warum der Leiter der Tatortgruppe zur offiziellen Begrüßung der neuen Chefin nicht erschienen war. Jörg Schöffmann war mit seinem Team bereits zum Einsatzort aufgebrochen.

Bergmann trennte die Verbindung und stahl sich an den Kollegen vorbei, die sich gut gelaunt Kaffee, Tee, Wasser oder Orangensaft einschenkten und Brötchen mampften.

»Willst du uns schon verlassen, Sascha?«, sprach ihn Nicole an, als er die Tür beinahe erreicht hatte.

Ertappt wie ein Schulbub fror der Chefinspektor in der Bewegung ein. Die Gespräche um ihn herum verstummten. Er wandte sich um. »Dringender Einsatz«, meinte er knapp. »Lasst euch nicht stören.«

Alle Augen waren auf ihn gerichtet, als wäre er der Spielverderber, der es nur darauf anlegte, die gesellige Frühstücksrunde zu sprengen.

»Sag bloß, ein Mord zu meinem Empfang«, zeigte sich Nicole Herbst wenig begeistert. Ihre eisblauen Augen schienen ihn durchdringen zu wollen. Wie früher, wenn er etwas von sich gab oder tat, was ihr nicht passte. Als hätte er ihr zu Fleiß ein Tötungsdelikt beauftragt oder dieses sogar selbst begangen.

»Hast du dir von mir etwas anderes erwartet?«, konterte Bergmann süffisant.

Augenblicklich wurde ihr Husky-Blick noch stechender. Gleich würde sie zubeißen. Wenn auch nur im übertragenen Sinn. Was manchmal sogar schlimmer war.

»Wie wär's mit Details, *Herr Chefinspektor*?« Den herablassenden Tonfall hatte sie noch immer drauf.

»Wüsste ich Näheres, würde ich dir berichten«, entgegnete Bergmann. »Um es herauszufinden, müsste ich mich zuerst aber an den Tatort begeben.« Er wandte sich zum Gehen.

»Meeting morgen früh um 8 Uhr, Sascha! Same time, same station! Du trommelst das Team zusammen!«, rief Nicki ihm hinterher.

Bergmann seufzte. Das konnte ja heiter werden. Mit erhobenem Arm verließ er den Besprechungsraum.

2.

»Da bist du ja«, begrüßte Sandra Mohr den Chefinspektor und schaltete das Autoradio aus.

Wie gewöhnlich ließ sich Bergmann neben ihr auf den Beifahrersitz des zivilen Dienstwagens fallen.

Den Kaffeebecher, den der Koffeinjunkie üblicherweise mithatte, vermisste Sandra an diesem Morgen. Überhaupt schien seine Laune nicht die allerbeste zu sein. Dabei war sie sonst der Morgenmuffel, und nicht er. »Gar kein Kaffee heute? Was ist los mit dir?«, erkundigte sie sich.

»Gar nichts ist los mit mir. Den Kaffeebecher habe ich im Büro stehenlassen, als ich mir meine Jacke geholt habe«, knurrte Bergmann und legte den Gurt an.

Eine Jacke war an diesem Morgen auch bitter nötig. In der Nacht hatte es empfindlich abgekühlt. Momentan nieselte es aus wolkenverhangenem Himmel bei frischen drei Grad Celsius. Dabei versprach die Wettervorhersage, die Sandra gerade im Radio gehört hatte, Sonnenschein und deutlich wärmere Temperaturen spätestens zu Mittag.

»Sauwetter«, schimpfte ihr Beifahrer und klemmte seine Hände unter den Achseln ein.

Seit wann war Bergmann so empfindlich? Normalerweise beschwerte er sich höchstens über das Wetter, wenn es schneite. Sandra startete den Motor, womit auch die Heizung ansprang. »Gleich wird es wärmer«, versprach sie ihm und wandte sich um, um auf dem Parkplatz zurückzusetzen.

Bergmann drehte das Gebläse voll auf.

»Und, wie war's?« Sandra legte den Vorwärtsgang ein. Der Scheibenwischer schaltete sich automatisch ein, als sie losfuhr.

»Was meinst du?«

»Na, das Meeting. Wie ist sie so, unsere neue Chefin?«, wollte Sandra wissen.

Bergmann zuckte beiläufig mit den Schultern, als ginge ihn die Neubesetzung in der Chefetage nichts an. Dabei würde die Mordgruppe mit der Fallanalytikerin, die nunmehr zur Vize-Landespolizeidirektorin für den Geschäftsbereich Strategie und Einsatz aufgestiegen war, häufiger zu tun haben.

Sandra nickte dem Portier am Schranken zu. »Macht Frau Herbst einen kompetenten Eindruck auf dich?«, ließ sie nicht locker.

Der Chefinspektor blickte stur geradeaus.

Sandra bremste den silberfarbenen Skoda hinter dem Schranken ab und setzte den Blinker, um stadtauswärts in die Straßganger Straße abzubiegen, sobald sich zwischen den heranbrausenden Fahrzeugen eine Lücke auftat.

Auf der Gegenfahrbahn wälzten sich die Fahrzeuge höchstens im Schritttempo stadteinwärts. Wie nahezu täglich in den Morgenstunden. Dafür staute es sich von nachmittags bis abends stadtauswärts. Die Straßen der zweitgrößten Stadt Österreichs waren dem Verkehrsaufkommen längst nicht mehr gewachsen. Dabei durfte Sandra mit dem Einsatzfahrzeug auch die Busspuren befahren, während sich der Individualverkehr meist auf einer Spur wie durch ein Nadelöhr zwängen musste. Ein zeitgemäßes oder gar zukunftstaugliches Verkehrskonzept war im Großraum Graz überfällig. Jahrelang hatte man ausgiebig über den Ausbau des Straßenbahn- und S-Bahnnetzes, über die Errichtung einer Gondelbahn entlang der Mur beziehungsweise einer Mini-Metro und andere Maßnahmen diskutiert, um den öffentlichen Verkehr auszubauen und den Pendlerverkehr aus dem Grazer Umland anzubinden. Aber kaum etwas war geschehen. Derweil wuchsen ständig neue Wohnblocks immer dichter aneinandergereiht in die Höhe, die weniger wohnungsbedürftigen Mietern als wohlhabenden Anlegern dienten. Der Bauboom ließ Mieten und Kaufpreise weiter ansteigen und machte sie für viele zunehmend unerschwinglich. Dem Langzeit-Bürgermeister der Murmetropole waren nicht zuletzt diese Entwicklungen zum Verhängnis geworden. Bei der letzten Gemeinderatswahl hatten ihn die Grazerinnen und Grazer abgewählt und der volksnahen Frontfrau der linkslinken Partei, die unter anderem für leistbares Wohnen einstand, das Vertrauen ausgesprochen. In vielen Fällen nicht weil, sondern trotzdem sie Kommunistin war. Auch am Land schossen Wohnhäuser, Gewerbeparks, Einkaufshäuser und Supermärkte samt dazugehörigen Parkplätzen wie die sprichwörtlichen Schwammerl aus ehemals fruchtbaren Ackerböden und Grünflächen. In Sachen Bodenversiegelung war Österreich europaweiter Spitzenreiter. Im Bundesländervergleich wurde nirgendwo mehr Fläche verbraucht als in der Steiermark. Ausgerechnet im »Grünen Herzen Österreichs« war die Bodenversiegelung, die unter anderem zu lokalen Hitzeinseln und Überschwemmungen führte, in den vergangenen Jahren am stärksten angestiegen. Sandra bedankte sich mit einem Handzeichen beim Fahrer des weißen Mercedes, der angehalten hatte, damit sie sich in der Kolonne einreihen konnte. »Fesch ist sie, unsere neue Chefin. Findest du nicht?«, kehrte sie zum eigentlichen Thema zurück.

»Hm«, brummte Bergmann.

Dass Nicole Herbst attraktiv war, wusste Sandra aus der aktuellen Ausgabe des Polizei-Fachmagazins *Blaulicht*, das der designierten steiermärkischen Vize-Landespolizeidirektorin einen ausführlichen Bericht widmete. In Bergmanns Beuteschema passte die große, schlanke Frau allemal. Ob es der alte Schürzenjäger wagen würde, seine neue Vorgesetzte anzubraten? Zuzutrauen war es ihm. Wenn er seine Niederlage erst einmal verdaut hatte. Was ihm offenbar schwerer fiel, als Sandra angenommen hatte. Ob seine Verstimmung deshalb so heftig ausfiel, weil die neue Chefin eine Frau war? An der roten Ampel bremste sie den Wagen ab. »Du wirst es mit der Zeit schon verschmerzen, dass sie diese Stelle bekommen hat und nicht du. Deine Beförderung kommt ganz bestimmt noch. Mit 48 bist du ja noch relativ jung. Für einen Mann«, schränkte sie ein. Frauen in seinem Alter zählten meist schon zum alten Eisen. Umso erfreulicher war es, dass es die Mittvierzigerin an die Spitze der Landespolizeidirektion geschafft hatte. Ein erster Schritt in die richtige Richtung, fand Sandra. Aber das wollte Bergmann jetzt ganz bestimmt nicht von ihr hören.

Ihr Beifahrer schwieg sich weiterhin aus, gedankenverloren geradeaus blickend, als die Ampel auf Grün sprang.

Sandra stieg aufs Gaspedal. »Als du mir damals vor die Nase gesetzt worden bist, habe ich mich auch damit abfinden müssen«, redete sie weiter auf ihn ein. Ausgerechnet ein bornierter Wiener, dem es das größte Vergnügen bereitete, sie mit seinen sexistischen Sprüchen zur Weißglut zu treiben. Mit den Jahren waren diese zwar moderater und seltener geworden, ganz abzugewöhnen waren sie ihm aber nicht. Dennoch wusste Sandra den Chefinspektor inzwischen zu schätzen. Schließlich kannte sie längst auch seine guten Seiten. Und beruflich waren sie von Anfang an ein erfolgreiches Team gewesen. Gerade, weil sie so unterschiedlich waren und sich entsprechend gut ergänzten.

»Du hast damals keinen Hehl daraus gemacht, dass dir jeder andere Boss lieber gewesen wäre als ich«, konterte Bergmann zerknirscht.

Immerhin reagierte er endlich. »Die Vorgesetzten kann

man sich halt nicht aussuchen«, entgegnete Sandra. Ebenso wenig wie die Familie. Wer wusste das besser als sie, die mit einem gewalttätigen Halbbruder und einer lieblosen Mutter aufgewachsen war? An der nächsten Kreuzung musste sie erneut anhalten und blickte zu ihrem Beifahrer hinüber. Beinahe hätte er ihr leidgetan. So niedergeschlagen wie heute hatte sie Bergmann selten erlebt. Wenngleich sein aktueller Zustand nicht mit jenem zu vergleichen war, als er erfahren hatte, dass er gar nicht der leibliche Vater seiner Tochter war. Damals hatte er in Sandras Gegenwart sogar Tränen vergossen und sich schließlich einem Psychotherapeuten anvertraut, um seine unkontrollierten Gefühlsausbrüche in den Griff zu bekommen. War das wirklich schon elf Jahre her? »Falls es dich tröstet, Sascha: Ich bin froh, dass du mir als Partner erhalten bleibst«, versuchte Sandra, ihn aufzumuntern. Seit sie wegen einer Sepsis um sein Leben hatte bangen müssen, schätzte sie ihn umso mehr. Außerdem kam selten etwas Besseres nach.

Mit einer hochgezogenen Augenbraue wandte Bergmann sich ihr zu. »Ist das dein Ernst?«

Sandra nickte lächelnd und blickte wieder zur Ampel.

»Das freut mich aber sehr, *Liebling*«, bekam sie von ihrem Beifahrer zu hören.

Augenblicklich bereute sie ihre letzte Aussage. Bergmann wusste ganz genau, wie sehr sie diesen Kosenamen verabscheute. Genau deshalb piesackte er sie just immer im falschen Moment damit. Wobei es genau genommen keinen richtigen Zeitpunkt dafür gab. »Du solltest künftig besser auf deine Wortwahl achten, Sascha«, schnauzte sie ihn an. »Wo wir doch jetzt eine Chef*in* haben.«

Bergmann verging das Grinsen. »Dann erzähl mir mal, was du über den Leichenfund von heute Morgen weißt«, wechselte er das Thema.

Sandra gab Gas, als der schwarze Volvo vor ihr losfuhr. Und wieder setzte der Intervallscheibenwischer ein. »Ich weiß nicht mehr, als ich dir schon am Telefon berichtet habe.« Die letzte Tankstelle vor der Autobahnauffahrt lag unmittelbar vor ihnen. Ein kurzer Blick aufs Armaturenbrett bestätigte ihr, dass der Tank fast voll war. Der Treibstoff würde auf alle Fälle auch für die Rückfahrt reichen.

»Ich war vorhin abgelenkt. Erzähl es mir noch einmal«, sagte Bergmann.

»Na schön: Heute Morgen gegen 7.30 Uhr wurde eine männliche Leiche in Puch bei Weiz aufgefunden«, fuhr sie fort.

»Puch wie das Fahrrad?«, fragte Bergmann nach.

»Und wie alle anderen Fahrzeuge aus den *Puch*-Werken. Nur dass die mit dem gleichnamigen Ort im oststeirischen Hügelland überhaupt nichts zu tun haben.«

»Ich kenne das Kaff sowieso nicht.«

Das hatte Sandra auch nicht angenommen. Zwar kannte sich der zugereiste Wiener mittlerweile in Graz einigermaßen aus, ansonsten vertraute er lieber auf ihre Ortskenntnisse. Womit der miserabelste Autofahrer, den sie kannte, ohnehin besser fuhr. »Puch bei Weiz ist auch als das ›Apfeldorf‹ bekannt.«

»Was zum Teufel ist ein Apfeldorf?«

»Der Ort liegt im Zentrum der Steirischen Apfelstraße«, erklärte ihm Sandra. »Puch ist die größte Obstbaugemeinde Österreichs, in der vorwiegend Äpfel angebaut werden.«

»Frisch, saftig, steirisch«, zitierte Bergmann den Werbeslogan des Leitprodukts aus dem Apfelland.

»Jetzt bin ich aber baff«, sagte Sandra.

»Gell, da schaust? Wie ist das Opfer denn zu Tode gekommen?«, kehrte er zum Mordfall zurück.

»Die Todesursache ist noch unklar. Die Kollegen von der Polizeiinspektion Anger gehen davon aus, dass der Mann entweder erdrosselt worden oder an einem Fremdkörper erstickt ist, der sich in seiner Mundhöhle befunden hat. Beides kommt offenbar in Betracht.«

»Dann wollte der Täter wohl auf Nummer sicher gehen«, meinte Bergmann.

»Übertötung, meinst du?« Eine solche lag vor, wenn der Angreifer wesentlich mehr Gewalt aufwendete, als für eine Tötung nötig gewesen wäre. Meist geschah dies aus besonderer Wut oder Leidenschaft. »Das würde dann für eine Beziehungstat sprechen«, sagte Sandra.

»Was für ein Fremdkörper war in seinem Mund?«

»Ein Ball oder eine Kugel. So genau konnte Lubensky es nicht sagen.«

Bergmann kratzte sich am unrasierten Kinn, während er überlegte. »Was denn für eine Kugel? Eine Liebeskugel?«

Sandra rollte mit den Augen. Sie hätte wetten können, dass dem Chefinspektor zu allererst wieder ein sexistischer Kommentar einfallen würde. »Der Gegenstand ist größer als eine Liebeskugel«, blieb sie sachlich. »Laut Lubensky hat er die Größe einer Billardkugel. Und eine dunkle Farbe.«

»Dunkel ist keine Farbe.«

»Braun, grau, schwarz – was weiß ich? Das werden wir dann schon sehen.«

»Spontan fällt mir zu einer dunklen Billardkugel die schwarze Acht ein.« Bergmann streckte seinen Arm aus, um das Gebläse der Klimaanlage kleiner zu drehen.

Sandra folgte dem Schild, das zur Autobahn wies. »Von einer Ziffer hat Lubensky nichts erwähnt«, erinnerte sie sich an die Worte des Anrufers aus der Landesleitzentrale. »Es könnte sich genauso gut um einen Ball handeln. Einen Schlagball zum Beispiel.«

»Oder um einen Faszienball, wie ich ihn bei meinem letzten Ischias verpasst bekommen habe«, spekulierte Bergmann weiter.

»Im Mund nützt der aber nichts«, zog Sandra ihn auf.

»Wenn der Ball das Opfer zum Schweigen bringen sollte, schon.« Bergmann setzte seine Lesebrille auf und griff zu seinem Smartphone.

»Um seine Hilfeschreie zu ersticken, meinst du?« Warum nicht? Sandra nahm die Autobahnauffahrt, während ihr Beifahrer auf seinem Handy herumwischte.

»Die schwarze Billardkugel hat auch eine symbolische Bedeutung«, meldete sich Bergmann nach einer Weile wieder zu Wort.

Warum versteifte er sich ausgerechnet auf eine schwarze Billardkugel? »Und zwar welche?«

»Last man standing.«

»Was soll das schon wieder heißen?«, fragte Sandra brüskiert. Ein weiterer sexistischer Kommentar aus seinem Mund?

»Der letzte stehende Mann«, übersetzte Bergmann wortwörtlich, was Sandra ohnehin verstanden hatte. »So wird die schwarze Kugel bei der gleichnamigen Variante des Poolbillards auch genannt«, erklärte er ihr. »Beim 8-Ball muss die schwarze Kugel als letzte nach allen bunten in die angesagte Tasche fallen. Wer sie vorzeitig oder in einer anderen Tasche versenkt, hat das Spiel verloren.«

»Die schwarze Acht entscheidet am Ende also über Sieg oder Niederlage.« Sandra wechselte zügig die Spur.

Bergmann brummte zustimmend, während er wieder auf sein Handy blickte. »Außerdem ist der 8-Ball ein beliebtes Tattoo-Motiv in der Rocker- und Rockabilly-Szene«, rezitierte er, was das Internet auf die Schnelle hergab. »Es steht für Risikobereitschaft, aber auch für Berechnung. Nichts wird dem Zufall überlassen, jeder Schritt geplant. Der Träger einer solchen Tätowierung gilt gemeinhin als besonders harter Kerl, der sich am Ende durchsetzt. Der 8-Ball gilt aber auch als Unglückssymbol.«

»Seltsam«, murmelte Sandra, die Augen auf den Verkehr gerichtet.

»Was findest du daran seltsam?« Bergmann sah sie über seine Lesebrille hinweg an.

»In China ist die Ziffer acht eine Glückszahl«, erklärte Sandra.

»Ist das Opfer ein Chinese?«

Sandra verneinte. »Ein einheimischer Apfelbauer.«

»Vielleicht waren ja Drogen im Spiel«, meinte Bergmann, den Blick auf sein Smartphone geheftet.

»Wie kommst du darauf?«

»Ein 8-Ball-Tattoo kann auch auf eine Verbindung zu Drogen hinweisen«, referierte Bergmann weiter.

»Und wenn du dich mit dieser Billardkugel verrennst? Wir wissen doch noch gar nicht, ob …«

»Darf ich trotzdem weiterrecherchieren?«, unterbrach Bergmann sie unwirsch.

Sandra beschleunigte auf Tempo 100. Mehr erlaubte die IG-L-Beschränkung auf diesem Autobahnabschnitt zurzeit nicht. Wenngleich sie im Einsatz waren, hatten sie es nicht besonders eilig. Tot war tot, wie Bergmann zu sagen pflegte. Ob sie fünf Minuten früher oder später am Tatort eintrafen, machte keinen allzu großen Unterschied. Also ging Sandra mit gutem Beispiel voran und hielt sich an die vorgeschriebene Höchstgeschwindigkeit, die mithelfen sollte, die Feinstaubbelastung zu verringern. Dafür legte der Scheibenwischer einen Zahn zu, wann immer die Gischt der Fahrzeuge vor ihnen die Windschutzscheibe traf. »Wieso Drogen?«, griff sie die letzte Theorie des Chefinspektors wieder auf.

»Der achte Buchstabe im Alphabet ist das H.« Er sprach den Buchstaben noch einmal Englisch aus. »Das steht für Heroin oder Haschisch. Es gibt auch eine englische Phrase: ›behind the eight ball‹. Soll heißen, dass man in einer schwierigen Situation steckt oder im Nachteil ist. Aber du hast recht. Wir wissen noch gar nicht, um welche Kugel es sich handelt.« Bergmann ließ von seinem Handy ab.

Sandra zuckte mit den Schultern. »Falls es sich doch um eine Billardkugel handeln sollte, hätte ich eine weitaus einfachere Theorie anzubieten.«

»Ach, auf einmal?«, fragte Bergmann gereizt.

Sandra überging seinen Unmut. »Das Opfer könnte beim Billardspielen gewonnen haben. Und der Täter war ein schlechter Verlierer.«

»Mord aus Unsportlichkeit?« Jetzt zweifelte der Chefinspektor ihre Theorie an.

»Vielleicht ist es um Geld gegangen. Es ist doch schon öfter vorgekommen, dass jemand Haus und Hof verspielt.«

»Beim Billard?«

»Warum nicht?«

»Dann müssten wir nach Billardspielern im Umfeld des Opfers Ausschau halten. Meinst du wirklich, dass dieser Fall so einfach zu lösen ist?«

»Einfache Lösungen müssen nicht unbedingt falsch sein.«

»Wir werden ja sehen.«

»Mir ist gerade eine alte Bekannte eingefallen.« Sandra setzte den Blinker, um sich nach dem Überholmanöver auf der rechten Spur einzureihen und beim Knoten Graz West auf die A2 aufzufahren.

»Ist deine alte Bekannte Billardspielerin?«

Sandra verneinte. »Eine fanatische Esoterikerin. Sybille wollte mir vor einigen Jahren eine Schungitkugel andrehen.«

»Eine was?«

»Eine Kugel aus schwarzem Stein, die gegen Elektrosmog und andere negative Energien schützen soll.«

»Was für ein Schmafu.«

Das dachte Sandra auch, dennoch erzählte sie weiter. »Sybille wollte mir weismachen, dass diese Kugel negative linksdrehende in rechtsdrehende Energie umwandelt, womit die Strahlung den menschlichen Organismus nicht mehr belasten würde. Oder war es umgekehrt?« Sandra hatte den Kontakt zu Sybille abgebrochen, nachdem sie ihr auch noch mit kruden Verschwörungstheorien auf die Nerven gegangen war. Wahrscheinlich glaubte sie auch, dass 5G-Handymasten das Corona-Virus aktivierten und mit den Covid-Impfungen Chips implantiert wurden, wohinter freilich nur Bill Gates stecken konnte, der die Kontrolle über die Menschheit erlangen wollte.

»Und woher weiß diese Kugel, wo links und wo rechts ist?«, machte sich Bergmann lustig.

»Keine Ahnung. Aber Milchsäuren drehen sich ja auch nach rechts beziehungsweise links, ohne die richtige Richtung zu kennen.«

Bergmann lachte auf. »Nicht alles, was hinkt, ist ein Vergleich.«

Sandra musste über seinen Spruch schmunzeln.

»Und wenn wir es doch mit einem Lustmord zu tun haben?«, kehrte der Chefinspektor zu seinem Lieblingsthema zurück.

Wie lustvoll war eine Kugel im Mund? Sandra hatte nicht vor, auf seine Frage einzugehen.

Doch mit Schweigen gab sich Bergmann nicht zufrieden. »Du erinnerst dich bestimmt noch an den autoerotischen Unfall im Hotel in der Nähe von Graz.«

Als hätte Sandra diesen Anblick jemals vergessen können! Vor einigen Jahren waren sie in ein Landhotel in Eisbach-Rein gerufen worden, nachdem ein Stubenmädchen die nackte verschnürte Leiche eines Gastes im Kleiderschrank seines Hotelzimmers zwischen Hosen, Hemden und Sakkos entdeckt hatte. Im Mund des Strangulierten hatte sich ein Ballknebel befunden, fixiert mit einem Lederriemen in seinem Nacken. Die kriminalpolizeilichen Ermittlungen ergaben damals zweifelsfrei, dass sich der Handelsreisende eigenhändig gefesselt, geknebelt und stranguliert hatte. Höchstwahrscheinlich, um sich durch Sauerstoffmangel einen Lustgewinn bei der Selbstbefriedigung zu verschaffen. Leider war dieser Orgasmus sein letzter gewesen. Ein ziemlich trauriger Höhepunkt, fand Sandra. Bergmann sah das freilich anders. Wenigstens sei der Mann lustvoll gestorben, ohne bei seinem Abgang eine Sexualpartnerin zu traumatisieren, erinnerte sie sich an ihre Unterhaltung. Und was war mit dem Stubenmädchen, das die Leiche gefunden und womöglich ein Trauma fürs Leben davongetragen hatte?

»Dieser Ballknebel im Mund des Toten war auch schwarz und ungefähr so groß wie eine Billardkugel«, fuhr Bergmann fort.

»Aber Lubensky hätte es doch bestimmt erwähnt, wenn es sich um einen Ballknebel handelt.«

»Sofern die Lapos vor Ort so etwas überhaupt kennen.«

Von Landpolizisten hielt der Chefinspektor wenig, wusste Sandra. Was zumeist auf Gegenseitigkeit beruhte. »Die leben nicht hinterm Mond, sondern im oststeirischen Hügelland.«

»Ist nicht viel Unterschied.«

»Glaubst du noch immer, dass es am Land weniger sündhaft zugeht als in der Stadt?«

Bergmann musterte sie von der Seite. »Sprichst du aus eigener Erfahrung?«, spielte er auf ihre Herkunft aus der

Provinz an. »Mit Liebeskugeln scheinst du dich ja auch bestens auszukennen.« Da war es wieder: dieses anzügliche Grinsen!

»Bleib gefälligst sachlich, Sascha! Oder ich verpasse *dir* gleich einen Knebel!«

Bergmann biss sich auf die Oberlippe. »Na schön«, meinte er wieder ernst. »Wer hat die Leiche des Obstbauern denn gefunden?«

»Seine Frau. Auf ihrem Obsthof. Sie hat auch den Polizei-Notruf gewählt.« Wenigstens blieb es ihnen diesmal erspart, einer Angehörigen die Todesnachricht überbringen zu müssen. Das Kriseninterventionsteam, das die Familie psychologisch betreuen sollte, war ebenfalls schon verständigt.

Die restliche Fahrt über war Bergmann mit seinem Smartphone beschäftigt. Wahrscheinlich googelte er nach weiteren Kugeln und Bällen, anstatt abzuwarten, welcher Gegenstand tatsächlich im Mund des Opfers platziert worden war. Ungewöhnlich war diese Signatur des Täters allemal.

Vor Gleisdorf West wechselte Sandra ein letztes Mal auf die linke Spur, um eine Lkw-Kolonne zu überholen, ehe sie von der Autobahn abfuhr. Der Nieselregen hatte inzwischen aufgehört, der Wind dafür zugelegt. Die Wolkendecke war da und dort aufgerissen. Beim Anblick der Obstlagerhallen an der Bundesstraße kam ihr Miriam Baumgartner-Seifert in den Sinn. Im vergangenen Juni war die Kollegin Mutter eines Zwillingspärchens geworden. »Schade, dass Miriam in Karenz ist«, überlegte sie laut.

Bergmann blickte von seinem Handy auf. »Wieso? Gibt es ein Problem mit Anni?«, bezog er sich auf die Karenzvertretung.

»Nein, überhaupt nicht. Aber Miriam kennt die Apfelstraße wie ihre Westentasche. Und die meisten Leute, die dort leben. Sie ist auf dem Apfelhof ihrer Eltern in Anger aufgewachsen.« Die Familie Seifert kannte den toten Apfelbauern ganz bestimmt.

Bergmann streckte seinen Rücken durch und gähnte.

Seit Sandra die letzte Abzweigung genommen hatte, wand sich die Landstraße den spätherbstlich gefärbten Hügel hinauf und hinunter.

»Wie lange fahren wir noch?« Bergmann schaute suchend aus dem Fenster, anstatt auf das stumm geschaltete Navi, das ihre voraussichtliche Ankunftszeit anzeigte.

»Noch acht Minuten«, rechnete ihm Sandra vor.

Der Chefinspektor gähnte erneut.

Prompt verspürte Sandra denselben Drang, den sie jedoch unterdrückte. Sie fuhren durch ein Waldstück, in dem es buntes Herbstlaub von den Bäumen regnete, weiter durch eine Siedlung, vorbei an Äckern, Wiesen, Häusern, Höfen und unzähligen Apfelbäumen, deren akkurate Anordnung auf den Plantagen das sanft-hügelige Landschaftsbild der Oststeiermark prägte. Die Hagelnetze waren zu dieser Jahreszeit zusammengerollt, die Apfelbäume nur mehr spärlich kupferbraun belaubt.

Sandra folgte der Straße bis zur Kirche im Ortszentrum von Puch. Dort bog sie nach rechts ab, um wenige Minuten später den Einsatzort zu erreichen.

3.

Der Skoda der LKA-Ermittler aus Graz näherte sich langsam dem Obsthof Mauerhofer. Gut ein Dutzend Schaulustige hatten sich auf dem Gehsteig gegenüber versammelt. Zwei uniformierte Polizisten hielten die Leute auf Abstand. Mehrere Handykameras zielten auf die Einfahrt zum Betriebsgelände. Als ob es dort irgendetwas Spannendes zu sehen gegeben hätte. Außer einigen Einsatzwagen und Einsatzkräften vor und hinter dem Polizeiabsperrband.

Einer der beiden Polizisten am offen stehenden Einfahrtstor wies Sandra mit einem Handzeichen an weiterzufahren, was sie geflissentlich ignorierte. Stattdessen hielt sie neben ihm an.

Bergmann ließ das Fenster auf seiner Seite hinunter und zückte den Dienstausweis. »Chefinspektor Sascha Bergmann, LKA Graz, Leib und Leben«, knurrte er den jüngeren Kollegen an.

Der Uniformierte beugte sich hinunter, um die Plastikkarte zu kontrollieren.

Sandra erhaschte einen Blick auf das Hofgelände. Hinter einem Streifenwagen stapelten sich grüne Kunststoffkisten in mehreren Reihen einige Meter hoch. Neben etlichen verwitterten Holzkisten und Europaletten stand ein älterer roter Traktor mit Anhänger. Zwei Gestalten in weißen Einwegoveralls huschten über den Hof und tauchten unter dem Polizeiabsperrband hindurch, ehe sie hinter der Halle aus Sandras Blickfeld verschwanden. In der kleineren untersetzten Person glaubte sie Jörg Schöffmann erkannt zu haben, den Leiter der Tatortgruppe. Im Rückspiegel sah sie einen schwarzen Kleintransporter näherkommen, der sich hinter ihnen einbremste.

Der Provinzpolizist an der Beifahrerseite richtete sich wieder auf. »Fahrts am besten auf der Straße weiter auffi, an der Halle vorbei bis zum Hofladen umi. Dort könnts parken«, riet er ihnen.

Sandra beobachtete im Rückspiegel, wie sein kleinerer Kollege den Transporter hinter ihnen kontrollierte.

»Und wo finden wir die Leiche?«, fragte Bergmann.

»Die liegt dort hinten bei den Müllcontainern. Neben der Garage.« Der Landpolizist wies mit dem Daumen über seine Schulter.

Sandra konnte weder Abfallbehälter noch eine Garage, geschweige denn eine Leiche ausmachen, die sie vielmehr hinter der Halle vermutete.

Bergmann schloss das Fenster und deutete ihr wortlos weiterzufahren.

Im Rückspiegel registrierte Sandra, dass der Kastenwagen auf das Betriebsgelände gewunken wurde. Der Schriftzug an der Seitenwand verriet ihr, dass er zu einem Bestattungsunternehmen in der Bezirkshauptstadt Weiz gehörte.

Der angekündigte Parkplatz zwischen dem schmucken Bauernhaus und dem Hofladen war vollgeparkt. Auf einem kleineren Parkplatz neben der Einfahrt hatte ein Fernsehteam Stellung bezogen. Die Kamera war auf einen älteren Mann mit Lodenhut gerichtet, den er mit der Hand festhalten musste, damit ihn der Wind ihm nicht vom Kopf blies, während ihn die Reporterin interviewte. Sandra fuhr weiter, um nach einer anderen Parkmöglichkeit Ausschau zu halten, als Bergmann sie einbremste.

»Stopp! Schieb zurück!«, ordnete er an. »Die Provinzpaparazzi sollen sich gefälligst schleichen und woanders filmen. Irgendein lustiges Volksfest wird es doch wo geben, einen mediengeilen Ortskaiser oder eine dauergrinsende Weinkönigin.«

Wenn schon, eine Apfelkönigin, dachte Sandra, ohne es auszusprechen. Schweigend folgte sie der Anweisung ihres Vorgesetzten, mit dem heute gar nicht gut Kirschen essen war. Allmählich ging ihr seine schlechte Laune gehörig auf die Nerven.

Grollend stieg er aus dem Auto aus. Im nächsten Augenblick krachte die Autotür ins Schloss.

Sandra zuckte zusammen. »Alter Grantscherm«, schimpfte sie ihm hinterher. Es blieb ihr gar nichts anderes übrig, als die Apfelstraße in ihrer Fahrtrichtung zu blockieren und zuzuschauen, wie der Chefinspektor das Interview sprengte. Dass es das Fernsehteam nicht besonders eilig hatte, sein Equipment zusammenzupacken, verwunderte kaum.

Ein rostbrauner Pick-up mit Weizer Kennzeichen kam ihr entgegen. Im Vorbeifahren zeigte ihr der Fahrer den Vogel. Im Rückspiegel tuckerte ein grüner Traktor hügelabwärts heran. Der Bauer am Steuer musste sich wohl oder übel gedulden, bis der Parkplatz vor der Hausmauer geräumt war und Sandra dort parken konnte. Oder an ihr vorbeifahren, was er dann auch tat.

Als Sandra auf die Mauer zufuhr, fiel ihr rechterhand ein Rabe auf, der hinter einem anderen parkenden Auto auf einem Holzbalken hockte. Reglos beobachtete der schwarze Vogel, wie sie den Motor abstellte und den Sicherheitsgurt löste. Selbst als sie ausstieg und die Tür zuwarf, rührte er sich nicht von der Stelle. Erst auf den dritten Blick erkannte Sandra, dass es sich um eine Attrappe handelte, die vermutlich andere Tiere davor abhalten sollte, sich hier einzunisten. Der kühle Wind, der vom Hügel herabwehte, ließ sie frösteln. Gleichzeitig verblies er die Wolken, sodass sich zwischendurch die Sonne zeigte.

Bergmann öffnete die Heckklappe, um die Schutzkleidung aus dem Kofferraum zu holen.

Sandra kramte ihren Fleecepullover hervor, den sie unter der Jacke anzog. Schließlich marschierten sie an der Hofmauer und an der Halle entlang zurück zur Betriebseinfahrt.

Unterwegs blieb Bergmann stehen, um sich an die Schaulustigen auf der anderen Straßenseite zu wenden, die ihm gerade recht kamen. Zwar verhielten sich die Leute einigermaßen gesittet, generell wurde es aber immer schlimmer mit den Gaffern. Handys wurden auf schwerverletzte, sterbende oder tote Menschen gerichtet, die pietätlosen Videos und Fotos dann auch noch gepostet und in alle Welt verschickt. Einige scheuten in ihrer Rücksichtslosigkeit nicht einmal davor zurück, Einsatzkräfte bei der Arbeit zu behindern. Selbst dann nicht, wenn es um Leben und Tod ging.

»Hier gibt es nichts zu sehen!«, rief Bergmann hinüber. »Geben Sie den Beamten Ihre Daten und stören Sie die polizeilichen Ermittlungen nicht!«

Die beiden Polizisten nahmen augenblicklich Haltung an. Einer der beiden redete auf die Leute ein. Ihre Daten hatten sie hoffentlich längst aufgenommen, sofern es sich nicht um Einheimische handelte, die sie ohnehin persönlich kannten. Das zählte zum kleinen Einmaleins der Polizeischule. Schließlich konnte sich unter den Schaulustigen auch der Täter befinden, der beobachten wollte, was nach seiner Tat weiter geschah.

»Bauernschädel«, schimpfte der Chefinspektor vor sich hin.

Als ob Stadtbewohner auch nur einen Deut weniger neugierig gewesen wären, dachte Sandra, zog es aber vor zu schweigen. Sie folgte ihm durch das geöffnete Einfahrtstor.

Die Polizisten, die dort Wache schoben, standen stramm und salutierten.

Vorbei an mehreren Einsatzwagen, Obstkisten, Paletten und einem Hubstapler gelangten die LKA-Ermittler zum Polizeiabsperrband. Dort zogen sie ihre weißen Vliesoveralls und die Einweghandschuhe an und tauchten darunter hindurch.

Sandra blickte zur Garage hinüber. Die Müllcontainer an der Seitenwand wurden gerade von zwei Kriminaltechnikern durchforstet. Um diesen Job beneidete sie die Kollegen nicht. Wiewohl es noch schlimmere Arbeiten in Zusammenhang mit Mord und Totschlag, Tod und Verwesung gab. Zwei weitere Gestalten in Overalls, die ihnen den Rücken zuwandten, unterhielten sich beim Leichenwagen mit der Gerichtsmedizinerin. Neben ihr lag die Leiche auf dem Asphaltboden, bedeckt mit einer schwarzen Folie.

Doktor Jutta Kehrer erspähte die Ermittler und winkte sie zu sich.

Jörg Schöffmann und sein jüngerer Kollege wandten sich um und begrüßten sie ebenfalls.

»Und, Frau Doktor? Wie lautet die Diagnose?«, kam Bergmann gleich auf den Punkt.

»Exitus letalis«, kommentierte die Gerichtsmedizinerin den tödlichen Ausgang einer offensichtlichen Gewalttat lapidar.

Gleich würde der Chefinspektor explodieren, befürchtete Sandra. So grantig, wie er heute war.

Stattdessen huschte ein Grinsen über sein Gesicht. »Als ob einer deiner Patienten jemals überlebt hätte«, entgegnete er.

Die Gerichtsmedizinerin blickte schmunzelnd zu Boden.

Dass sie und der Chefinspektor denselben schwarzen Humor teilten, war wohl mit ein Grund, warum ihnen seit Jahren ein Verhältnis nachgesagt wurde. Keiner der beiden hatte dieses Gerücht, das immer wieder im LKA aufflammte, jemals dementiert oder bestätigt. Sandra war es egal. Schließlich ging es niemanden etwas an, wer mit wem, wann, wo und wie oft verkehrte. Solange die Arbeit nicht darunter litt.

»Der Mann wurde mit einem Strick gedrosselt«, berichtete Doktor Jutta Kehrer wieder ernst. »Der Verlauf der Strangmarke an seinem Hals lässt darauf schließen, dass der Angreifer größer als sein Opfer ist, das mit rund ein Meter 90 auch nicht gerade klein war.« Sie hielt inne und überlegte.

»Darf ich kurz einhaken?«, meldete sich Jörg Schöffmann zu Wort.

»Nur zu«, sagte Bergmann.

Die Gerichtsmedizinerin stemmte ihre Hände in die Hüften und legte den Kopf schräg.

»Der Täter könnte sein Opfer am Strick, der um seinen Hals geschlungen war, zu den Müllcontainern geschleift haben. Deshalb reicht die Strangmarke weiter hinauf, bis hinter die Ohren. Und die Blutspuren auf dem Boden bis zur Garage hinüber.«

»Damit könntest du recht haben«, stimmte ihm die Gerichtsmedizinerin zu. »Darf ich trotzdem fortfahren?«

Der Leiter der Tatortgruppe entschuldigte sich für die Unterbrechung.

»In der Mundhöhle des Opfers hat sich ein kugelförmiger Fremdkörper befunden, der die Atemwege blockierte. Sofern der Mann noch gelebt hat, als die Kugel eingebracht wurde.«

»Du weißt also nicht, ob der Mann erstickt oder erdrosselt wurde?«, fragte Bergmann nach.

Genau genommen spielte das keine allzu große Rolle, glaubte Sandra.

»Das werden die Obduktion und ein DNA-Abgleich zeigen«, antwortete die Gerichtsmedizinerin. »Jedenfalls hat er noch gelebt, als er gedrosselt wurde. Davon zeugen die Kratzspuren an seinem Hals, die er sich wohl selbst zugefügt hat, als er versuchte, das Strangwerkzeug zu lockern. Unter seinen Fingernägeln haben wir Hautpartikel sichergestellt, die zur Analyse ins Labor geschickt werden.«

»Gibt es andere Abwehrverletzungen? Oder Kampfspuren?«, wollte Bergmann wissen.

»In seinem Gesicht finden sich multiple Blessuren. Eine Rissquetschwunde oberhalb der Stirn, die durch stumpfe Gewalteinwirkung entstanden ist. Dazu eine Nasenfraktur. Keine dieser Verletzungen war tödlich. Die Schmutzanhaftungen und Abdrücke auf der Haut lassen mich vermuten, dass er mehrfach ins Gesicht getreten wurde.«

»Sieht nach einem männlichen Täter aus«, meinte Bergmann. »Eine Frau ist kaum kräftig genug für eine solche Tat.«

»Eine einzige Frau wohl nicht«, warf Sandra ein. »Aber mehrere vielleicht?« Wiewohl der brutale Modus Operandi dann doch eher für einen männlichen Täter sprach, waren sie sich einig. Das Einbringen der Kugel in die Mundhöhle war ebenso gewaltsam erfolgt, betonte die Gerichtsmedizinerin. Einige Zähne waren abgebrochen.

»Kann ich mir diese ominöse Kugel und den Strick einmal ansehen?«, fragte Bergmann.

»Zeig uns bitte die Beweisstücke 1 a und 2«, forderte Jörg Schöffmann seinen Mitarbeiter auf.

Der wandte sich einer grauen Asservatenkiste zu, die an der Hallenwand stand, und entnahm zwei transparente Beutel mit Druckverschlüssen aus recyclebarem Kunststoff.

Bergmann griff nach einem der beiden und hob ihn hoch. »Was ist das für eine Kugel?« Mit behandschuhten Fingern tastete er sie ab und betrachtete sie von allen Seiten. »Ganz bestimmt keine Billardkugel«, meinte er nachdenklich. »Die hier ist wesentlich leichter.«

»Vielleicht eine Boccia- oder Boule-Kugel«, meinte der junge Kriminaltechniker.

»Die sind auch schwerer. Bis auf die Zielkugel. Aber die ist wiederum kleiner als diese hier.«

»Boßelkugeln gibt es meines Wissens auch in dieser Größe«, warf die Gerichtsmedizinerin ein.

Keiner der Anwesenden konnte sich darunter etwas vorstellen.

»Ihr kennt Boßeln nicht? In Ostfriesland ist das *der* Volkssport und wird auf Straßen und im Freiland gespielt. Es geht darum, die Kugeln so weit wie möglich zu werfen. Die Mannschaft, die mit den wenigstens Würfen eine bis zu sechs Kilometer weite Strecke zurücklegt, gewinnt. Stets mit dabei ist ein Handwagen voller Bier und Korn, die den Spielern zwischendurch Belohnung, Trost oder Wärme spenden. Je nachdem. Für gute Laune ist jedenfalls gesorgt.«

»Klingt lustig«, sagte Bergmann. »Halt mal, Sandra.« Er reichte ihr den Asservatenbeutel und zückte sein Handy, um das Beweisstück zu fotografieren.

Sandra kamen einmal mehr Sybilles Schungitkugeln in den Sinn. Die gab es in verschiedenen Größen. Sie waren jedoch tiefschwarz und glänzten. Diese hier war aus dunklem Holz. Ein Knebelball war das auch nicht. Einen erotischen Unfall konnten sie getrost ausschließen. Noch dazu, wo der Mann mitten auf seinem Hof zu Tode gekommen war. Wohl kaum der geeignete Ort für Sexspiele. Sandra gab dem Kriminaltechniker den Asservatenbeutel zurück.

Bergmann nahm den anderen an sich, um das zweite Beweisstück zu betrachten. Besonders lang und dick war der

Strick nicht, stellte er fest. Dennoch geeignet, um jemanden damit zu erdrosseln. Wenn man kräftig genug für eine solche Tat war. Üblicherweise dauerte es mindestens drei Minuten, bis der Tod eintrat, während das Opfer mit aller Kraft um sein Überleben kämpfte. Mit einer Kugel im Mund, die die Atemwege blockierte, ging die Tötung freilich schneller vonstatten, überlegte Sandra.

»Der Strick ist aus Jute, Hanf oder Sisal«, zerriss Jörg Schöffmann ihre Gedankenkette. »Jedenfalls ist die mutmaßliche Tatwaffe aus einer Pflanzenfaser.«

»War der Strick verknotet, als man die Leiche gefunden hat?«, wollte Bergmann wissen, der sich wohl von der Art des Knotens einen Hinweis erhoffte.

»Als wir hier eingetroffen sind, ist er lose neben der Leiche gelegen«, sagte Jörg Schöffmann.

Vermutlich hat seine Frau den Strick vom Hals entfernt, nachdem sie die Leiche fand, überlegte Sandra. Oder ein Ersthelfer am Tatort.

»Durchgeschnitten wurde er jedenfalls nicht«, stellte der Chefinspektor fest, während er den Strick durch den Beutel betrachtete. »Beide Enden sind ausgefranst.« Er gab das Beweisstück dem Kollegen zurück. »Was kannst du uns über den Todeszeitpunkt sagen?«, wandte er sich an die Gerichtsmedizinerin.

»Die Leiche kann noch nicht sehr lange hier gelegen sein«, meinte Doktor Kehrer. »Wenn wir davon ausgehen, dass heute Nacht Temperaturen knapp über null Grad gemessen wurden, lässt sich der Todeszeitraum anhand der Körpertemperatur und der Todeszeichen zwischen 5 und 8 Uhr eingrenzen.«

»Der Notruf ist um 7.33 Uhr in der Landesleitzentrale eingegangen«, warf Sandra ein. »Zu diesem Zeitpunkt war Mauerhofer angeblich schon tot.«

»Dann verschiebt sich der spätestmögliche Todeszeitpunkt um eine halbe Stunden nach vorn.«

»Kann ich mir die Leiche einmal anschauen?«, fragte Bergmann.

»Nur zu.« Die Gerichtsmedizinerin bückte sich, um den Kopf des Toten bis zu den Schlüsselbeinen abzudecken.

Sandra und Bergmann traten näher heran. Das Gesicht war schmutzig, blutig und deformiert. Auf der Stirn klaffte eine fünf Zentimeter lange Rissquetschwunde. Die Nase war schief. Der Mund stand weit offen. Die Lippen waren geschwollen, einige Schneidezähne abgebrochen. Der Hals wies eine deutlich sichtbare dunkelrote Strangmarke auf. Auch am Kinn hatte der Strick Spuren hinterlassen, die bis hinter die Ohren reichten, wie Schöffmann bereits erwähnt hatte. Wahrlich kein schöner Anblick.

Bergmann ging in die Hocke und zog die Abdeckung vollständig von der Leiche.

Jörg Schöffmann trat mit einem Fuß auf die Folie, damit der böige Wind sie nicht fortwehen konnte.

Sandra schaute weg und atmete durch.

»Was hat er für ein seltsames Gewand an?«, hörte sie Bergmann fragen. »Und das da? Ist das eine Kapuze?«

»Sieht für mich wie eine Mönchskutte aus«, meinte Doktor Kehrer.

»Aber er war doch verheiratet«, erwiderte Bergmann.

Sandra bestätigte das und richtete ihren Blick wieder auf die Leiche.

»Gibt es einen Orden, der die Ehe erlaubt?« Bergmann hob die rechte Hand des Toten an, um den schlichten weißgoldenen Ring an dessen Ringfinger zu betrachten.

»Den Ring habe ich nicht abbekommen«, sagte die Gerichtsmedizinerin. »Das wird dann bei der Obduktion erledigt.«

Bergmann legte die schlaffe Hand auf den Boden zurück. Die Leichenstarre war noch nicht vollständig ausgeprägt.

»Unter der Kutte trägt er eine Hose, ein Hemd, darüber einen Pullover«, berichtete Jörg Schöffmann, damit der Chefinspektor nicht nachzuschauen brauchte.

»Wäre Fasching, würde ich auf ein Kostüm tippen. Aber um diese Jahreszeit?«, meinte Bergmann.

»Der Fasching hat bereits letzte Woche begonnen. Am 11.11.«, sagte Schöffmann.

»Vielleicht hat er für ein Bauerntheater geprobt«, meinte die Ärztin.

»Um diese Uhrzeit?«

»Er könnte erst in der Früh von der Probe nach Hause gekommen sein.«

»In einer Hosentasche haben wir seine Brieftasche gefunden, in der Kutte eine zweite, hellere Kugel«, sagte Schöffmann.

Bergmann blickte interessiert zu ihm auf.

»Und einen Autoschlüssel, der zum BMW in der Garage gehört.« Der Leiter der Tatortgruppe wies zur Doppelgarage. Neben einem roten Golf stand der erwähnte dunkelblaue Geländewagen, der gerade von einem Kollegen auf Spuren untersucht wurde.

»Wissen wir auch, auf wen der Wagen zugelassen ist?« Bergmann erhob sich und schüttelte seine Beine aus.

»Beide Fahrzeuge sind auf den Betrieb angemeldet, *Obsthof Mauerhofer KG*. Die Zulassungskarten stecken in der Brieftasche des Opfers.«

»Zeig mir noch einmal beide Kugeln«, verlangte Bergmann, um diese miteinander vergleichen zu können. »Exakt dieselbe Größe, aber nicht gleich schwer. Eine dunkle und eine helle Kugel …« Wieder zückte er sein Handy, um auch diese zu fotografieren.

»Beide sind aus Holz«, warf Jörg Schöffmann ein. »Aber aus unterschiedlichem, daher der Gewichtsunterschied.«

»Aber wofür sollen die gut sein?«

Sandra wusste es auch nicht. Noch einmal betrachtete sie die Kutte, als plötzlich der Groschen bei ihr fiel. »Der Mann war kein Mönch«, verkündete sie. »Auch kein Laienschauspieler oder Faschingsnarr.«

Acht Augen richteten sich gleichzeitig auf sie.

»Er war ein Apfelmann.«

»Ein Apfelmann … aber natürlich«, dämmerte es nun auch Jörg Schöffmann.

Die Gerichtsmedizinerin nickte anerkennend.

Bergmann blickte ratlos von einem zum anderen. »Klärt mich bitte jemand auf?«

»Vor etlichen Jahren haben sich mehrere Obstbauern an der Apfelstraße zu einer Gemeinschaft zusammengeschlossen«, erzählte Sandra. »Sie nennen sich die Apfelmänner, folgen geheimnisvollen Ritualen und brennen einen besonderen Apfelschnaps. Die Apfelmänner tragen solche Kutten mit einer hellen und einer dunklen Seite. Ihre Kapuzen sind ebenfalls zweifarbig wie die Ärmel. Und wie diese Kugeln hier …«

»Und wofür sind die jetzt gut?«, wiederholte Bergmann seine Frage.

Ratloses Achselzucken machte die Runde.

»Vielleicht haben sie ja auch mit einem Ritual zu tun«, meinte Sandra.

»*Abakus*«, warf Jörg Schöffmann ein.

»Wie bitte?«, fragte Bergmann.

»Der Name des Apfelschnapses, den sie brennen, ist *Abakus.*«

»Warum befragen wir nicht die einheimischen Kollegen? Die wissen bestimmt mehr über die Apfelmänner. Wahrscheinlich auch über diese Kugeln.« Sandra wies auf den uniformierten Polizisten, der vor dem Hallentor postiert war. »Habt ihr noch gar nicht mit dem Inspektionskommandanten aus Anger gesprochen?«

»Wir haben uns kurz mit ihm über die Absperrungen und die Vernehmung der Schaulustigen unterhalten«, meinte der junge Kriminaltechniker. »Dann war er auf einmal weg.«

»Und wo ist der Mann jetzt?«

»Keine Ahnung. Allmer Alois heißt er«, erinnerte sich der Kollege und blickte sich suchend um.

»Wenn er nicht da ist, werden wir zuerst einmal die Witwe des Opfers befragen«, entschied Bergmann. »Alles andere können wir später klären. Habt ihr noch etwas für uns?«

»Von meiner Seite war es das fürs Erste«, sagte die Gerichtsmedizinerin. »Ich lasse die Leiche ins Institut bringen. Ich könnte sie auch gleich für die Obduktion herrichten lassen und heute noch öffnen, wenn das für dich passt, Sascha.«

»Heute noch?«, wunderte sich Bergmann.

»Mir ist ein Termin ausgefallen«, erwiderte die Doktorin.

»Ist einer deiner Patienten wiederauferstanden?«, fragte der Chefinspektor launig.

Die Gerichtsmedizinerin schmunzelte. »Um 17 Uhr im Institut?«

»Passt«, bestätigte der Chefinspektor.

Frau Doktor Kehrer verabschiedete sich und stöckelte in ihren schwarzen Blockabsatzstiefeletten auf den Leichenwagen zu.

»Was habt ihr noch für uns?«, wandte sich Bergmann an die Kriminaltechniker.

»Wir haben dort drüben auf dem Boden einen Müllsack gefunden. Wer auch immer ihn dort hinterlassen haben mag.«

»Vielleicht wollte Markus Mauerhofer vor dem Wegfahren den Hausmüll entsorgen. Jemand könnte von seinem Termin gewusst und ihn auf dem Weg zu seinem Auto abgepasst haben«, spekulierte Sandra. Für dieses Szenario sprach auch der Autoschlüssel, der in seiner Kutte sichergestellt worden war.

»Klingt plausibel«, stimmte Bergmann ihr zu.

»Hatte der Mann kein Handy dabei?«, fragte Sandra.

Jörg Schöffmann verneinte. »Es war auch keines im Auto.«

»Was ist mit Einbruchsspuren am oder im Haus?«, fragte Bergmann.

»Negativ«, sagte Schöffmann.

»Dann können wir unsere Schutzkleidung ja ausziehen, bevor wir hineingehen.«

»Von mir aus spricht nichts dagegen«, meinte der Leiter der Tatortgruppe.

»Was ist mit Spuren in den Betriebsgebäuden?« Bergmann wies mit dem Kinn auf die fensterlose Metallfassade der Halle.

»Es dauert noch eine Weile, bis meine Leute in der Produktionshalle, im Lager und in den Büroräumen fertig sind. Bisher deutet aber alles darauf hin, dass sich die Tat ausschließlich hier draußen auf dem Hof abgespielt hat.«

»Überwachungskameras gibt es keine?« Noch einmal ließ Bergmann seinen Blick über die Gebäude schweifen. Dann drehte er sich nach der Garage um.

»Es gibt eine Videokamera am Haupteingang des Betriebsgebäudes, ums Eck. In der Eingangshalle befindet sich eine weitere. Die Aufzeichnungen der vergangenen Nacht werden wir schnellstmöglich analysieren.«

»In aller Herrgottsfrüh ist es doch bestimmt völlig ruhig hier«, überlegte Bergmann laut. »Warum hat dann keiner von dem Mord etwas mitbekommen? Die Landeier stehen doch alle mit den Hühnern auf.«

So viel zum Klischee, das nicht immer zutraf, dachte Sandra. Der Chefinspektor war ja selbst ein Frühaufsteher, dabei ein bekennender Stadtmensch. Wohingegen sie als »Landei« morgens ihre liebe Mühe hatte, aus den Federn zu kriechen.

»Wenn es dir recht ist, Sascha, fahren wir jetzt auch nach Graz zurück, um die ersten Spuren auszuwerten, während die Kollegen vor Ort weitermachen.«

»In Ordnung. Und legt einen Zahn zu. Die nächste Teambesprechung findet morgen um 8 Uhr statt. Du möchtest doch bestimmt einen guten Eindruck bei der neuen Chefin hinterlassen«, sagte Bergmann. »Heute hast du sie ja leider verpasst.«

»Wie ist sie denn so?«, erkundigte sich Jörg Schöffmann.

Bergmann beantwortete die Frage mit einem Achselzucken, als wäre ihm die neue Vorgesetzte gleichgültig.

Der Leiter der Tatortgruppe mochte ihm das vielleicht abkaufen, Sandra jedoch nicht. »Wisst ihr, wo wir die Witwe finden?«, wechselte sie das Thema.

»Fragt am besten die Kollegin dort hinten.« Der Arm des Kriminaltechnikers wies zum Wohnhaus.

Bergmann kniff die Augen zusammen. »Die Blonde bei der Tür?«

Jörg Schöffmann nickte.

»Na, dann komm, Sandra.« Der Chefinspektor setzte sich in Bewegung.

Sandra verabschiedete sich von den Kollegen und folgte ihm über den Hof.

Vor dem Wohnhaus zogen sie ihre Schutzkleidung aus und entsorgten sie in einem Müllsack, der eigens dafür bereitstand.

Dass die Leiche hinter ihren Rücken in den Zinksarg und dieser anschließend in den Leichenwagen verfrachtet wurde, bekamen sie nicht mehr mit.

4.

Die Landpolizistin führte die LKA-Ermittler durch den Hintereingang ins Wohnhaus. An einer offenen Zimmertür blieb sie stehen und klopfte an den Rahmen. »Romana? Die Kriminalpolizei aus Graz wär jetzt da«, rief sie in den Raum.

Die Frau mit der kastanienbraunen Kurzhaarfrisur bat sie herein. Eine zweite Frau saß mit ihr am Esstisch. Der Aufdruck »KIT« auf ihrem Rotkreuz-Gilet verriet, dass sie dem Kriseninterventionsteam angehörte.

Die Augen der Obstbäuerin waren ebenso gerötet wie ihre Wangen, fiel Sandra auf.

Die ehrenamtliche Krisenhelferin reichte ihrer Klientin einen Flyer mit Adressen, an die sie sich wenden konnte, sollte sie weitere psychologische Unterstützung benötigen. Dasselbe gelte freilich für die beiden Töchter, erklärte sie ihr, ehe sie sich verabschiedete.

Sandra sprach der Witwe ihr Beileid aus und nahm auf der soeben frei gewordenen Holzbank beim Kachelofen Platz.

Bergmann setzte sich auf einen gepolsterten Sessel.

»Wenn's recht ist, hol ich mir gschwind einen Käsepappeltee. Wollen S' auch einen?«, fragte Romana Mauerhofer.

Warum neuerdings alle – auch Anni im Büro – Käsepappeltee tranken, erschloss sich Sandra nicht. Alle, außer Bergmann und ihr. Dabei mochte sie Kräutertee. Im Gegensatz zum Chefinspektor, der allerhöchstens Tee trank, wenn er sterbenskrank war.

»Könnte ich einen Kaffee haben? Schwarz mit Zucker?«, fragte er.

Romana Mauerhofer bejahte. »Für Sie auch einen?«, wandte sie sich an Sandra.

»Ich nehme einen Käsepappeltee, danke.«

Bergmann sah Sandra entsetzt an, was die Witwe, die aufgestanden war, hinter ihrem Rücken nicht mehr wahrnahm.

Leicht schwankend suchte sie Halt an einer Sessellehne.

»Ist Ihnen schlecht? Besser, Sie setzen sich wieder hin«, riet Sandra ihr.

»Es geht schon. Ich bin gleich wieder bei Ihnen«, zeigte sich die Obstbäuerin tapfer.

Sandra war auf dem Sprung, falls der Kreislauf der Frau nach all der Aufregung kollabierte. Erst, als sie aus dem Zimmer verschwunden war, entspannte Sandra sich wieder und rückte näher an den Kachelofen heran, der wohlige Wärme verströmte.

»Käsepappeltee«, spuckte Bergmann verächtlich aus. »Dir graust wohl vor gar nichts.« Er schüttelte sich.

»Hast du ihn schon probiert?«

»Nicht einmal, wenn ich im Sterben liege, würde ich ein solches Gschloder trinken«, meinte er angewidert.

Sandra seufzte. »Brauchst du auch nicht. Unkraut vergeht eh nicht.«

»Es sei denn, man trinkt es«, entgegnete Bergmann.

Immerhin wusste er, dass Käsepappel ein Kraut war und nichts mit Käse zu tun hatte, der auf Bäumen wuchs. »Die Käsepappel ist ein Malvengewächs.« So viel wusste Sandra immerhin.

»Na und?«

»Nichts und.« Welche Wirkung die Pflanze hatte, war ihr nicht bekannt. Sie würde sich später schlaumachen. Sofern ihr der Tee schmeckte. Sie rückte noch näher an den Ofen heran, um sich an seinen grünen Kacheln zu wärmen, bis die Hausherrin mit zwei geblümten Keramikhäferln zurückkehrte.

Das krautige Aroma des Tees stieg Sandra in die Nase.

»Den Kaffee bringt Ihnen meine Tochter gleich«, sagte die Witwe zu Bergmann und nahm ihren Platz am Esstisch wieder ein.

Sandra hatte keine Ahnung, wie lange Käsepappeltee ziehen musste. Am besten orientierte sie sich an ihrem Gegenüber. »Dürfen wir Ihnen ein paar Fragen zu den Geschehnissen von heute Morgen stellen?«, begann sie möglichst behutsam und legte ihr Smartphone auf den Tisch, um das Gespräch aufzuzeichnen.

Die Obstbäuerin umfasste ihr Teehäferl mit beiden Händen. Dass sie anpacken konnten, war ihnen anzusehen. Die Haut war trocken und spröde. Die Nägel kurz geschnitten, einige abgesplittert. In ihrem Gesicht hatte das Leben Spuren hinterlassen, auf der Stirn und um die Augen tiefe Falten eingegraben. Freilich mochte der Schicksalsschlag, der sie vor wenigen Stunden ereilt hatte, diesen Eindruck noch verstärken. Vermutlich war er nicht der einzige, höchstwahrscheinlich aber einer der schwersten bisher. »Um welche Uhrzeit sind Sie heute Morgen aufgestanden?«

»Um 5 Uhr. Ich hab meinem Mann das Frühstück gerichtet und ihn aufgweckt«, sagte sie, während sie den Teebeutel aus ihrem Häferl nahm. »Der Markus hat vor Sonnenaufgang beim Ludwig unten sein wollen, zum Schnapsbrennen.«

»Wer ist Ludwig?« Sandra entfernte ihren Teebeutel ebenfalls.

»Der Ludwig Fritz ist der Brennmeister der Apfelmänner, mit 140 Brenntagen im Jahr. Ihm gehört der Obsthof Ludwig und die Brennerei in Lingstätten. Jedes Jahr im November wird dort der *Abakus* gebrannt – der beste Apfelschnaps der Welt«, erklärte die Frau. »Drei Tage und zwei

Nächte verbringen die Apfelmänner in der Brennklausur. Niemand außer ihnen darf währenddessen die Brennerei betreten. Wenn s' mit dem Brennen fertig sind, füllen s' den *Abakus* in Ballonflaschen ab, die s' dann in Butten zu Fuß zur Pfarrkirchn umitragen, um dort Gottes Segen zu erbitten. Damit ziagn s' dann weiter ins Apfelhaus, wo der *Abakus* mindestens ein Jahr lang auf Lehmziegeln vom Keltenberg Kulm reift.«

»Die Apfelmänner sperren sich drei Tage lang in der Brennerei ein und verbringen auch die Nächte dort?«, fragte Sandra nach.

»Na ja, ehrlich gsagt fahren die meisten zum Schlafen nach Haus und am nächsten Tag im Morgengrauen wieder zum Ludwig. Nur ein harter Kern übernachtet dort.«

»Hat Ihr Mann zum harten Kern gehört?«

Romana Mauerhofer nickte.

»Ist er den BMW gefahren, der in der Garage steht?«, fragte Sandra.

Die Obstbäuerin bejahte und trank einen Schluck Tee.

Sandra hatte mit ihrer Theorie offenbar recht gehabt. Der Apfelmann hatte frühmorgens wegfahren wollen und war auf dem Weg zu seinem Auto dem Täter begegnet. Oder auch mehreren. »Wie viele Apfelmänner gibt es eigentlich?«, wollte sie wissen.

Ihr Gegenüber setzte das Häferl wieder ab und seufzte. »20 waren's bis vor Kurzem. Sie stammen aus insgesamt 15 Obstbaubetrieben an der Apfelstraße. Nur einer ist Gastwirt in Puch.«

»Also 19«, sagte Sandra.

»Nach dem Tod vom Markus sind es nur mehr 18«, korrigierte die Obstbäuerin. »Der Binder Walter ist am Allerseelentag gstorbn. Letzten Freitag warn wir bei seiner Verabschiedung.«

Die Ermittler sahen einander an.

»Woran ist Herr Binder gestorben?«, wollte Sandra wissen.

»Leberzirrhose. Er war vor seinem Tod wochenlang in der Klinik in Graz und hat dort auf ein Spenderorgan gwartet. Des is oba leider net rechtzeitig daher kemman.«

Sandras spontaner Gedanke an einen zweiten unnatürlichen Todesfall unter den Apfelmännern war damit hinfällig. »Haben Sie heute nur mit Ihrem Mann gefrühstückt? Oder war noch jemand bei Ihnen?«, kehrte sie zum Tatmorgen zurück.

»Nur wir zwei. Meine ältere Tochter, die Theresa, und mein Schwiegersohn, der Norbert, wohnen im Stockwerk über uns.«

»Wohnt sonst noch wer in diesem Haus?«

»Meine jüngere Tochter, die Stefanie. Aber die ist gestern Abend nach Silberberg gfahrn. Sie geht dort in die Obstbauschule und schlaft unter der Woche im Internat. Mein Gott, die Steffi weiß ja no gar net, dass ihr Papa ... Oder hat's ihr die Resi schon erzählt? Ich weiß nimmer, wo mir der Kopf steht ...« Seufzend stützte die Frau ihre Ellenbogen auf dem Tisch ab. Den Kopf vornübergebeugt, umfasste sie ihre Schläfen und die Stirn mit beiden Händen.

»Nehmen Sie sich ruhig Zeit, Frau Mauerhofer.« Sandra kostete ihren Tee. Er schmeckte herb und leicht süß. Gewöhnungsbedürftig, aber nicht schlecht.

Bergmann verzog erneut sein Gesicht.

»Geht's wieder, Frau Mauerhofer? Können wir fortfahren?«, erkundigte sich Sandra, als ihr Gegenüber den Kopf hob.

»Was wolln S' denn noch von mir wissen?«

»Außer Ihnen, Ihrer Tochter und dem Schwiegersohn war zwischen 5 und 7.30 Uhr also niemand im Haus?«, knüpfte Sandra an die frühere Aussage der Obstbäuerin an.

»Mein Schwiegersohn war daheim und dann im Betrieb drübn. Ab wann genau, weiß ich nicht. Und die Resi muss oben in ihrer Wohnung gwesn sein. Normal sperrt s' um 8.30 Uhr den Hofladen auf. Gut möglich, dass auch schon wer in der Produktionshalle war. Aber fragen S' am besten den Norbert.«

»Haben Sie in diesem Zeitraum irgendetwas Ungewöhnliches gehört oder beobachtet?«

Romana Mauerhofer überlegte kurz, schüttelte dann ihren Kopf. »Nix. Unsere Fenster sind schalldicht. Nicht einmal vom Betriebsverkehr oder von den Maschinen hört man herinnen was.«

»Erinnern Sie sich, wann Ihr Mann heute Morgen das Haus verlassen hat?«

»Um 6 Uhr.«

»Und gegen 7.30 Uhr haben Sie ihn draußen bei den Müllcontainern gefunden?«

»Ich wollt den Mist owitragn«, erzählte die Frau. »Da hab ich ihn dort liegn sehn ...« Sie stockte und fasste sich an den Mund.

Das erklärte den Müllsack, der unweit der Leiche sichergestellt worden war. Nicht ihr Mann, sondern sie hatte den Abfall entsorgen wollen.

Die Obstbäuerin fuhr sich mit dem Handrücken über die Augen. »Er hat so schrecklich ausgschaut, voll entstellt. Überall war Blut. Sein Mund weit aufgrissen. Irgendwas ist da drin gsteckt ... Ich hab gar nimmer hinschaun wolln.« Die Frau kämpfte gegen ihre Tränen an.

Der Tatzeitraum musste demnach zwischen 6 Uhr und 7.30 Uhr liegen. »Ist er auf dem Rücken gelegen?«

»Ja.«

»Hatte er einen Strick um den Hals?«

Die Obstbäuerin nickte. »Den von seiner Kuttn.«

»War er fest zugezogen oder verknotet?«

»Er war locker. Ich hab ihn wegtan, damit ich den Puls fühln kann. Aber da war nix mehr.« Romana Mauerhofer presste ihre Lippen aufeinander. In ihren braunen Augen glänzten Tränen.

»Und dann haben Sie die Polizei verständigt?«

»Mi'm Markus seinem Handy. Das hat in der Kuttn klingelt. Und ich hab's außigholt.«

»Haben Sie den Anruf angenommen?«

»Den hab ich nimmer erwischt.«

»Wissen Sie, wer angerufen hat?«

»Der Sinkovits Helmut, einer von den Apfelmännern. Der wollt sich bestimmt erkundigen, wo der Markus bleibt. Dann hab ich den Polizeinotruf gwählt und die Resi verständigt, dass ihr Papa ...« Romana Mauerhofer brach mitten im Satz ab.

»Wo ist das Handy Ihres Mannes jetzt? Wir müssten es sicherstellen, um es auf Spuren und Daten zu überprüfen.«

»Das liegt draußen auf der Kommode. Soll ich's Ihnen holen?«

Sandra verneinte. »Ein Kollege von uns wird es später abholen. Er wird dann auch gleich Ihre Fingerabdrücke abnehmen, damit wir etwaige Spuren abgleichen können.«

Die Obstbäuerin nickte abwesend.

»War Ihr Mann heute Morgen anders als sonst? War er besorgt oder nervös?«, fuhr Sandra fort.

»Er war gut gelaunt, hat sich aufs *Abakus*-Brennen gfreit. Wie kann's denn so was überhaupt gebn? Bei uns am Hof?«

Die meisten Leute glaubten, dass ihr Umfeld sicher war. Mord und Totschlag betrafen immer nur die anderen. Ähnlich verhielt es sich mit schweren Erkrankungen und Unfällen. Solange alle Lieben wohlauf waren, wurde jedes erdenkliche Unglück möglichst ausgeblendet.

»Gab es in letzter Zeit private Schwierigkeiten? Oder Probleme im Betrieb?«, fuhr Sandra fort. »Hatte Ihr Mann Streit mit jemandem? Oder Feinde?«

Die Obstbäuerin schüttelte den Kopf. »In letzter Zeit war er arg bedrückt. Weil sein alter Freund, der Walter gstorbn ist. Der Markus war aber keiner, der über seinen Kummer groß gredt hätt.«

Glaubte man dem Klischee, traf dies auf die meisten Männer zu. »Ist Ihnen am Hof irgendetwas aufgefallen? War in den letzten Tagen etwas anders als sonst?«

Die Obstbäuerin konnte sich an nichts Ungewöhnliches erinnern. Ihr gingen auch keine Gegenstände ab, die womöglich gestohlen worden wären.

»Wir haben bei Ihrem Mann zwei Holzkugeln sichergestellt«, meldete sich Bergmann zu Wort und zückte sein Handy, um der Frau die Fotos der Beweisstücke zu zeigen. »Eine helle und eine dunkle.«

Noch ehe die Frau einen Blick darauf geworfen hatte, antwortete sie. »Das warn seine.«

»Und was hat es damit auf sich?«

»Jeder Apfelmann hat solche Kugeln. Die sollen an die alten Rechenmaschinen erinnern. Vor unserm Hofladen steht auch so eine, auf der ein Rabe sitzt. Als Zeichen dafür, dass hier der *Abakus* verkostet und gekauft werden kann.«

Vorhin, beim Dienstwagen, waren Sandra keine Kugeln aufgefallen. Nur der Rabe, der sich als Attrappe herausgestellt hatte. Vermutlich hatte das neben ihr parkende Auto die Sicht auf den Abakus verstellt.

»Dann sind diese Kugeln zum Rechnen gedacht?«, hakte Bergmann nach.

Die Witwe des verstorbenen Apfelmannes verneinte. »Die nehmen die Männer zum Abstimmen. Wer dafür ist, wirft die helle Kugel in den Korb. Mit der dunklen Kugel stimmen s' dagegen. Es gibt auch eine rote Kugel. Aber nur eine einzige, die der *Abellio* als Zeichen seines Amtes verwahrt. Außerdem kann er damit bei einem Gleichstand die letzte Entscheidung treffen«, erklärte sie.

»Der *Abellio*?« Bergmann steckte sein Handy wieder ein.

»Jedes Jahr wird einer von den Apfelmännern zum *Abellio* gewählt. Der übernimmt dann ein Jahr lang die Führung der Gemeinschaft. In seinem Amtsjahr verwahrt er das Rabensiegel und den Schlüssel zum Lager im Apfelhaus.«

»*Abellio*«, wiederholte Sandra.

»Der Name leitet sich aus dem keltischen Wort für Apfel ab. Die Geschichte unserer Region um den Hausberg Kulm ist ja eng mit den Kelten verknüpft.«

»Mit diesen Kugeln wird also abgestimmt«, unterbrach Bergmann die Schilderung, ehe sie in die Keltenzeit abdriftete. Geduld hatte noch nie zu seinen Tugenden gezählt. Mit Riten und Bräuchen hatte er ebenso wenig am Hut, wusste Sandra.

Die Frau griff erneut zu ihrem Teehäferl.

»Gegen wen oder was hat sich Ihr Mann denn zuletzt ausgesprochen? Beziehungsweise wofür?«, fragte Sandra und erntete Schulterzucken.

»Die Abstimmungen der Apfelmänner sind streng geheim. Außer ihnen erfährt niemand, worum's geht. Auch nicht die …«

»Griaß Gott«, unterbrach eine Frauenstimme die Befragung. »Wer bekommt den Kaffee?«

Bergmann richtete sich auf.

Die junge Frau, die sich dem Tisch näherte, schaute der älteren ähnlich, fiel Sandra auf. Wenngleich die Jüngere ihre längeren braunen Haare hochgesteckt trug. Zudem war sie hochschwanger.

»Das ist die Resi, meine Ältere«, stellte Romana Mauerhofer die Frau im grauen Freizeitanzug vor, die die Kaffeetasse vor Bergmann platzierte.

»Fuchsbichler Theresa«, nannte die Tochter ihren vollständigen Namen.

Sandra sprach auch der Tochter des Mordopfers ihr Beileid aus.

»Hast du die Steffi verständigt, was mi'm Papa gschehn is?« Die Mutter blickte zur Tochter auf, die noch immer neben Bergmann stand.

Theresa Fuchsbichler nickte. »Ich hab ihr eine Nachricht gschickt. Sie hat mi grad zruckgruafn.« Deshalb habe der Kaffee für den Herrn Inspektor länger gedauert. Ihre Schwester hatte umgehend heimfahren wollen, aber Theresa hatte es ihr ausgeredet. Ohnehin wäre sie der Polizei am Hof nur im Weg gewesen und sollte sich lieber am Nachmittag noch einmal melden.

»Hätten Sie Zeit, uns ein paar Fragen zu beantworten?«, wandte sich Sandra an die Schwangere. »Natürlich nur, wenn es Ihr Zustand erlaubt.« Es gab weitaus geringere Anlässe, die frühzeitig Wehen auslösen konnten als die Ermordung des Vaters.

»I bin schwanger, net krank«, antwortete die werdende Mutter und ließ sich umständlich auf einem Sessel nieder. Ihre Hände kamen auf ihrem beachtlichen Bauch zu liegen.

Wehleidig oder zimperlich war Theresa Fuchsbichler jedenfalls nicht. Sandra sollte es recht sein. Wenigstens konnten sie ihre Zeugenaussage an Ort und Stelle aufnehmen. »Könnten Sie mir die Ereignisse des heutigen Morgens aus Ihrer Sicht schildern?«

Die Aussage der jungen Frau deckte sich insofern mit jener der älteren, als auch sie nichts gehört oder gesehen haben wollte. Gegen 7 Uhr hatte ihr Mann die Wohnung verlassen, um ins Büro zu gehen. Eine halbe Stunde später hatte ihre Mutter sie angerufen, um ihr mitzuteilen, dass der Vater tot auf dem Hof liege. Die Polizei war zu diesem Zeitpunkt bereits verständigt gewesen. Theresa rief umgehend ihren Mann im Büro an, der früher Zivildiener beim *Roten Kreuz* gewesen war und am ehesten helfen konnte. »Hätt ja sein können, dass die Mama sich irrt. Vom Fenster aus hab ich beobachtet, wie der Norbert zwei Minuten später über'n Hof zur Garage umigrennt is«, berichtete sie.

»Waren Sie selbst gar nicht unten?«

Die Schwangere schüttelte den Kopf. »Der Nobert hat's mir verboten.«

Bergmanns Augenbrauen wanderten nach oben.

»Ihr Mann ist übervorsichtig, weil sie letztes Jahr ihr Kind verlorn hat«, erklärte die Mutter ungefragt.

Sandra versetzte es einen Stich, hatte sie doch selbst einmal eine Fehlgeburt erlitten. Der Gedanke an ihren Sohn, der mittlerweile zehn Jahre alt gewesen wäre, schmerzte sie noch immer.

Die junge Frau warf ihrer Mutter einen konsternierten Blick zu. Der Verlust ihres Babys ging die Polizei nichts an. Sofern er nicht mit dem Tod ihres Vaters zusammenhing.

»Tu dir nix an, Resi«, versuchte die ältere Frau zu beschwichtigen.

Ihre Mutter hätte in dieser Situation ähnlich taktlos reagiert, hätte sie damals von ihrer Schwangerschaft und der Fehlgeburt erfahren, überlegte Sandra, während sich die Augen der Schwangeren mit Tränen füllten. Ganz so hart im Nehmen war sie also doch nicht.

Mit der flachen Hand strich sie über ihren Bauch, als wollte sie ihr ungeborenes Baby besänftigen. Mit der anderen Hand holte sie ein Taschentuch aus ihrer Sweatjacke, um ihre Tränen zu trocknen und sich zu schnäuzen.

Bergmann rührte derweil Zucker in seinen Kaffee und trank einen Schluck.

»Der Norbert hat für'n Papa nix mehr tuan kennan«, setzte die Schwangere ihren Bericht fort. Das Herz habe nicht mehr geschlagen, die Haut sei schon ganz kalt gewesen. Ihr Mann brachte ihre Mutter dann hinauf in die Wohnung. Kurz darauf fuhr bereits der erste Streifenwagen am Hof vor.

»Ihr Mann ist kein Apfelmann?«, fragte Sandra. Sonst hätte er sich heute mit den anderen in Brennklausur begeben, nahm sie an.

Die junge Frau bestätigte ihre Vermutung.

»Vielleicht wird er ja jetzt einer«, meinte die Mutter. »Wo der Papa nimmer lebt.«

Sandra und Bergmann warfen einander Blicke zu. Musste erst einer aus der Gemeinschaft sterben, bevor ein neuer Apfelmann nachrücken durfte? Oder war Norbert Fuchsbichler der Schwiegervater auf andere Weise im Weg gestanden? Das wäre dann ein potenzielles Tatmotiv und der Schwiegersohn des Opfers tatverdächtig gewesen. Zur Tatzeit hatte sich Fuchsbichler im Haus beziehungsweise im Betrieb, jedenfalls in nächster Nähe des Tatorts, aufgehalten. Er hatte die Gelegenheit gehabt, seinen Schwiegervater zu töten. Aber warum sollte er dermaßen brutal vorgehen? Und weshalb die Kugel in seinem Mund? Sandra überlegte noch, wie sie ihre nächste Frage möglichst rücksichtsvoll formulieren sollte, als die Schwangere immer heftiger ein- und ausatmete. Wie es in den Vorbereitungskursen für Geburten geübt wurde. »Alles in Ordnung mit Ihnen?«, vergewisserte sie sich zum zweiten Mal an diesem Tag.

»Naaa«, stöhnte Theresa Fuchsbichler mit schmerzverzerrtem Gesicht.

»Geht's leicht schon los, Resi?«, erkundigte sich die Mutter.

»I glaub … jaaa …« Ihre Tochter hechelte und hielt ihren Bauch fest.

»Dann ruf ich jetzt am besten die Hebamme an. Wo is'n dei Handy?«

Bergmann warf die Stirn in Falten und griff zur Tasse, um seinen Kaffee auszutrinken. Offenbar wollte er es vermeiden, zum unfreiwilligen Geburtshelfer zu werden.

»Mei Handy liegt obn … beim Aufladen«, presste die Schwangere hervor.

»Marandjosef«, meinte ihre Mutter. »Und wo is meins?« Sie blickte sich suchend im Raum um.

»Ruf den Norbert an, Mama«, stöhnte die Tochter. »Beeil dich! Er soll meinen Koffer fürs Spital mitnehmen.«

»Dort drüben auf der Kommode liegt ein Handy«, sagte Sandra.

»Ah ja …« Romana Mauerhofer stand auf und setzte umständlich ihre Lesebrille auf. »Die Steffi hat mich vorhin angrufen«, stellte sie fest. »Und der Sinkovits Helmut gleich zweimal.« Meistens sei ihr Handy stummgeschaltet, erklärte sie den Ermittlern. So auch heute.

»Mama, bitte … Mein Baby ist jetzt wichtiger als deine verpassten Anrufe. Ruf endlich den Norbert an!«

»Soll ich nicht lieber die Rettung verständigen?«, mischte sich Sandra ein.

»Net nötig«, befand die angehende Großmutter und drückte auf ihrem Handy herum.

Bergmann hatte sich erhoben und war auf dem Weg zur Tür.

Sandra wartete noch, bis Romana Mauerhofer mit ihrem Schwiegersohn sprach. Erst dann stand sie auf. »Wir lassen Sie jetzt am besten in Ruhe. Alles Gute für Sie und Ihr Baby«, wünschte sie der Schwangeren und schenkte ihr ein zuversichtliches Lächeln, ehe sie sich verabschiedete. Dann folgte sie Bergmann nach draußen.

Die Wolkendecke war inzwischen weiter aufgerissen. Auf dem Weg über den Hof setzte der Chefinspektor seine Sonnenbrille auf. »Sag mal, waren diese Wehen jetzt echt oder war das ein Täuschungsmanöver zur Schadensbegrenzung?«, fragte er.

»Du meinst, dass Theresa Fuchsbichler die Wehen vorgetäuscht hat, damit wir die Befragung abbrechen?«, fragte Sandra zurück. »Für so gerissen halte ich sie nicht.«

Bergmann vergrub seine Hände in den Jackentaschen und blickte sich um. Der Leichenwagen hatte den Hof ebenso verlassen wie der graue Kastenwagen, mit dem Jörg Schöffmann und sein Mitarbeiter gekommen waren, und der weiße Jeep, den die Gerichtsmedizinerin fuhr. »Wie auch immer«, meinte er. »Wahrscheinlich ist der jungen Dame nicht entgangen, dass uns ihre Mutter ein Tatmotiv für ihren Mann aufgetischt hat. Die Aussicht, dass er als Apfelmann nach dem Tod ihres Vaters nachrücken könnte, hat ihn auf unsere Verdächtigenliste katapultiert.«

Sandra nickte. »Romana Mauerhofer scheint mir nicht besonders feinfühlig zu sein. Für bösartig halte ich sie nicht, nur für gedankenlos.«

Bergmann sah sie von der Seite an. Eine Windböe fuhr durch seine Haare, was an seiner zumeist zerzausten Frisur wenig änderte. »Wenn du das sagst … Mit solchen Frauen kennst du dich ja bestens aus.«

Sandra seufzte. »Leider«, gab sie ihm recht, ohne ihre Mutter zu erwähnen. Sie wusste auch so, dass er auf sie anspielte. Bei Mordermittlungen in ihrem Heimatdorf hatte Bergmann ihre Familie kennengelernt.

»Mit der Befragung von Norbert Fuchsbichler werden wir uns wohl oder übel gedulden müssen«, holte er sie aus den Erinnerungen an ihren ersten gemeinsamen Mordfall zurück. »Er wird seine Frau ins Krankenhaus bringen und bei ihr bleiben, bis das Baby geboren ist. Das kann eine ganze Weile dauern. Als Sarah auf die Welt gekommen ist, war ich geschlagene 21 Stunden im Krankenhaus. Unglaublich, dass das bereits 16 Jahre her sein soll. Kommt mir beinahe wie gestern vor.«

»Du warst bei Sarahs Geburt dabei?« Seltsam, dass Bergmann das noch nie erwähnt hatte, dachte Sandra. So oft, wie er von seiner Tochter erzählte.

»Selbstverständlich war ich bei ihrer Geburt dabei. Aber nur am oberen Ende ihrer Mutter. Das hat mir auch gereicht. Wie ihr Frauen das aushaltet, ist mir ein Rätsel.«

Sandra blickte zu Boden. Woher sollte sie das wissen? Wenn kein Wunder geschah, würde sie die Schmerzen einer Geburt niemals am eigenen Leib erfahren.

»Da schau an … Wenn man vom Teufel spricht«, unterbrach Bergmann ihre privaten Gedanken.

Sandra blickte auf.

Ein dunkelblonder Mann hetzte über den Hof, der wegen der Spurensicherung noch immer gesperrt war. Anzunehmen, dass es sich um Norbert Fuchsbichler handelte, der auf schnellstem Weg zu seiner Frau wollte. Der ältere uniformierte Polizist, der sich ihm in den Weg stellte, hatte sichtlich etwas dagegen, dass er den Tatort betrat und diesen womöglich kontaminierte. Das wiederum konnte nur der Kommandant aus Anger sein, vermutete Sandra. Sie begleitete Bergmann zu den beiden Männern, die heftig miteinander diskutierten.

»Herr Fuchsbichler?«, sprach der Chefinspektor den jüngeren an, den Sandra auf Anfang 30 schätzte.

»Der bin ich«, bestätigte er.

»Bergmann, LKA Steiermark.«

»Tun Sie, was Sie tun müssen. Aber lassen Sie mich jetzt endlich zu meiner Frau. Ich muss sie schleunigst ins Spital bringen. Unser Baby kommt jeden Augenblick.«

»Alles Gute«, sagte Bergmann. »Jetzt lass ihn schon gehen. Seine Spuren sind hier sowieso überall auf dem Hof«, wies er den Landpolizisten an. »Sie hören in den nächsten Tagen von uns!«, rief er Fuchsbichler hinterher. »Und du bist der Kollege Allmer, nehme ich an?«, wandte er sich wieder an den Uniformierten.

»Gruppeninspektor Allmer Alois, Polizeiinspektion Anger«, bestätigte der ältere Kollege.

Bis zu seiner Pensionierung dauerte es bestimmt nicht mehr lange. Das altvatrische Klemmbrett in seiner Hand sah aus, als hätte es ebenso lange gedient wie er.

Der Kommandant hob es höher. Einzelne Blätter wehten im Wind und drohten davonzufliegen, bis er sie mit seinem Daumen fixierte. »Wir haben eine Personalliste vom Obsthof Mauerhofer erstellt«, berichtete er. »Alle, die in diesem Betrieb beschäftigt sind, stehn da drauf. Dazu ihre Ankunftszeiten heute, die Adressen und Telefonnummern.«

»War vor dem Polizeinotruf heute Morgen schon jemand im Betrieb?«, wollte Bergmann wissen.

»Zwei Männer.«

»Einer von ihnen müsste Norbert Fuchsbichler, sein, der eben hier vorbeigekommen ist, richtig?«, fragte Sandra.

Allmer sah auf die Liste und nickte. »Ja, er ist hier so was wie der Juniorchef und hat angegeben, kurz nach 7 Uhr in seinem Büro gewesen zu sein.«

»Und wer war außer ihm noch hier?«

»Ein Techniker, der die Abfüllanlage reparieren sollte. Ein Ingenieur Jaritz Gerhard«, las der Kommandant den zweiten Namen vom Blatt ab.

»Und keiner von denen will von dem Mord etwas mitbekommen haben?« Bergmann kratzte sich am Kinn und schaute sich noch einmal um.

Allmer leckte seinen Daumen ab und blätterte zur nächsten Seite, die eine Skizze des Grundstücks mit allen Gebäuden zeigte. »Der Firmenparkplatz befindet sich ums Eck hinter dem Einfahrtstor, wo auch der Betriebseingang ist«, erklärte er und wies in die beschriebene Richtung. »Die Garage hinterm Wohnhaus gehört zum privaten Bereich der Familie Mauerhofer, auch der Parkplatz davor. Direkt daneben können die Kunden vorm Hofladen parken.«

»Kann ich mal sehen?« Bergmann nahm das Klemmbrett an sich und streckte seinen Arm aus, damit er die Sonnenbrille nicht gegen die Lesebrille tauschen musste.

Sandra beugte sich nach vorn, um auch etwas erkennen zu können.

»Wennst weiterblätterst, kommst zur Liste mit den Nachbarn. Die ham wir auch schon alle befragt. So viele sind's ja net. Eine hochbetagte Dame hat den Pick-up vom Herrn Ingenieur gesehen. Der ist gegen 7.15 Uhr an ihrem Haus vorbeigfahrn, sagt sie. Ihre Zeitangabe deckt sich soweit mit seiner. Ansonsten hat keiner von denen was beobachtet. Auch nicht von den Leuten da draußen. Die sind alle erst später dazugekommen.«

»Diese grindigen Gaffer«, knurrte Bergmann.

Allmer nahm sein Klemmbrett zurück. »Das Protokoll lass ich euch dann zuschicken.«

»Könnte ich diese Listen bitte gleich einscannen?«, fragte Sandra.

»Fraliwull.« Der Kommandant wollte ihr das Brett aushändigen.

»Nein, halt es bitte für mich.« Sandra zückte ihr Handy.

Allmer kam ihrem Wunsch nach und sah zu, wie sie Blatt für Blatt abfotografierte.

»Wenn ich jünger wär, tät ich mich bei euch bewerben«, sagte Allmer.

»Ach, die Jugend wird doch total überbewertet«, meinte

Bergmann. »Mitdenken können nur die allerwenigsten von denen.«

»Das ist doch keine Frage des Alters«, verteidigte der ältere Mann die jüngeren Generationen. »Es gibt ja auch genügend alte Gimpln.«

Bergmann ging auf den steirischen Ausdruck nicht ein, den er ohnehin nur aus dem Zusammenhang verstand, glaubte Sandra.

»Falls sich Zeugen bei euch melden, ruft uns bitte an«, sagte sie. »Sollte ich am Handy oder im Büro nicht erreichbar sein, lasst euch am besten mit Anna Thaler verbinden.« Sandra schrieb den Namen und die Durchwahl auf ihre Visitenkarte und reichte sie dem Kollegen aus Anger, der sie zuoberst auf sein Brett klemmte.

»Brauchts ihr uns noch?«, erkundigte er sich.

»Du kannst deine Leute abziehen«, erwiderte Bergmann. »Alles Weitere erledigen wir. Hawidere, Herr Inspektionskommandant.«

»Na dann, pfiat eich«, verabschiedete sich Allmer und trat ab, um seiner Mannschaft das Ende des Einsatzes zu verkünden.

Bergmann wies einen Kriminaltechniker an, die Fingerabdrücke aller Hausbewohner und der Belegschaft zu nehmen. Zudem sollte das Handy des Opfers sichergestellt werden.

»Wohin jetzt?«, fragte Sandra.

»Mittagessen. Anschließend statten wir den Apfelmännern in der Brennerei von Herrn Ludwig einen Besuch ab«, entschied Bergmann, als sie den Rückweg zum Dienstwagen antraten. »Wenn ich Frau Mauerhofer richtig verstanden habe, müssten die Apfelmänner dort noch bis Mittwochabend vollzählig anzutreffen sein.«

»So habe ich es auch verstanden«, bestätigte Sandra.

»Dann können wir vorher noch etwas essen gehen«, wiederholte Bergmann seinen Wunsch, den Sandra mit ihm teilte.

Außer einer Banane, Wasser und dem Käsepappeltee hatte sie heute noch nichts zu sich genommen. Beim Dienstwagen angelangt, fanden ihre Augen den Raben wieder. Auch jetzt konnte sie hinter dem parkenden Auto nicht viel mehr erkennen als einen verwitterten Holzbalken, auf dem die Vogelattrappe montiert war. Sie näherte sich von der Beifahrerseite.

»Soll ich etwa fahren?«, hörte sie Bergmann hinter ihrem Rücken fragen.

»Gott möge abhüten«, entgegnete Sandra ebenso bestürzt wie er. »Ich will mir nur den Abakus aus der Nähe anschauen.« Sie stand jetzt direkt vor der großen Rechenmaschine, deren Holzkugeln auf fünf horizontal montierte Eisenstangen gefädelt waren. Dunkelbraune, hellbraune und eine rote Kugel, deren Lack ebenso stark verwittert war wie der Rahmen. »Weißt du, wie man mit einer solchen Maschine rechnet?«, wandte sie sich an Bergmann, der noch immer neben der Beifahrertür wartete, um einsteigen zu können.

»Keine Ahnung. Schau ich so alt aus?«

»Hätte ja sein können.«

»Ich bin kein Mathematiker. Frag Jörg, der weiß es vielleicht.«

»Höchstwahrscheinlich haben diese Rechenmaschinen eh nichts mit dem Mord zu tun«, sinnierte Sandra.

»Wie wäre es, wenn du das Auto aufsperrst? Oder soll ich verhungern?«

Sandra drückte auf den Funkschlüssel und wartete, bis der Chefinspektor eingestiegen war und die Tür schloss, damit sie vorbeikam.

»Ob die Apfelmänner schon wissen, dass einer von ihnen getötet wurde?«, fragte sie, als sie hinterm Steuer saß.

»Das werden wir nach dem Mittagessen sehen. Hoffentlich hat in diesem verschlafenen Dorf wenigstens ein Gasthaus offen.«

»So verschlafen ist Puch gar nicht. Es gibt einige gute Gasthöfe im Ort. Einer von ihnen wird wohl auch montags geöffnet haben.« Sandra startete den Motor und legte den Retourgang ein.

»Kommt mir das nur so vor, oder werden die meisten Morde an einem Montag oder Dienstag verübt, wenn die meisten Gasthäuser in der Steiermark geschlossen sind?«, fragte Bergmann, als sie den Obsthof hinter sich gelassen hatten.

»Sei froh, dass es nach den vielen Corona-Lockdowns überhaupt noch welche gibt.« Die meisten Gastronomiebetriebe, die wirtschaftlich überlebt hatten, sahen sich noch immer mit akutem Personalmangel konfrontiert, nachdem zahlreiche Köche und Kellner während der verordneten Betriebssperren auf andere Berufe umgestiegen waren. »Sollen wir lieber Leberkässemmeln aus dem Supermarkt holen?«, zog Sandra ihn auf.

Lustlos blies Bergmann Luft aus. Die unzähligen Leberkäs-, Extrawurst- und Salamisemmeln, die er damals zu sich genommen hatte, hatten sich auf seinen Bauch geschlagen. Einige Corona-Kilos hatte er inzwischen wieder abgenommen. Ob er deshalb so grantig war? Je hungriger, desto grantiger, stand zu befürchten.

Das erste Gasthaus bei der Kirche von Puch fanden sie geschlossen vor, was die Laune des Chefinspektors abermals trübte. Beim nächsten Versuch hatten sie mehr Glück. Das Wirtshaus an der Hauptstraße hatte am Dienstag Ruhetag.

Nach einer köstlichen Mostschaumsuppe mit Knoblauchcroutons gab es für Bergmann eine Beiriedschnitte mit Apfelmostsoße und Wurzelgemüse. Sandra hatte den im Speckmantel gebratenen Schafkäse auf frischen Blattsalaten mit Apfelbalsamessig als Hauptspeise bestellt. Auf ein Dessert verzichteten sie beide.

Während ihrer Mittagspause war Sandra mehrmals versucht, Bergmann nach der neuen Chefin zu fragen, ließ es aber lieber bleiben. Von seiner schlechten Laune hatte sie heute bereits mehr als genug abbekommen. Ohnehin würde sie die neue Vize-Landespolizeidirektorin morgen Früh persönlich kennenlernen. Sie war schon gespannt.

5.

Im Auto bot sich Bergmann an, das Navi mit ihrem nächsten Fahrziel zu füttern. »Wie heißt der Ort, wo wir hinmüssen?«

Sandra gähnte hinter vorgehaltener Hand. Das Mittagessen hatte sie träge gemacht und ihrer Konzentration zugesetzt. Die Adresse der Brennerei Ludwig, die ihr Romana Mauerhofer genannt hatte, wollte ihr partout nicht einfallen. Was jedoch keine Rolle spielte. »Wenn mich nicht alles täuscht, sind wir auf der Fahrt aus Graz am Obsthof Ludwig vorbeigefahren.«

Sie hatte sich nicht getäuscht.

An der Hofeinfahrt zum Obsthof in Lingstätten wurden sie von der bekannten Rabenfigur begrüßt, die wie die andere auf einem hölzernen Abakus hockte. Etliche Autos parkten vor der Brennerei. Sandra fand dennoch eine freie Lücke. Beim Aussteigen fiel ihr auf, dass die Fenster von innen mit Tüchern verhängt waren. Sie sperrte den Wagen ab und blickte sich um.

Das zweistöckige Wohnhaus hinter der Brennerei grenzte an ein einstöckiges Hofensemble im ortstypischen Baustil, in dem auch der Hofladen untergebracht war. Menschen waren auf dem Hof weder zu sehen noch zu hören. Irgendwo bellte ein Hund, der sich ebenso wenig blicken ließ.

Sandra fand den Eingang der Brennerei ums Eck. Die Scheiben an der Tür waren wie die Fenster von innen verhängt. Die lebensgroße Skulptur eines Apfelmannes in Kutte präsentierte unter dem Vordach eine *Abakus*-Flasche. Auf seiner rechten Schulter hockte ein kohlschwarzer Rabe. Ein

Strick war locker um den Hals des Kapuzenmannes gebunden. Mit genauso einem war Markus Mauerhofer erdrosselt worden.

Sandra blickte auf das Holzbrett über ihren Köpfen. »Abakus Brenntage, Zutritt nur für Apfelmänner«, las sie laut vor.

Bergmann ließ sich von dem Schild nicht abhalten. Er drückte die Türschnalle hinunter, scheiterte jedoch am versperrten Schloss. Kurz entschlossen hämmerte er mit der Faust gegen den Türrahmen. »Polizei! Öffnen Sie sofort!«

Nichts regte sich.

Sandra blickte sich noch einmal um. »Vielleicht ist jemand im Hofladen«, meinte sie. »Komm mit!«

Der Chefinspektor folgte ihr über den Hof in den Laden. Von draußen kommend, benötigten ihre Augen einige Sekunden, bis sie die Regale mit Gläsern, verschiedenen Flaschen aus dunklem und weißem Glas und bunt etikettierten Einweckgläsern im düsteren Raum erkennen konnten. Sandra blickte zur einzigen Lichtquelle – einem mannshohen Kühlschrank, dessen Glastür mit blauem LED-Streifen hinterleuchtet war. Auch er war bis obenhin mit Flaschen befüllt. Mitten im Raum standen zwei Stehtische aus Holz mit Barhockern, in einer Ecke ein Tisch mit Eckbank für gesellige Verkostungsrunden. Der Flatscreen-Bildschirm hinter dem Verkaufspult war ausgeschaltet.

»Griaß eich! Der Bewegungssensor vom Licht spinnt schon wieder. Kann ich helfen?« Die Frau, die aus dem Nebenraum gekommen war, schaltete das Licht ein. Sie trug ein Dirndl mit grasgrünem Kittel, rotem Leib und schwarzer Schürze, dazu eine tannengrüne Trachtenweste. Ihre Kurzhaarfrisur ähnelte in Farbe und Schnitt jener von Romana Mauerhofer. Ob die beiden Pucherinnen denselben Friseur besuchten?

»Wir müssen mit den Apfelmännern sprechen«, sagte Bergmann. »Sie halten sich zurzeit in der Brennerei auf, nicht wahr?«

»Noch bis Mittwochabend«, bestätigte die Frau, die sich zu ihnen an den Stehtisch stellte. »In der Brennklausur dürfen s' net gstört wern.«

Diesmal zückte Sandra ihren Dienstausweis »Es tut mir leid, aber wir müssen sie trotzdem sprechen. LKA Steiermark.«

»Polizei?« Die Frau wich einen Schritt zurück.

Sandra wunderte sich, dass sie von dem Mord noch nichts gehört und daher nicht mit dem Erscheinen der Polizei gerechnet hatte. Üblicherweise sprachen sich derlei Nachrichten am Land in Windeseile herum. Auch ohne Soziale oder andere Medien. Auf Stille Post und Dorftratsch war schon in der Steinzeit Verlass gewesen. In diesem Fall hatten beide Kommunikationswege offenbar versagt. Die Einsatzfahrzeuge aus Anger waren heute Morgen wohl auch nicht am Hof vorbeigefahren, sonst hätte sie die Martinshörner hören müssen und wäre stutzig geworden.

Die Anwesenheit der Polizei machte die Frau sichtlich nervös. Mit fahrigen Bewegungen wischte sie ihre Handflächen an der Schürze ab.

»Darf ich Sie nach Ihrem Namen fragen?«

»Ach so, ja, ich bin die Ludwig Petra. Meinem Mann und mir gehört der Hof. Jetzt sagen S' schon, was passiert ist. Ist was mit meinen Kindern? Dem Simon oder der Jasmin?«, fragte sie bang.

Sandra verneinte. »Es geht um Herrn Markus Mauerhofer …«

Die Frau atmete erleichtert auf und schob eine Backe ihres Hinterteils auf den Hocker.

Sandra und Bergmann sahen sie wortlos an.

»Das war jetzt ein schreckliches Déjà-vu, das Sie mir da beschert ham«, erklärte ihnen die Obstbäuerin. »Mein jüngster Sohn ist bei einem Autounfall umkommen. Das ist jetzt fast fünf Jahre her. Er war erst 19. Damals ist auch die Polizei bei mir im Gschäft gstandn, um mir die Todesnachricht zu überbringen.« Noch einmal holte sie tief Luft, um sie prustend wieder auszuatmen. »Und was ist dem Markus gschehn? Oder hat er leicht was angstellt?«

Die Kriminalisten blickten sie weiterhin an, antworteten aber nicht.

»Wie gsagt, mit den Apfelmännern können S' erst am Donnerstag wieder sprechen«, fuhr Petra Ludwig fort.

»So lange können wir leider nicht warten.« Sandra vergab ihre Informationen nach und nach, um ihr Gegenüber anhand der Reaktionen besser einschätzen zu können. Dem Anschein nach hatte die Frau wirklich keine Ahnung, was vorgefallen war. »Herr Mauerhofer wurde heute Morgen tot auf seinem Hof aufgefunden«, rückte sie schließlich mit der schlechten Nachricht heraus.

»Was? Aber … ist der Markus denn nicht mit den anderen in der Brennerei?« Ihre offen stehende Kinnlade wies zur Tür, die auf den Hof führte.

»Haben Sie ihn heute schon gesehen?«

Petra Ludwig überlegte und verneinte dann. »Der Markus ist tot … Ich kann's gar net glaubn …«

Sandra nickte.

»War's ein Autounfall? Oder ist er bei der Arbeit verunglückt?« Dass der Apfelmann keines natürlichen Todes gestorben war, wenn die Polizei auftauchte, war naheliegend.

»Es war kein Unfall. Er wurde ermordet.«

»Was?« Die Frau hielt sich mit einer Hand am Hocker fest. »Ermordet, sagen Sie? Bei uns in Puch?«

»Alle Spuren weisen darauf hin«, bestätigte Sandra.

Allmählich schien Petra Ludwig zu begreifen, was geschehen war. »Jessasmarandjosef! Die arme Romana …«

Die beiden Obstbäuerinnen mussten in etwa gleich alt sein, schätzte Sandra. Wenngleich Petra Ludwig schlanker war und agiler wirkte. »Es war schon eine Krisenhelferin bei Frau Mauerhofer, um sie und ihre Angehörigen psychologisch zu betreuen«, sagte sie. Dass bei Theresa Fuchsbichler die Wehen eingesetzt hatten, behielt sie für sich. Die Nachricht von der Geburt würde früh genug die Runde machen, wenn Mutter und Kind hoffentlich wohlauf waren. »Sind Sie mit Frau Mauerhofer befreundet?«, hakte sie nach.

»Kann man so sagen. Obwohl die Romana drei Jahre jünger ist als ich«, betonte die Befragte. Warum auch immer. »Wir arbeiten beide ehrenamtlich in der Gemeindebücherei. Letzten Sommer ham wir zsammen die Jubiläumsfeier zum 50-jährigen Bestehen ausgrichtet.«

»Waren Ihre Männer auch miteinander befreundet?«

Die Obstbäuerin nickte. »Die Männer ham schon lang miteinander zu tun ghabt. Sie sind beide Apfelmänner der ersten Stunde«, erzählte sie. »Dass der Markus ermordet worn ist, will mir noch immer nicht einleuchten. Wie denn? Und wer macht so was?«

»Das versuchen wir herauszufinden.«

»Ich glaub, ich brauch jetzt ein Schnapserl. Wolln S' auch eins?«

Sandra lehnte das Angebot ab. »Wir sind im Dienst.«

»Ach so, ja. Das sagen s' in den Fernsehkrimis auch immer.« Die Obstbäuerin löste sich vom Hocker.

»Moment noch«, hielt Bergmann sie auf.

»Wolln S' doch einen Apfelschnaps kosten? Ich verrat Sie ganz bestimmt net.«

Bergmann verneinte unwirsch. »Wir wollen unverzüglich mit den Apfelmännern sprechen. Auf ihre Klausur können wir keine Rücksicht nehmen. Wir haben einen Mord aufzuklären. Also, kommen Sie jetzt mit und sperren uns die Brennerei auf?«

Die Obstbäuerin wollte und konnte seiner Aufforderung nicht nachkommen. Angeblich steckte der Schlüssel innen im Schloss, damit niemand die Brennklausur stören konnte. Auch sie nicht.

Bergmann schnaubte. »Herrschaftszeiten, dann rufen Sie Ihren Mann halt an und sagen ihm, dass er uns hineinlassen soll.«

Petra Ludwig zuckte mit den Schultern. »In der Brennerei gibt's kein Telefon. Und die Handys müssen in der Klausur alle ausgschaltet sein.«

»Aber irgendwie muss man die Männer im Notfall doch erreichen können«, meldete sich Sandra zu Wort, bevor Bergmann endgültig die Beherrschung verlor.

Wieder folgte verzagtes Kopfschütteln. »Sie können ja an die Fenster pumpern. Vielleicht machen s' Ihnen doch auf.«

Der Chefinspektor wandte sich vom Stehtisch ab. »Zur Not schlagen wir halt ein Fenster ein. Sie sind ja bestimmt gut versichert.« Dass er für einen solchen Zugriff einen richterlichen Bescheid benötigte, da kein Notfall vorlag, der diesen rechtfertigte, behielt er für sich.

»So warten S' doch!«, bremste ihn die Obstbäuerin ein. »Wie spät ist es denn?«

Sandra schaute auf ihre Uhr. »13.03 Uhr.«

»Und weiter?«, fragte Bergmann, die Hände in die Jackentaschen gebohrt.

»Die Männer müssten mit dem Mittagessen längst fertig sein. Dann sollten s' das Gschirr bald außistelln, damit's vor der Brennerei abgholt wern kann.«

»Und wann genau sollte das geschehen?«, fragte Sandra.

»Das kommt drauf an, was sie mit dem Wirtn ausgmacht ham.«

»Könnten Sie ihn bitte fragen?«

»Dafür müsst ich wissen, wer heuer mit der Essenslieferung dran ist. Jedes Jahr bringt ein anderer Wirt aus Puch den Apfelmännern ihr Essen. Punkt zwölf wird's vor der *Abakus*-Brennerei abgstellt. So will es das Ritual.«

Bergmann verdrehte genervt die Augen und trat von einem Bein auf das andere.

»So viele Wirte kommen in Puch ja nicht infrage«, meinte Sandra. »Könnten Sie den zuständigen nicht ausfindig machen und ihn fragen, wann er sein Geschirr abholen kommt? Wir warten so lange draußen, falls sich inzwischen jemand aus der Brennerei blicken lassen sollte.«

»Höchstens eine halbe Stunde warten wir. Dann muss ein Fenster daran glauben.« Bergmann erhob sich vom Hocker.

»Ich probier's«, versprach die Obstbäuerin. »Wollen S' einstweilen was trinken?«

»Wenn Sie mich so fragen, einen Espresso mit Zucker«, sagte Bergmann.

»Darf's auch ein Filterkaffee sein?«

»Besser, als ein Stein am Schädel. Oder eine Kugel im Mund …« Der Chefinspektor beobachtete die Frau, um nur ja keine ihrer Regungen zu verpassen.

Petra Ludwig zog die Augenbrauen zusammen. Mit einer »Kugel im Mund« konnte sie offensichtlich nichts anfangen. »Wie wär's mit einem frischen Apfelstrudel, um Ihnen die Wartezeit zu versüßen?«, versuchte sie, den Chefinspektor mit einer Mehlspeise zu besänftigen.

Bergmann schürzte die Lippen. »Mit oder ohne Rosinen?«

»Die können S' ja außiklaubn, wenn S' die net mögen.«

»Überredet.«

»Für mich nicht, danke«, lehnte Sandra das Angebot ab. »Nur ein Glas Leitungswasser, wenn es geht.«

»Bring ich Ihnen gleich. Sie können sich gern in die Laube setzen. Da scheint jetzt die Sonne hin, und Sie ham die Tür von der Brennerei im Aug.«

Draußen setzte Bergmann seine Sonnenbrille wieder auf.

»Die hatte keine Ahnung von dem Mord, oder?«, meinte Sandra.

»Schaut so aus.« Der Chefinspektor nahm auf einer der beiden Bänke Platz. Das Gesicht der Sonne zugewandt, schloss er seine Augen hinter den dunkelbraunen Gläsern.

»Was sollte diese Drohung mit der Fensterscheibe?«, wollte Sandra wissen und setzte sich neben ihn. »Warum machst du eigentlich einen solchen Stress heute?«

Bergmann genoss die Sonnenstrahlen schweigend.

»Wenn wir um 16 Uhr von hier wegfahren, schaffst du es allemal pünktlich in die Gerichtsmedizin«, fuhr Sandra fort. Die Leichenöffnung ließ sich vermutlich auch noch etwas später erledigen, glaubte sie. Es sei denn, Frau Doktor Kehrer hatte private Pläne für den Abend. Ob mit oder ohne den Chefinspektor.

Bergmann ignorierte Sandra weiterhin.

Sie blinzelte in den Himmel. Die Wolken flogen vorbei, schoben sich vor die Sonne, um ebenso rasch wieder weiterzuziehen. Wären die schattigen Phasen und der Wind nicht gewesen, hätte sie ihren Fleecepulli oder die Jacke ausgezogen. So aber behielt sie lieber beides an. Während sich ihre Gedanken um ihre Bekleidung drehten, vernahm sie ein leises, vertrautes Schnarchen. Power-Napping beherrschte Bergmann wie kein Zweiter. Nicht nur auf Autofahrten. Hier auf der Bank war Sandra selbst nahe daran, neben ihm einzuschlafen, wäre die Obstbäuerin nicht in diesem

Moment mit einem Tablett gekommen. Ein Gähnen unterdrückend, stupste Sandra ihren Sitznachbarn mit dem Ellenbogen an, was diesen hochschrecken ließ.

Der Apfelstrudel schaute köstlich aus, war mit reichlich Staubzucker bestreut und duftete verführerisch. Dennoch hätte Sandra nach dem Mittagessen im Gasthaus keinen Bissen mehr hinuntergebracht.

Bergmann teilte den knusprigen Blätterteig mit der Kuchengabel.

»Konnten Sie den Wirt ausfindig machen?« Sandra griff nach ihrem Wasserglas.

»Ja, der Rudi ist heuer mit dem Essen dran. Er kommt gleich nach dem Mittagsgschäft auffi, hat er gmeint. Ausgmacht ist, dass das Gschirr spätestens um 14 Uhr vor der Brennerei steht. Vielleicht stellt's ja einer früher außi. Können S' noch so lang warten?«

Bergmann kaute genüsslich an einem Strudelbissen. Fürs Erste schien er es nicht mehr ganz so eilig zu haben, mit den Apfelmännern zu sprechen.

Sandras Uhr zeigte 13.31 Uhr an. In einer halben Stunde sollte sich spätestens die Tür zur Brennerei öffnen. »Wir warten so lange hier.«

Ein Lächeln huschte über das Gesicht der Frau. »Wenn was ist, ich bin im Haus oben. Läuten S' einfach an, dann bin ich gleich bei Ihnen«, sagte sie, offenbar erleichtert, dass die Fensterscheiben der Brennerei den Polizeieinsatz voraussichtlich überleben würden.

Sandra beobachtete, wie die Obstbäuerin in ihrem Wohnhaus verschwand.

Bergmann verdrückte gierig seinen Apfelstrudel, als hätte er heute noch nichts gegessen. Er trank den Kaffee aus und lehnte sich zufrieden zurück, um weiter die Sonne zu genießen.

Lange würde es nicht dauern, bis er wieder einschlief, vermutete Sandra. Sie stellte seinen leeren Teller und die Tasse aufs Tablett zurück. Kaum hatte sie sich zurückgelehnt, ließ ein Geräusch sie jäh zur Brennerei blicken. »Da kommt wer«, raunte sie Bergmann zu, als sich die Tür öffnete.

Ein Kapuzenmann stellte eine graue Kunststoffwanne unter dem Vordach ab, ohne die Ermittler in der Laube zu bemerken. Schnaufend murmelte er etwas vor sich hin und fasste sich ans Kreuz, nachdem er sich mühsam wieder aufgerichtet hatte.

»Entschuldigen Sie, bitte«, sprach Sandra ihn an und stand auf.

Der Apfelmann wandte sich ihr erschrocken zu. Seine Hand wanderte vom Rücken an die Brust. »Jessas! Ham Sie mich jetzt erschreckt.«

Bergmann folgte Sandra zur Brennerei hinüber.

»Landeskriminalamt Steiermark.« Sie fügte ihre Namen und Dienstränge hinzu und hielt dem kleinen, umso schwergewichtigeren Apfelmann ihren Dienstausweis hin.

Unter seiner Kapuze lugten einige schlohweiße Haare hervor. Er beäugte die Plastikkarte ebenso argwöhnisch wie die ungebetenen Besucher, die vor ihm standen. »Kriminalpolizei? Und was wolln Sie hier?«

»Sind Sie der Hausherr?« Sandra steckte ihre ID-Karte wieder ein.

Der Weißhaarige pflanzte sich in voller Breite vor der Tür auf. »Nein, ich bin einer von den Apfelmännern. Wer anderer darf da net eini, wenn wir den *Abakus* brennen.«

»Ihr Name?«, fragte Bergmann ungehalten.

»Sinkovits Helmut.«

Sandra erinnerte sich an seinen Namen, den Romana Mauerhofer erwähnt hatte. Helmut Sinkovits hatte heute Morgen versucht, ihren Mann zu erreichen und auch bei ihr angerufen.

Der Kapuzenträger reckte sein Doppelkinn in die Höhe und zeigte mit erhobenem Finger auf das Holzbrett über ihren Köpfen.

Als ob die Kriminalisten das Zutrittsverbot nicht gelesen hätten. »Tja, Herr Sinkovits, auf Ihren Hokuspokus-Abakus können wir keine Rücksicht nehmen«, sagte Bergmann.

Der Apfelmann kratzte sich an beiden Armen gleichzeitig, als juckten ihn die Ärmel seiner Kutte, sagte jedoch nichts.

»Wir haben einen Mord aufzuklären«, fügte Sandra hinzu.

Sinkovits hörte augenblicklich auf, sich zu kratzen. »Einen Mord?«, fragte er nach einer Schrecksekunde.

»Ein Kollege von Ihnen wurde heute Morgen tot auf seinem Hof aufgefunden«, berichtete Sandra. »Markus Mauerhofer.« Ihr Gegenüber, das sie auf Mitte 60 schätzte, war auf einmal kreidebleich um die gerötete Knollennase.

»Jessas … Deshalb ist der Markus heut net auftaucht …«

»Ist er Ihnen abgegangen?«

»Fraliwull. Ich hab ihn ein paar Mal angrufen. Auch bei seiner Frau hab ich's probiert, aber niemanden erreicht«, berichtete der sichtlich schockierte Mann, was die Ermittler bereits wussten.

»Dann dürfen wir jetzt hineinkommen und Sie alle kurz befragen?«

»Na, eigentlich net«, stammelte der Apfelmann, noch immer fassungslos und sichtlich verwirrt. »Unsere Brenntage sind geheimer als geheim … Und Frauen ham da sowieso keinen Zutritt. Nicht, dass wir frauenfeindlich wärn …«

Sandra nahm die Aussage des Obstbauern stirnrunzelnd, aber schweigend hin. Dass Bergmann gegen diese Diskriminierung etwas einwenden würde, erwartete sie sowieso nicht.

»Wie ist das denn gschehn? Ich mein, wie ist der Markus umbracht worn?«, wollte Sinkovits wissen.

»Das wird die Obduktion zeigen«, blieb Sandra vage.

»Dürfen wir jetzt eintreten?«, fragte Bergmann ungeduldig.

»In Gotts Namen, kommen S' halt eini.«

Sinkovits humpelte, fiel Sandra auf, als er vorausging. Im Vorraum reihten sich mehrere Laternen mit weißen, teils heruntergebrannten Stumpenkerzen aneinander. An der Wand hingen gerahmte Fotos. Auf einem marschierten die Apfelmänner am helllichten Tag im Gänsemarsch mit Laternen über eine Streuobstwiese. Ein anderes zeigte sie mit Fackeln, die sie bei einer Prozession durch die Dunkelheit trugen. Auf dem nächsten Bild posierten sie vor der stimmungsvoll beleuchteten Kirche in Puch. Auch zur Apfelblüte hatten sich die Kapuzenmänner auf einer Plantage für ein Gruppenfoto versammelt. Ebenso vor dem Eingang des *Abakus*-Kellers im Apfelmuseum. Unter jedem Foto thronte eine einzelne *Abakus*-Flasche auf einem gläsernen Regal. Unter dem Gewölbe auf der anderen Seite standen alle möglichen Flaschen – von Saft über Schnaps bis Wein –, Kartons mit bestellter Ware und ein Holzfass mit einer Kassa für Ab-Hof-Abholungen, wie sie seit den Corona-Lockdowns auf vielen Bauernhöfen üblich waren.

Hinter dem zentralen Gewölbebogen vernahm Sandra Stimmen aus dem Raum nebenan. Und Lachen. Das würde den Männern gleich vergehen.

Sinkovits führte sie an Stahltanks und Bottichen aus Kunststoff vorbei. In einer Nische war die Regeltechnik für die Brennanlage hinter einem schmiedeeisernen Gitter untergebracht, bewacht von einem wuchtigen Kruzifix aus Holz an der Wand.

Je näher sie dem Herzstück der Brennerei und den Stimmen kamen, desto mehr stieg Sandra das fruchtige Aroma der Apfelmaische in die Nase. Dazu glaubte sie, den Alkohol riechen zu können. Die Abfüllanlage war nicht in Betrieb.

Umso geschäftiger ging es in den Kesseln und Rohrleitungen der Brennanlage zu, in denen der Apfelschnaps destilliert wurde. Ein paar Apfelmänner standen bei den Kupferkesseln herum, andere in der Nähe der Edelstahltanks, in der die Maische vergoren wurde. Alle hatten ihre Kapuzen auf dem Kopf. Einige nippten an Schnapsgläsern, andere diskutierten miteinander. Weitere Gläser, Schüsselchen und Löffel, die der Verkostung der Apfelmaische dienten, verteilten sich auf einem massiven Holztisch, der inmitten der Brennerei platziert war. In einem Korb lagen mehrere helle Holzkugeln, die jenen glichen, die in der Kutte des Toten sichergestellt worden war. Eine dunkle Kugel konnte Sandra nicht darunter ausmachen. Auch keine rote. Worüber die Apfelmänner zuletzt auch abgestimmt haben mochten, das Ergebnis musste einstimmig positiv ausgefallen sein. Ihr Blick blieb an einem dicken zerfledderten Buch mit graubraunem Lederumschlag hängen, wanderte weiter zu einem Holzblock, in dem ein Stab steckte. Auf diesem hockte der gleiche schwarze Rabe, den sie von den Abakussen und der Skulptur vor der Tür kannten.

Ein Apfelmann nach dem anderen bemerkte die fremden Besucher. Einer von ihnen, der um die 40 sein mochte, trat aus der Gruppe hervor. »Was soll das, Helmut? Was schleppst uns denn da für fremde Leut an?«

Sandra fragte sich, ob er der Hausherr war. In diesem Fall wäre er geschätzte zehn Jahre jünger als seine Frau gewesen. Ein solcher Altersunterschied war vor allem am Land eher unüblich. Und wenn, dann zerrissen sich die Leute das Maul darüber, wusste sie aus eigener Erfahrung. Sie hatte selbst einmal einen Freund gehabt, der nur fünf Jahre jünger als sie war. Dabei hatte sie damals nicht mehr in der Provinz, sondern bereits in Graz gelebt. Es dauerte wohl noch einige Generationen, bis die Vorurteile gegenüber Beziehungen zwischen älteren Frauen und jüngeren Männern aufhörten. Dass sie das noch erleben würde, bezweifelte sie.

»Die Herrschaften sind von der Kriminalpolizei aus Graz«, sagte Sinkovits. »Es ist was Schlimmes gschehn …« Er hielt inne und bekreuzigte sich. Mit der anderen Hand nestelte er an seinem Ausschnitt herum, löste den Strick, als würde er ihm plötzlich die Luft abschneiden. Dabei warf er Sandra einen hilfesuchenden Blick zu. Offenbar sollte sie den Tod des Apfelmannes verkünden.

Ratloses Raunen ging durch den Keller.

Sandra atmete die maischegeschwängerte Luft tief ein. Der Alkoholgeruch war jetzt kaum noch wahrnehmbar. Wenigstens stieg er ihr nicht zu Kopf. »Leider gibt es unerfreuliche Nachrichten«, eröffnete sie den Männern, nachdem sie sich und Bergmann offiziell vorgestellt hatte.

Totenstille folgte. Bis auf das leise, aber umso enervierendere Zischen eines Ventils.

Sandra ließ ihren Blick über die mystisch anmutenden Gestalten schweifen. Junge und ältere. Große und kleine. Kräftige und schlanke. Einer der älteren Männer musste Miriams Vater sein. Am ehesten der große, schlanke, glaubte sie. Insgesamt zählte sie 17. Zwei von 19 fehlten. Einer, weil er heute Morgen ermordet worden war. Und wo war der andere? Ihre Gesichtszüge konnte sie in der spärlichen Beleuchtung der Gewölbe kaum erkennen. Vielleicht verriet sich dennoch einer durch seine Reaktion, trat noch weiter ins Dunkel oder verbarg sich hinter einem anderen, da er längst wusste, dass Markus Mauerhofer ermordet worden war. Oder auch mehrere, die das Opfer in der Gruppe angegriffen und getötet hatten.

»So reden Sie schon«, meldete sich der Rädelsführer erneut zu Wort.

Wenn er nicht der Hausherr war, war er vielleicht der

Abellio, der in diesem Jahr die Apfelmänner anführte, nahm Sandra an.

Ehe sie nachfragen konnte, hörte sie eine jüngere Stimme von weiter hinten. »Ist was mit dem Mauerhofer Markus?«

»Er ist heute unentschuldigt nicht zum Brennen gekommen«, fügte der mutmaßliche *Abellio* erklärend hinzu.

Sandra nickte mit ernster Miene. »Markus Mauerhofer wurde heute Früh tot auf seinem Hof aufgefunden.«

Erneut ging ein Raunen durch den Keller.

»Da wir von einem Tötungsdelikt ausgehen müssen, haben wir die kriminalpolizeilichen Ermittlungen aufgenommen«, fuhr sie fort.

Erneut kehrte Stille ein, bis auf das gleichförmige Brummen eines Rührwerkes.

Keiner der Männer hatte auffällig reagiert. Alle starrten sich wortlos an oder blickten betroffen zu Boden. Sinkovits, der noch immer neben ihr stand, fasste sich an die Brust. Blieb zu hoffen, dass er keinen Herzinfarkt erlitt. Gesund sah der Mann nicht aus. Jetzt stand ihm auch noch der Schweiß auf der Stirn. »Wollen Sie sich nicht hinsetzen?«, riet ihm Sandra. »Und einen Schluck Wasser trinken?«

»Lieber wär mir ein Schnapserl«, erwiderte er. »Da ist ja auch Wasser drin«, antwortete er mit einem Standardspruch, den nach der Todesnachricht niemand witzig fand. Der jüngere Apfelmann, der sich nach Mauerhofers Befinden erkundigt hatte, schenkte ihm ein Stamperl ein.

»Wir würden gern jeweils zwei von Ihnen getrennt voneinander befragen. Es dauert nicht lange. Danach können Sie hier weitermachen, wenn Sie möchten. Wer von Ihnen ist der *Abellio*?«

Sandra hatte richtig getippt. Der Rädelsführer hob seine Hand. »Kommen Sie bitte mit«, forderte sie ihn auf. »Sie auch, Herr Sinkovits.«

Der zuletzt Angesprochene leerte sein Schnapsglas in einem Zug.

Allein vom Zuschauen fühlte sich Sandras Zunge pelzig an.

»Kommen Sie«, wiederholte Bergmann schroff.

»Wir kommen ja schon«, maulte der *Abellio* zurück.

Diesmal ging Sandra voraus.

Bergmann folgte als Letzter hinter Helmut Sinkovits. Sollte er unterwegs kollabieren, war der Chefinspektor eher in der Lage, ihn aufzufangen als Sandra. Was glücklicherweise nicht geschah.

Während Bergmann mit dem *Abellio* im Vorraum der Brennerei blieb, begleitete Sandra den anderen Mann zur Laube und ließ ihn gegenüber auf der Bank Platz nehmen. Das Tablett mit dem Kaffeegeschirr und ihrem Glas war inzwischen abgeräumt, fiel ihr auf. Die Wanne mit dem Geschirr vom Mittagessen der Apfelmänner war ebenfalls verschwunden.

Sinkovits schnaufte noch immer.

Sandra zückte ihr Handy, um seine Aussage aufzuzeichnen. »Sie haben doch nichts dagegen, wenn ich das Gespräch aufnehme?«

Sinkovits verneinte und beantwortete ihre nächste Frage. Kurz nach 6 Uhr sei er heute Morgen als einer der Ersten auf dem Hof eingetroffen, wo die Männer um 6.15 Uhr verabredet waren, berichtete er. Fritz Ludwig, der Brennmeister und Hausherr, sein Sohn Simon und Josef Seifert waren bereits vor Ort gewesen.

»Waren alle Apfelmänner pünktlich hier, außer Herrn Mauerhofer?«, fragte Sandra.

»Der Ederer Edi ist als Letzter fünf Minuten zu spät gekommen«, sagte Sinkovits. Also um 6.20 Uhr. An die genaue Reihenfolge, in der die anderen Männer auf dem

Obsthof eingetroffen waren, konnte er sich nicht mehr erinnern. Zehn Minuten lang hätten sie auf den letzten fehlenden Apfelmann gewartet und mehrfach vergeblich versucht, ihn oder seine Frau zu erreichen, wiederholte er. Im Morgengrauen zogen sie schließlich ohne Markus Mauerhofer mit ihren Laternen in der Brennerei ein, angeführt vom *Abellio*, der den Stab mit dem Raben vor sich hertrug. Wie es das Ritual verlangte.

Den letzten Satz hatte Sandra so ähnlich schon von Petra Ludwig gehört. »Was hat es mit diesem Raben auf sich?«, wollte sie wissen. Ihr waren die schwarzen Vögel unheimlich. Seitdem man ihr als Kind erzählt hatte, dass die Aasfresser im Mittelalter regelmäßig die Hinrichtungsplätze aufgesucht hätten. Deshalb hießen sie auch »Galgenvögel« und galten als Unglücksboten.

»Der Rabe ist ein weises Tier«, sagte Sinkovits.

Das war Sandra neu.

»Er ist auf dem Altarbild unserer Kirche Sankt Oswald abgebildet«, erklärte er ihr. »Ein Rabe soll dem Heiligen Oswald das fehlende Öl gebracht haben, das er für seine Salbung zum König benötigt hat. Und einen Brief von Petrus, der das Öl für ihn zuvor geweiht hat. Ein anderer Rabe hat Oswald später den Ring gebracht, mit dem er um die Tochter des heidnischen Königs warb. Der hat ihm die Hochzeit aber verweigert. Es ist zu einem Kampf zwischen den beiden Männern gekommen, den Oswald gewonnen hat. Daraufhin musste sich der grausame Vater samt seiner Gefolgschaft zum Christentum bekehren. Und Oswald hat seine Tochter zur Gemahlin genommen. Soweit die Legende. Uns Apfelmännern soll der Rabe ebenso beistehen wie dem Patron der Kirche in Puch.«

»Welche Rituale gibt es sonst noch?«, erkundigte sich Sandra.

»Die sind geheimer als geheim«, meinte der Apfelmann kryptisch.

»Herr Sinkovits, bitte. Ich muss mir einen Überblick verschaffen. Ihre Geheimnisse bleiben selbstverständlich unter uns.« Es sei denn, sie hingen mit dem Mord zusammen.

»Das soll der *Abellio* entscheiden«, blieb Sinkovits stur. Er nahm seine Kapuze ab und wischte sich mit dem Handrücken den Schweiß von der Stirn.

In solchen Fällen war Sandra heilfroh, dass sie seit Corona keine Hände mehr zu schütteln brauchte, ohne als unhöflich zu gelten. Die Pandemie hatte durchaus auch ihre positiven Auswirkungen. »Habe ich vorhin richtig gezählt?«, fragte sie weiter. »Von 19 Apfelmännern sind heute nur 17 zur Brennklausur erschienen?«

Sinkovits nickte stumm.

»Wer fehlt denn noch außer Herrn Mauerhofer?«

»Der Ederer Dominik. Unser jüngster Apfelmann, der Sohn vom Ederer Edi.«

Das war der Letzte, der morgens fünf Minuten zu spät eingetroffen war, erinnerte sich Sandra an den Namen. »Wissen Sie zufällig, wo sich der junge Mann zurzeit aufhält?«

»Er ist auf einer Geschäftsreise in Spanien. In Sachen *Kraut*farming«, sagte Sinkovits.

Sein geringschätzender Tonfall entging Sandra ebenso wenig wie die falsche Betonung des innovativen landwirtschaftlichen Vertriebsmodells. Die *Crowdfarming*-Plattform ermöglichte Kunden weltweit, saisonale Bio-Lebensmittel direkt vom Erzeuger zu kaufen. Über die Adoption von Pflanzen und Tieren erwarben die Kunden Anteile an der Ernte beziehungsweise an den Produkten, die direkt vor ihre Haustür geliefert wurden. Und zwar dann, wenn sie optimal gereift beziehungsweise fertig produziert waren. So kam man in den Genuss seiner Bio-Zitronen vom eigenen

Baum in Italien, seines Tees vom Strauch in Georgien, seines Bio-Honigs vom adoptierten Bienenstock in Wien oder der Wolldecke vom eigenen Merinoschaf in Spanien. Auch die Bauern profitierten von diesen Adoptionen, die die Finanzierung der Produktion schon im Vorfeld sicherten. Crowdfarmer konnten besser planen und erzielten höhere Erlöse, da keine Zwischenhändler an ihren Waren verdienten.

Sandra hatte kürzlich selbst eine Kuh namens Ocra bei ihrem Crowdfarmer in Campagnola Emilia adoptiert. Einige Wochen später waren 2,75 Kilogramm feinster *Parmigiano Reggiano* in drei unterschiedlichen Reifestufen vakuumverpackt mit der Post angekommen, die sie sich mit Andrea und einer anderen Freundin teilte. Die Qualität der Parmesan-Käse, die im Delikatessengeschäft mehr gekostet hätten, hatte sie durchweg begeistert. »Ich wusste gar nicht, dass auf der Steirischen Apfelstraße *Crowdfarming* betrieben wird«, sagte sie.

»Bis jetzt eh net«, knurrte Sinkovits. »Diese Crowdfarmer sind doch nur ein Haufen Idealisten, die an der Realität vorbeiproduzieren und früher oder später an ihr scheitern werden. Der Dominik ist halt noch jung und hat Flausen im Kopf. Aber die wird ihm sein Papa schon noch austreiben. Und wenn's der Edi net tut, dann wird's die Zukunft erledigen.«

Auf eine Diskussion über nachhaltige ökologische Landwirtschaft wollte sich Sandra lieber nicht einlassen. Schon allein deshalb nicht, weil sie selbst viel zu wenig davon verstand. »Aber lassen sich für Landwirte nicht höhere Einkommen lukrieren, wenn die Produkte direkt zu den Konsumenten gelangen?«, fragte sie dennoch nach.

»Gute Frau, das mag für kleinere Landwirtschaftsbetriebe gelten. Wir produzieren in größerem Stil. In guten Jahren ernten wir 50 Tonnen Tafeläpfel. So viele direkte Kunden, die mir solche Mengen abnehmen, finden S' auf keiner Plattform. Ich bin auf unsere Erzeugerorganisation angewiesen und habe langjährige Verträge zu erfüllen. An EU-Förderungen komm ich ohne sie auch nicht ran.«

Dafür musste er sich die Apfelpreise diktieren lassen. Und wenn sie noch so in den Keller rasselten. Dazu machte der Klimawandel den Bauern immer häufiger zu schaffen. Ernteeinbußen bis hin zu Totalausfällen durch trockene Böden, heftige Niederschlagsereignisse und Spätfröste setzten nicht nur den Obst- und Weinbauern zu. Immer mehr Landwirte gaben frustriert auf. »Hatten Sie in den letzten Jahren keine Ernteausfälle zu verzeichnen?«, fragte Sandra nach.

»Keine massiven. Wir haben schon seit vielen Jahren Frostberegnungsanlagen, um die ärgsten Frostschäden zu verhindern. Außerdem liegt unser Betrieb höher und im nördlichen Teil des Apfellandes, der vom Spätfrost nicht ganz so häufig betroffen ist. Die Vegetation ist bei uns einige entscheidende Tage später dran als im Süden. Dazu setzen wir flächendeckend Hagelnetze und eine Bewässerungsanlage ein. Aber natürlich sind auch wir vor Wetterkapriolen, Ernteausfällen und anderen Schäden nicht gefeit. Das fällt unter das Berufsrisiko eines Bauern. Deshalb sind unsere wichtigsten Flächen auch versichert.«

Dass es nur eine Frage der Zeit war, bis die Spätfröste durch den Klimawandel auch weiter nördlich und in immer höheren Lagen zum Problem wurden, wusste der Apfelbauer bestimmt selbst, erwähnte es aber nicht. »Haben Sie Ihre Holzkugeln dabei?«, wechselte Sandra das Thema.

Sinkovits neigte sich mühsam zur Seite und griff in seine Kutte, um eine dunkle Holzkugel herauszuziehen, die jener aus dem Mund des Toten glich. »Meine helle Kugel liegt noch im Korb drinnen. Von der letzten Abstimmung«, erklärte er.

Sandra fragte gar nicht erst nach, worüber zuletzt abgestimmt worden war, zumal sie ohnehin mit keiner Antwort rechnete. »Was sind eigentlich die Aufnahmekriterien in Ihrer Gemeinschaft? Nehmen Sie neue Apfelmänner auf, oder ist die Anzahl begrenzt.«

»Anträge können ausschließlich in Schaltjahren am 29. Februar eingereicht werden. Über die Aufnahme entscheidet dann das Kollegium mit einer Zweidrittelmehrheit.«

»Wurde schon einmal jemandem die Aufnahme verweigert?«

»Einen jeden nehmen wir nicht bei uns auf. Anfangs haben bei Weitem nicht alle Apfelbauern bei uns einsteigen wollen. Einige ham uns für Spinner ghalten. Jetzt waratn s' gern bei uns dabei. Aber das spielt's im Nachhinein nimmer.«

Sinkovits war also auch einmal jung gewesen und hatte Flausen im Kopf gehabt. Offenbar war ihm das nicht mehr bewusst, nachdem die Apfelmänner und ihr *Abakus* etabliert waren.

»Gibt es jemanden, der Ihnen den Erfolg neidet? Oder übel nimmt?« Möglicherweise so übel, dass er einen Mord beging?

Sinkovits zuckte mit den Achseln. »Das müssen S' die fragen, die nicht bei uns dabei sind, nicht mich.«

»Gab es Drohungen?«

»Mich hat keiner bedroht.«

»Haben Sie schon einmal einen Apfelmann aus Ihrer Gemeinschaft ausgeschlossen?«

Sinkovits verneinte. »Es sind noch alle dabei. Außer den Verstorbenen. Der Reithofer Karl ist vor zwei Jahren gstorbn. Und der Binder Walter vorletzte Woche.«

»Werden tote Apfelmänner nachbesetzt?«

»Nein. In den letzten Jahren sind aber fünf Kronprinzen

zu uns dazugestoßen.« Damit meinte der Apfelbauer nicht die beliebte rotwangig grüne Apfelsorte, die nach Kronprinz Rudolf benannt war, sondern die Söhne respektive Hoferben von fünf Apfelmännern an der Apfelstraße. Weitere tatrelevante Erkenntnisse bescherte ihr Helmut Sinkovits nicht.

Sandra bedankte sich und entließ ihn. »Schicken Sie mir bitte Herrn Ludwig heraus?«

Sinkovits stemmte sich von der Bank hoch, die unter der Entlastung beinahe ebenso laut ächzte wie er.

Sandra blickte ihm nach, bis sich die Tür der Brennerei hinter ihm schloss. Wenigstens hatte er keinen Herzinfarkt erlitten wie jener Luxusautohändler, den sie vor einigen Jahren in seiner Villa in Graz einvernommen hatten. Der Mann hatte allerdings gehörig Dreck am Stecken gehabt und sich dementsprechend aufgeregt, was die Attacke damals ausgelöst haben dürfte. Immerhin hatte er sie überlebt. Sandra schob die Erinnerung beiseite und genoss die Sonne, die ihr den Rücken wärmte, während sie auf den nächsten Apfelmann wartete.

6.

Als Sandra ihr Wohnhaus in Lend erreichte, parkte ein Umzugstransporter mit offener Heckklappe neben der Garageneinfahrt. Ein dunkelhaariger Mann in Jeans mit blauer Bomberjacke, der ihr den Rücken zuwandte, sprach mit einem kleineren Muskelprotz. Der streckte ihm gerade ein Tablet zur Unterschrift entgegen.

Höchstwahrscheinlich war die Wohnung von Frau Gangl, die im September verstorben war, neu vermietet, überlegte sie, während das Garagentor automatisch hochrollte. Von ihrer Herzoperation hatte sich die alte Dame nie mehr richtig erholt und sich beharrlich geweigert, nach der Reha in ein Pflegeheim zu übersiedeln. Vielleicht würde sie heute noch leben, hätte sie jemand zum Umzug überredet. Glücklich wäre sie dort aber bestimmt nicht geworden, glaubte Sandra. Ihr Herz war zu sehr an ihrer Wohnung gehangen, die voller Erinnerungen an glückliche Zeiten steckte, als ihr Mann noch gelebt hatte.

In Gedanken an die Verstorbene löste Sandra den Fuß von der Bremse und fuhr in die Garage. Im Augenwinkel nahm sie noch wahr, dass sich der mutmaßlich neue Mieter ihr zuwandte. Zu spät, um sein Gesicht sehen zu können. Ob sie später anklingeln und sich vorstellen sollte? Sie verwarf den Gedanken gleich wieder. In der Stadt war das nicht üblich. Und sie wollte sich keinesfalls anbiedern. Wahrscheinlich war der Mann auch gar nicht allein hier eingezogen. Die Dreizimmerwohnung von Frau Gangl war groß genug für ein Paar mit Kind. Oder mit zwei kleineren Kindern, die sich ein Zimmer teilten. Hoffentlich keine Fratzen, die in aller Herrgottsfrüh das ganze Haus zusammenschrien. Sandra hatte nichts gegen Kinder, jedoch wollte sie sich wenigstens an ihren freien Tagen ungestört ausschlafen können.

Im Tiefgeschoß drückte sie den Fahrstuhlknopf, der sie in den dritten Stock beförderte. Sie freute sich auf eine Dusche und ein Glas Souvignier Gris aus dem Vulkanland. Eine Käseauswahl wartete ebenfalls in ihrem Kühlschrank. Darunter der Parmesan von der letzten *Crowdfarming*-Lieferung. Und Oliven mit Anchovis, nach denen sie neuerdings süchtig war. Das Wurzelbrot brauchte sie nur aufzubähen. In Gedanken versunken kramte sie den Schlüsselbund aus ihrer Tasche.

Als die Fahrstuhltür aufglitt, erstarrte sie. Ein Mann machte sich an ihrer Wohnungstür zu schaffen. Ihr Herz schlug schneller. Noch hatte er sie nicht bemerkt. Ob sie auf ihn zustürmen und ihm einen Tritt in die Kniekehle verpassen sollte? Oder in ein anderes Stockwerk fahren, aussteigen und die Kollegen verständigen? Im Aufzug war kein Handyempfang. Aber was, wenn er gar kein Einbrecher war? Was sollte er sonst hier suchen? Sandra tastete nach dem Pfefferspray in ihrer Jackentasche und tauschte ihn lautlos gegen ihren Schlüsselbund aus.

»Deppertes Graffl!«, schimpfte der Mann vor sich hin, ohne wahrzunehmen, dass sie sich von hinten an ihn heranschlich. »Jetzt geh endlich auf!«

»Kann ich helfen?«, fasste sich Sandra ein Herz, als sich die Fahrstuhltür hinter ihr schloss. Den Pfefferspray hatte sie in ihrer Faust hinterm Rücken versteckt und wartete nur darauf, dem mutmaßlichen Einbrecher die Tränen in die Augen zu treiben.

Der Mann reagierte nicht auf sie.

War er taub? Nein, da steckten kleine kabellose Kopfhörer in seinen Ohren, bemerkte Sandra. Sie näherte sich ihm von der Seite.

Als er sie im Augenwinkel wahrnahm, fuhr er herum und starrte sie erschrocken an.

Für einen Einbrecher war er ziemlich attraktiv, schoss ihr durch den Kopf. So schauten höchstens Meisterdiebe in Hollywoodfilmen aus. Zudem erkannte sie jetzt die blaue Jacke wieder, die zu seiner Augenfarbe passte. Ozeanblau traf es am besten. Augen, in die man eintauchen und darin versinken konnte. Während sie sich selbst für ihre kitschigen Gedanken rügte, riss sich der Mann die Kopfhörer aus den Ohren und hob seinen Schlüsselbund hoch.

»Meine Nerven«, sagte er. »Ich bin gerade hier eingezogen. Und der Schlüssel sperrt auf einmal nicht mehr.«

»Das wüsste ich aber«, meinte Sandra stirnrunzelnd, die Arme vor der Brust verschränkt, den Pfefferspray noch immer in ihrer Faust versteckt.

»Wie bitte?«

»Wenn Sie hier eingezogen wären, wüsste ich es. Das ist nämlich meine Wohnung.« Sie streckte ihre leere Hand aus und wies zur Tür.

Der Mann richtete seinen verdatterten Blick dorthin. Ein Namensschild oder eine Wohnungsnummer suchte er vergeblich.

Sandra schätzte ihre Anonymität. Sie war auch auf keiner Social Media-Plattform zu finden, die sie darüber hinaus für Zeitverschwendung hielt. Es sei denn, man hatte etwas zu verkaufen, außer einem selbstinszenierten geschönten Image, das mit der Realität wenig, wenn überhaupt etwas zu tun hatte.

»In welchem Stock sind wir überhaupt?« Der Feschak wandte sich suchend um.

»Im dritten.«

»O je, das ist mir jetzt aber peinlich. Meine Wohnung liegt im zweiten Stock. Ich muss vorhin daran vorbeigegangen sein. Offenbar bin ich schon voll verwirrt vom vielen Auffi und Owi. Entschuldigen Sie bitte meinen Irrtum.«

Falls ihr der Mann eine Lüge auftischte, war er nicht nur optisch reif für eine Hollywood-Karriere. »Schon gut. Ist ja nichts passiert«, erwiderte Sandra, berufsbedingt noch immer skeptisch. Warum hatte der Mann nicht den Fahrstuhl benutzt? Vielleicht war er besetzt gewesen, gab sie sich selbst eine Antwort. Oder das Treppenhaus diente ihm als Fitnesscenter.

Jetzt lächelte er sie an. Ein verlegenes, gleichwohl charmantes Lächeln, das ihr die letzten Zweifel raubte.

»Ich habe mich noch gar nicht vorgestellt«, sagte er. »Müllner. Hubert Müllner.«

Bond. James Bond, kam Sandra spontan in den Sinn. Seine samtige Stimme gefiel ihr. Der Name weniger. Aber für den konnte er ja nichts. »Sandra Mohr«, erwiderte sie und ließ die Faust mit dem Pfefferspray unauffällig in ihrer Jackentasche verschwinden, während ihr James Bond die Hand entgegenstreckte.

Sandra ergriff sie, ohne nachzudenken, was ihr schon lange nicht mehr passiert war. Seit der Corona-Pandemie vermied sie es, fremden Personen die Hand zu schütteln. Oder sie wusch sich anschließend gleich die Hände. Wenngleich sie geimpft war und bei einer Infektion wohl nur mit milden Symptomen zu rechnen hätte. Wenn überhaupt. Ein wenig Abstand zu den Mitmenschen und einfache Hygienemaßnahmen halfen schließlich auch gegen Grippe- und einige andere Viren. Sein Händedruck war kräftig, aber nicht grob, stellte sie fest. »Ja, dann … Auf eine angenehme Nachbarschaft, Herr Müllner.«

»Hubert.« Er stand noch immer vor ihrer Tür und lächelte sie an, mittlerweile nicht mehr verlegen, sondern nur mehr charmant.

Dieser Vorname passte wirklich nicht zu ihm, rief er doch Erinnerungen an den alten, grimmigen »Hiasbauern« in der Grogga in ihr wach. Als kleines Mädchen hatte sie sich vor ihm gefürchtet. »Darf ich, Hubert?«, sprach sie ihn dennoch mit seinem Vornamen an und zog ihren Schlüsselbund aus der Jackentasche.

»Wie? Ach so, ja freilich …« Hubert Müllner trat beiseite, damit sie ihre Tür aufsperren konnte. »Dann wünsche ich dir noch einen schönen Abend, Sandra«, hörte sie ihn hinter ihrem Rücken sagen.

Sie stieß die Tür auf und blickte über ihre Schulter. »Danke, den wünsche ich dir auch, Hubert. Man sieht sich …«

»Das würde mich sehr freuen.« 007 wandte sich ab und ging auf die Stiege zu, die zu seiner Wohnung hinabführte.

Hubert Müllner, wiederholte Sandra seinen Namen in Gedanken, während sie ihm nachschaute, bis zuletzt sein dunkler Haarschopf aus ihrem Blickfeld verschwand. Seine Schritte hallten nach, als sie sich wieder ihrer Wohnung zuwandte.

Der Mann war ganz bestimmt nicht mehr zu haben. Und wenn doch, gab es mit Sicherheit einen Haken. Den gab es immer, wenn ihr ein Typ gefiel.

KAPITEL 2

Dienstag, 15. November

1.

Bergmann war mit seinem Handy beschäftigt, als die neue Vize-Landespolizeidirektorin sechs Minuten nach 8 Uhr den Besprechungsraum betrat.

Zu dunkelblauen Jeans trug sie cognacbraune Wildleder-Stiefeletten mit niedrigen Absätzen. Unter ihrem schicken cremefarbenen Bouclé-Blazer blitzte eine petrolfarbene Satinbluse hervor. Die massive Goldkette um ihren Hals sah echt aus. »Guten Morgen, meine Damen und Herren«, begrüßte sie die versammelte Mannschaft mit einem gewinnenden Lächeln und kräftiger Stimme, ohne schrill zu klingen. »Ich bin die neue Vize-Landespolizeidirektorin, Doktorin Nicole Herbst, und freue mich auf eine gute Zusammenarbeit mit euch.«

Die Kolleginnen und Kollegen grüßten zurück. Dann kehrte gespannte Ruhe ein.

Bergmann schien wenig begeistert über den Auftritt der neuen Chefin zu sein, wenngleich er auf sie gewartet hatte, um sie seinem Team offiziell vorzustellen, bevor er sich dem Mordfall widmete. Über seine rahmenlose Lesebrille hinweg sah er Nicole Herbst missbilligend an, sagte aber nichts. Offensichtlich nahm er ihr die kleine Verspätung übel. Normalerweise hätte er jetzt einen mehr oder weniger witzigen Spruch angebracht, um die Zuspätkommende vor allen anderen zu brüskieren. Diesmal hielt er sich jedoch zurück. Wahrscheinlich verhielt er sich deshalb so unentspannt, weil sie seine Vorgesetzte war, vermutete Sandra.

Alle anderen Augenpaare waren ebenfalls auf die Neue gerichtet, die auf dem freien Stuhl neben dem Chefinspektor Platz nahm. »Du hast doch bestimmt nichts gegen eine kurze Vorstellungsrunde, bevor wir anfangen, Sascha?« Die attraktive Brünette ließ ihren durchdringenden Blick über die anwesenden Personen schweifen. »Vorab möchte ich jeden Einzelnen von euch ein wenig kennenlernen und wissen, wer wofür zuständig ist.«

»Du bist der Boss, Nicki«, brummte Bergmann und übergab ihr mit einer flapsigen Geste das Wort.

»Nicole«, stellte sie mit souveränem Lächeln klar, das man ihr auch als arrogant hätte auslegen können.

Sandra fand sie auf Anhieb sympathisch.

»Wer möchte, kann mich gern Nicole nennen. Bitte nicht Frau Doktor. Ich bin keine Ärztin, sondern Psychologin.«

Bergmann zog eine Augenbraue hoch. »Bitte schön, *Nicole*«, erteilte er ihr noch einmal offiziell das Wort, wobei seine übertrieben galante Geste unglaubwürdig wirkte.

Sandra konnte sich des Eindrucks nicht erwehren, dass sich die beiden schon länger kannten. Möglicherweise hatten sie früher im LKA Wien zusammengearbeitet, dämmerte es ihr. War Bergmann deshalb so sauer, dass Nicole Herbst den Job bekommen hatte, für den er sich auch beworben hatte? Seine Laune war heute nicht viel besser als gestern. Eher noch schlechter.

»Danke, Sascha.« Nicole rückte auf dem Stuhl nach vorn, um in aller Kürze die wichtigsten beruflichen Stationen und ihre Pläne fürs LKA Steiermark zu präsentieren. Anschließend bat sie Sandra als Erste in der Runde, ihrem Beispiel zu folgen. Dabei schob sie ihren Ärmel hoch, um auf ihre Uhr zu sehen, die sie am rechten Handgelenk trug.

Rolex war das keine, glaubte Sandra. Wenngleich das dreireihige Gold- und Edelstahlband einem *Oyster*-Armband zum Verwechseln ähnlichsah. Ob Nicole Linkshänderin war?

»Aber bitte, fass dich kurz, Sandra«, setzte sie nach. »Nicht länger als drei Minuten. Das gilt für alle, sonst sitzen wir zu Mittag noch hier.«

Während Sandra ihren Werdegang und Job umriss, folgte die Chefin aufmerksam ihren Worten.

»Dann bist du also Saschas rechte Hand«, meinte sie abschließend.

Sandra nickte. »Und seine Chauffeurin«, antwortete sie wahrheitsgetreu.

Nicole lachte am lautesten, als wüsste sie, dass der Chefinspektor ein miserabler Autofahrer war.

Bergmann grinste säuerlich, die Arme vor seiner Brust verschränkt.

Sandra war mittlerweile überzeugt, dass sich die beiden von früher kannten.

»Gut, dann wenden wir uns jetzt unserem Mordfall zu«, schlug Nicole vor, nachdem sich alle Kolleginnen und Kollegen ihr vorgestellt hatten. »Ich möchte mir zu allererst einen Überblick verschaffen. Ganz besonders interessiert mich, wie ihr als Team zusammenarbeitet. In die Mordermittlungen werde ich mich nicht einmischen. Es sei denn, meine kriminalpsychologische Expertise ist gefragt. Das war und ist auch weiterhin meine Kernkompetenz, die ich, wann immer es nötig ist, gerne einbringe. Ansonsten hältst du mich auf dem Laufenden, Sascha. Ja?«

Bergmann nickte, vermied es jedoch, seine Sitznachbarin anzusehen.

Entweder trug Nicole Herbst ihr Herz auf der Zunge, oder es war ihre Taktik, mit vermeintlich offenen Karten zu spielen, überlegte Sandra. Weder das eine noch das andere schien dem Chefinspektor zu gefallen.

Während er den aktuellen Ermittlungsstand zusammenfasste, fand er zur gewohnten Sachlichkeit und Souveränität zurück.

Nicole saß mit aufgestützten Ellenbogen und ineinander verschränkten Fingern da und hörte ihm aufmerksam zu. Ihre Augen folgten ihm, als er aufstand, um sich ans Whiteboard zu begeben.

»Kommen wir zu Beweisstück Nummer 1. Anni, bist du so nett?«, sagte Bergmann.

Anna Thaler startete die Präsentation am Laptop. Das erste Bild zeigte die mutmaßliche Tatwaffe.

»Laut Obduktionsbefund wurde das Opfer mit diesem Strick, der zu seiner Kutte gehörte, erdrosselt. Weiter …« Bergmann wartete auf ein Foto der Apfelmänner im Einsatz, das ebenfalls an die Wand projiziert wurde. »Sandra, erklärst du kurz, was es mit dieser obskuren Gemeinschaft auf sich hat?«

Die Abteilungsinspektorin kam seiner Aufforderung nach.

»Damit wären wir bei Beweisstück Nummer 2«, fuhr Bergmann anschließend fort. »Diese Holzkugel gehörte ebenfalls dem Opfer.« Er nannte den Durchmesser der dunklen Kugel, die gleich groß, aber rund 20 Gramm schwerer als die helle war.

»Die einzige rote Kugel befindet sich nicht unter den Asservaten, sondern beim *Abellio*«, fügte Sandra hinzu, als Anni ihnen das erste Foto der Leiche präsentierte.

»Der oder die Täter haben die Holzkugel gewaltsam in die Mundhöhle des Opfers eingebracht«, referierte Bergmann weiter. »Zu diesem Zeitpunkt muss der Mann bereits tot gewesen sein. Sonst hätten sich kleinere Bruchstücke von seinen Zähnen auch in den unteren Atemwegen befinden müssen, was jedoch nicht der Fall war.«

Jörg Schöffmann, der seinen ersten Eindruck vom Tatort bestätigt sah, nickte.

»Offenkundig haben wir es mit einer Übertötung zu tun«, fuhr Bergmann fort. »Es sieht so aus, als sollte das Opfer erniedrigt, möglicherweise bestraft werden.« Er legte eine Pause ein und blickte in die Runde.

»Warum oder wofür bestraft?«, fragte Stefan Baumgartner, der mit der karenzierten Miriam verheiratet war, als Erster nach.

»Wenn wir das wüssten, wären wir vermutlich einen entscheidenden Schritt weiter«, erwiderte der Chefinspektor. »Hat jemand von euch eine Idee?«

»Sieht so aus, als hätte der Täter den Mann zum Schweigen bringen wollen«, glaubte ein Kollege.

»Ihm wurde das Maul gestopft«, wurde Stefan noch deutlicher. »Für irgendetwas, was er von sich gegeben hat. Vielleicht hat er ein Geheimnis verraten. Die Apfelmänner scheinen ja einige zu haben. Der Täter wollte eventuell klarmachen, dass Verrat bestraft wird. Als Warnsignal für andere.«

Ähnliche Überlegungen hatten Sandra und Bergmann gestern angestellt. »Andere Vorschläge?«, fragte der Chefinspektor in die Runde.

Nicole hob zögerlich ihre linke Hand.

Sandra fiel das goldene Armband am Handgelenk auf, das zur Halskette und zum breiten Ring an ihrem linken Ringfinger passte. Ob das ein Ehering war? Nicht überall auf der Welt wurde er auf der rechten Hand getragen.

»Ja, Nicki? Verzeihung, Nicole«, korrigierte sich Bergmann umgehend, was die Chefin geflissentlich überging.

»Spontan erinnert mich dieser Fall an den ›Vampirmord‹, mit dem wir es vor einigen Jahren in Wien zu tun hatten«, sagte sie.

Wieder hafteten alle Blicke auf ihr.

»Sag bloß … ein Vampir wurde ermordet?«, fragte Bergmann ungläubig. »In Wien?« Er lachte gekünstelt auf.

Nicole nickte nachdenklich.

Sandra erinnerte sich vage an einen »Vampirmord« in der

Bundeshauptstadt, über den die Medien berichtet hatten. Was dieser jedoch mit ihrem aktuellen Fall zu tun haben sollte, erschloss sich ihr nicht.

»Allerdings stimmen die Tötungsarten nicht überein«, grübelte Nicole laut vor sich hin. »Der Apfelmann wurde erdrosselt …« Sie fuhr sich durch ihre Locken, in denen kein einziges graues Haar zu entdecken war, und blickte zum Porträt der Leiche.

»Vampire kann man nicht erdrosseln«, meldete sich Anni zu Wort. »Entweder setzt man sie dem Sonnenlicht aus, damit sie zerfallen, man verbrennt sie oder stößt ihnen einen Holzpflock ins Herz.«

»Da schau an. Ich wusste gar nicht, dass ich eine Expertin für Vampirismus in meinem Team habe«, ätzte Bergmann. »Hast du das in einem BZS-Kurs gelernt?«

Einige Kollegen kicherten, während Anni Farbe aufzog.

»Anna hat recht«, sagte Nicole. »Thaler war dein Nachname, nicht wahr?«

Anni bejahte ihre Frage errötend.

»Wie bitte?«, fragte Bergmann.

»Ich versuche, mir die Namen der Kollegen zu merken«, entgegnete Nicole.

Bergmann seufzte. »Ja eh … Womit soll Anni recht haben, habe ich gemeint.«

»Das Opfer in Wien wurde mit einem Holzpflock getötet, der ihm ins Herz getrieben wurde«, sagte Nicole. »Der Grund, warum ich diesen Fall überhaupt erwähne, ist der runde Stein, der ihm post mortem in den Mund eingeführt wurde. Er war zwar nicht ganz kugelförmig, aber das Porträt der aktuellen Leiche erinnert mich verblüffend daran. Jedenfalls sind wir bei unseren damaligen Ermittlungen auf ein Ritual gestoßen, nach dem mutmaßliche Vampire und Wiederkehrer früher bestattet wurden.«

Bergmann stöhnte auf und kratzte sich am Kopf. »Was ist denn, bitte schön, ein Wiederkehrer?«

»Ganz einfach: jemand, der nach seinem Tod wieder aufersteht.«

Der Chefinspektor hob eine Augenbraue. »Ganz einfach? Ich dachte, das hat bisher nur einer geschafft. Und den beten sie heute noch an.«

Wieder kicherten einige Kollegen.

»Solche Bestattungsrituale waren lange vor Jesus Christus im antiken Rom üblich«, belehrte ihn Nicole. »Indem man Steine im und auf dem Leichnam platzierte, sollte verhindert werden, dass der Untote wiederkehrt und die Krankheit oder Seuche, an der er gestorben war, unter den Lebenden verbreitet. Das Böse sollte für immer begraben bleiben.«

»Unser Opfer wurde aber nicht begraben«, wandte Sandra ein.

»Unseres damals auch nicht. Es wurde einige Tage nach der Tat mit diesem Stein im Mund und gepfählt in seiner Wohnung aufgefunden.«

»Habt ihr den Täter damals gefasst?«, wollte Bergmann wissen.

Nicole nickte. »Er hat an einer wahnhaften Störung gelitten. Eine Stimme in seinem Kopf soll ihm befohlen haben, den Vampir, der neben ihm wohnt, zu vernichten. Dabei hat es sich bei diesem Nachbarn um einen harmlosen Krankenpfleger gehandelt, der der *Gothic*-Szene angehörte, was ihm anzusehen war. Das ist ihm wohl auch zum Verhängnis geworden. In seiner schwarzen Kluft mit den schwarz gefärbten Haaren hat er häufig spätabends das Haus verlassen und ist erst im Morgengrauen wieder heimgekommen. Allerdings nicht, um frisches Blut zu beschaffen, wovon der Psychopath nebenan überzeugt war, sondern weil er häufig Nachtdienste im Allgemeinen Krankenhaus versehen hat.«

»Vielleicht hat sich der Blutsauger im Spital bedient. Soweit ich weiß, verfügen die doch alle über eine kleine Blutbank«, scherzte Stefan, was wiederum für einige Lacher sorgte.

»Im AKH Wien gibt es sogar eine ziemlich große Blutbank«, ging Nicole schmunzelnd auf seinen Kommentar ein.

»Das reicht mir nicht«, meinte Bergmann ernst.

Nicht einmal Sandra verstand, was er mit diesem Kommentar meinte.

»Eine Holzkugel und ein Stein haben wenig gemeinsam, oder?«, wurde er konkreter.

Niemand widersprach ihm.

»Und auch sonst kann ich keine Ähnlichkeiten zwischen den beiden Fällen erkennen.«

»Wahrscheinlich hast du recht«, stimmte ihm Nicole zu. »Die beiden Signaturen sind zu unterschiedlich. Auch der Modus Operandi ist ein anderer. Die Morde in Wien und Puch haben wohl wirklich nichts miteinander zu tun. Es war nur dieses Foto«, wiederholte sie und wies mit ihrem markanten Kinn zur Tafel.

»Dennoch könnte unser Täter nach einem Ritual vorgegangen sein«, sagte Sandra.

»Würdest du bitte in diese Richtung weiterermitteln?«, fragte Nicole.

Sandra willigte ein, während Bergmann die Vorgesetzte argwöhnisch ansah, die sich nun doch in »seine« Ermittlungen einmischte.

»Ich werde mich zuallererst über die Rituale der Kelten schlaumachen«, fuhr Sandra fort. »Die Region um den Keltenberg Kulm hat eine diesbezügliche Geschichte, die uns vielleicht weiterbringt.«

»Gute Idee«, lobte Nicole sie, was Bergmann wiederum nicht passte.

»Ritual hin oder her«, erstickte er den Ermittlungsansatz im Keim.

Sandra würde künftig aufpassen müssen, dass sie nicht zwischen die Fronten geriet, warnte sie ihr Verstand.

»Wir müssen die Signatur des Täters entschlüsseln«, sagte Bergmann. »Was hat er mit der Kugel im Mund seines Opfers bezweckt? Wollte er damit etwas demonstrieren? Welche Botschaft sollte sie vermitteln? Und wem?«

»Wenn diese Kugel tatsächlich als Botschaft gedacht war, dann richtet sie sich höchstwahrscheinlich an andere Apfelmänner«, meinte Nicole. »Wer außer ihnen sollte sie sonst verstehen?«

»Wir haben gestern alle Apfelmänner befragt. Bis auf einen, der sich zurzeit im Ausland aufhält«, sagte Sandra. »Markus Mauerhofer war bei allen beliebt. Weder hat er ein Geheimnis verraten noch etwas gesagt oder getan, was ein brauchbares Tatmotiv abgeben würde. Angeblich hatte er weder Streit noch Feinde. Nichts dergleichen.«

»Man könnte meinen, der Mann war ein Heiliger«, sagte Bergmann. »Dass wir das Tatmotiv noch nicht kennen, heißt nicht, dass es keines gibt. Sein Schwiegersohn könnte zum Beispiel eines gehabt haben«, meinte er und erzählte von der Bemerkung der Witwe des Opfers, die den Eindruck erweckt hatte, als wäre Norbert Fuchsbichler an einer Aufnahme bei den Apfelmännern interessiert, die ihm bisher verwehrt wurde. »Vielleicht hat Fuchsbichler seinen Schwiegervater deshalb getötet.«

»Und was soll die Holzkugel in seinem Mund?«, fragte Sandra.

»Ich bin kein Apfelmann«, bezog sich Bergmann auf Nicoles Theorie.

»Norbert Fuchsbichler hat aber gar nicht um Aufnahme angesucht«, sagte Sandra.

»Das behaupten diese seltsamen Vögel«, erwiderte Bergmann.

»Welche Vögel?«

»Die Apfelmänner. Ich bin überzeugt davon, dass sie uns bei Weitem nicht alles erzählt haben, was sie wissen. Als Mitglieder dieser eingeschworenen Gemeinschaft sind sie es gewohnt, Geheimnisse für sich zu behalten.«

»Auch eine Bluttat?«, fragte Nicole.

Bergmann zuckte mit den Schultern. »Warum nicht? Ich kann es nicht ausschließen.«

Sandra konnte es auch nicht.

»Auf alle Fälle werden wir schleunigst ihre Alibis überprüfen«, sagte Bergmann.

»Ein Wort noch zu Norbert Fuchsbichler«, kehrte Sandra gedanklich zum möglichen Tatmotiv des Schwiegersohns zurück.

»Ja?« Nicole Herbst schenkte ihr ihre Aufmerksamkeit, wohingegen Bergmann ihr nur ungern noch einmal das Wort erteilte.

»Es gibt angeblich keine Aufnahmebeschränkungen für Apfelbauern von der Steirischen Apfelstraße, solange sie sich in den Dienst des heimischen Apfels stellen«, wiederholte Sandra, was sie von den Apfelmännern gehört hatte. »Demnach musste nicht erst einer sterben, damit ein Platz für einen anderen frei wird.« Was nicht ausschloss, dass Fuchsbichler ein anderes Tatmotiv gehabt haben konnte. Oder ein anderer Apfelmann.

»Das Kollegium kann sich auch aus persönlichen Gründen gegen eine Aufnahme eines Bewerbers aussprechen«, wandte Bergmann ein. »Dafür braucht es lediglich eine Zweidrittelmehrheit. Vielleicht hatte Fuchsbichler also doch ein Motiv, weil ihm die Mitgliedschaft verwehrt wurde.«

»Weshalb hätten die Apfelmänner uns das denn verschweigen sollen? Sie haben keinen Grund, ihn zu schützen«, wandte Sandra ein.

»Moment einmal, nur zum Mitdenken«, unterbrach Nicole Herbst den Dialog der Ermittler. »Hat sich dieser Herr Fuchsbichler nun als Apfelmann beworben oder nicht? Was sagt er denn selbst dazu?«

»Wir konnten ihn noch nicht befragen«, sagte Sandra. »Er musste gestern dringend ins Krankenhaus.«

»Oje, was fehlt ihm denn?«

»Ihm fehlt gar nichts. Bei seiner Frau haben die Wehen eingesetzt, als wir sie befragt haben«, erklärte Sandra.

»Um Gottes willen! Ich hoffe, Mutter und Kind sind wohlauf«, sagte Nicole.

Bergmann warf Sandra einen Blick zu, als hätte sie sich längst nach dem Wohlbefinden der Zeugin erkundigen müssen. Dazu war sie bislang aber nicht gekommen. »Ich weiß es nicht. Ich werde Norbert Fuchsbichler nach dem Meeting gleich anrufen.«

»Vereinbare lieber einen Termin mit ihm«, sagte Bergmann. »Und dann überprüf die Alibis aller Apfelmänner«, ordnete der Chefinspektor an. »Anni, du unterstützt Sandra.«

Die Kollegin nickte dienstbeflissen.

Alle 17 befragten Apfelmänner hatten ausgesagt, im Tatzeitraum zu Hause respektive unterwegs zum Obsthof Ludwig gewesen zu sein, erinnerte sich Sandra an die Audiodateien, die sie aus Bergmanns und ihrem Handy hochgeladen und transkribieren hatte lassen. Sie bezweifelte nicht, dass die nächsten Angehörigen die Alibis der Apfelmänner bestätigen würden.

»Was ist mit der Videoaufzeichnung vom Einfahrtstor?«, wandte sich Bergmann an die Kriminaltechniker.

Stefan blickte in seine Unterlagen. »Das einzige Fahrzeug, das im fraglichen Zeitraum auf das Betriebsgelände gefahren ist, war ein Toyota Pick-up, der auf einen Ingenieur Gerhard Jaritz zugelassen ist. Der wurde um 7.19 Uhr aufgenommen.«

»Welche Farbe hat der Wagen?« Sandra war prompt der Pick-up-Fahrer in den Sinn gekommen, der ihr den Vogel gezeigt hatte, als sie die Fahrbahn kurzfristig blockiert hatte.

»Schwarz«, sagte Stefan.

Das war dann ein anderer gewesen, verwarf Sandra ihren letzten Gedanken wieder.

»Habt ihr Herrn Jaritz schon befragt?«, wollte Nicole wissen.

»Es ist keine 24 Stunden her, dass wir die kriminalpolizeilichen Ermittlungen aufgenommen haben. Wen hätten wir in dieser kurzen Zeit noch alles befragen sollen?«, rechtfertigte sich Bergmann. »Wir verfügen hier nicht über dieselben Ressourcen wie in Wien.«

»Es gibt hier hoffentlich auch nicht so viele Psychopathen wie in Wien«, meinte Nicole Herbst.

»Glaube mir, es gibt genügend«, erwiderte Bergmann.

Nicole grinste ihn vielsagend an, als wäre der Chefinspektor einer von ihnen.

Sandra blätterte in der Heftmappe, in der sie unter anderem das Protokoll des Inspektionskommandanten abgelegt hatte. »Ingenieur Gerhard Jaritz wurde gestern am Tatort von einem Kollegen aus Anger befragt«, berichtete sie. »Der Zeuge hat ausgesagt, gestern kurz nach 7.15 Uhr am Obsthof Mauerhofer eingetroffen zu sein, um sich die Abfüllanlage seines langjährigen Kunden anzusehen. Etwas stimmte mit den Füllmengen nicht. Norbert Fuchsbichler hat ihn bei seiner Ankunft in die Produktionshalle geführt und dort einige Minuten mit ihm gesprochen, um ihm das Problem zu erläutern. Markus Mauerhofer hätte bei diesem Termin auch anwesend sein sollen, ist aber nicht erschienen. Fuchsbichler hat versucht, seinen Schwiegervater zu erreichen, und ihm auf die Mailbox gesprochen. Nach der Reparatur wollten sie noch über die Anschaffung einer neuen Anlange sprechen. Dazu kam es dann aber nicht mehr.«

»Wo war der Pick-up geparkt?«, fragte Nicole, den Blick auf den Grundrissplan des Obsthofs gerichtet, der sich auf einem zweiten Whiteboard erstreckte.

»Direkt vor dem Eingang zum Betriebsgebäude«, erläuterte Stefan.

»Von dort aus konnte er die Leiche bei den Müllcontainern nicht sehen?«, fragte Nicole nach.

Bergmann bestätigte ihre Annahme und wandte sich ebenfalls dem Grundrissplan zu. Mit dem geschlossenen roten Marker fuhr er die erwähnten Bereiche ab. »Alles weist darauf hin, dass der Täter aus Richtung des Wohnhauses respektive Hofladens kam. Möglicherweise war er schon vorher vor Ort, was einmal mehr Norbert Fuchsbichler in den Fokus rückt. Er wohnt mit seiner Frau im Obergeschoß des Hauses und hätte zwischen seiner Wohnung und der Betriebsstätte unbemerkt hin und her wechseln und den Mord begehen können. Und zwar unmittelbar, nachdem sein Schwiegervater das Wohnhaus gegen 6 Uhr verlassen hat, um zur Brennerei im Obsthof Ludwig zu fahren.«

»Theresa Fuchsbichler hat aber ausgesagt, dass ihr Mann erst um 7 Uhr die Wohnung verlassen hat«, wandte Sandra ein.

»Das muss ja nicht unbedingt der Wahrheit entsprechen. Schließlich ist sie befangen. Und sie stand kurz vor der Geburt ihres ersten Kindes«, meinte Bergmann.

»Was willst du damit sagen?«, fragte Nicole mit schmalen Augen.

»Na ja, ich meine nur wegen der Hormone …«

»Sascha, bitte«, ermahnte die Chefin ihn in scharfem Tonfall.

Bergmann wollte etwas erwidern, ließ es aber lieber bleiben.

Besser war es. Sandra lehnte sich zurück. Sie sah entspanntere Zeiten auf sich zukommen, wenn die neue Vorgesetzte dem Chefinspektor vielleicht doch noch Manieren beibrachte. Möglicherweise hatte er in Nicole Herbst seine Meisterin gefunden. Die Hoffnung starb zuletzt.

»Jeder andere hätte auch aus dieser Richtung kommen und das Opfer abpassen können«, fuhr Nicole fort. »Der Parkplatz vor dem Hofladen ist ja rund um die Uhr frei zugänglich, oder nicht?«

Stefan nickte.

»Wenn es aber doch Fuchsbichler war, könnte er seinem Schwiegervater auch zufällig auf dem Hof begegnet und mit ihm in Streit geraten sein«, meinte Bergmann. »Ich wollte es nur erwähnt haben.«

»An einen Zufall glaube ich nicht«, sagte Nicole. »Diese Kugel im Mund spricht für eine vorsätzliche Tat. Sie war für die Tötung überhaupt nicht notwendig. Das war eine völlig überflüssige Aktion, aus der der Täter in irgendeiner Form Befriedigung bezogen hat. Sonst hätte er einen solchen Aufwand bestimmt nicht in Kauf genommen und riskiert, auf frischer Tat ertappt zu werden. Die Gefahr war auf dem Hof keinesfalls unerheblich.«

Bergmann gab sich geschlagen und wandte sich an Jörg Schöffmann. »Habt ihr in den Müllcontainern etwas gefunden?«

Der leitende Kriminaltechniker nickte. »Einige blutgetränkte Zellstofftücher, die wir zusammen mit der Kleidung des Opfers und anderen Beweisstücken zur DNA-Analyse ins Labor geschickt haben.«

»Und sonst?«

»Zeig doch bitte mal die Schuhe des Opfers«, wandte sich Schöffmann an seinen Kollegen, der das Foto auf dem Laptop aufrief und an die Wand projizierte. Dann begab er sich zum Whiteboard. »Darf ich mal?«, sagte er zu Bergmann, der an seinen Platz zurückkehrte. »Anhand der Schleifspuren auf den Absätzen und des Abriebs des Gummis am Asphaltboden lässt sich deutlich erkennen, dass das Opfer zu den Abfallcontainern geschleift wurde.« Der leitende Kriminaltechniker wies auf besagte Stellen. Zudem waren die Schuhe mit Blut befleckt. Als Nächstes wandte er sich dem Grundrissplan zu. »Markus Mauerhofer muss auf dem Weg zu seinem Auto zusammengeschlagen worden sein«, berichtete er weiter. »Wahrscheinlich wurde er hier schon gedrosselt und mit dem Strick von seiner Kutte um den Hals zu den Containern geschleift.«

»Dort war er vor Blicken aus dem Haus beziehungsweise aus den Betriebsgebäuden geschützt«, sagte Nicole.

»So sieht es aus.« Jörg Schöffmann nahm die Kappe von einem Marker ab, um die beschriebene Strecke am Grundrissplan des Tatorts einzuzeichnen. Manches geschah noch analog, bevor es digitalisiert und in die Akte auf dem Polizeiserver hochgeladen wurde.

»Konntet ihr die Handydaten des Opfers schon aufbereiten? Anruflisten, E-Mails, Fotos, Kontakte et cetera?«, erkundigte sich Bergmann.

Stefan zog einige zusammengeheftete A4-Blätter aus seiner Mappe und schob sie über den Tisch, wo Sandra sie entgegennahm. »Wir haben euch die Anruflisten der letzten zwei Wochen ausgedruckt, dazu die E-Mails, Nachrichten und Kontakte von Markus Mauerhofer. Private Social Media Accounts hatte er keine. Lediglich eine Firmenseite, auf der er aber nicht selbst aktiv war. Die letzten Postings stammen von seiner Tochter Theresa Fuchsbichler respektive von deren Ehemann Norbert.«

Sandra überflog die Anrufliste, während Jörg Schöffmann wieder Platz nahm. Um 6.20, 6.29 und 7.31 Uhr waren Anrufe von Helmut Sinkovits eingegangen, die ebenso wenig angenommen worden waren wie der seines Schwiegersohnes um 7.22 Uhr, der ihn an den Termin mit Jaritz erinnern wollte. Die letzten beiden Nummern, die um 7.33 und 7.36 Uhr mit diesem Handy gewählt worden waren, galten dem Polizeinotruf und der Tochter des Opfers, Theresa. Beide hatte Romana Mauerhofer angerufen, nachdem sie die Leiche ihres Mannes gefunden hatte, erinnerte sich Sandra. Alle diesbezüglichen Aussagen der Betroffenen entsprachen demnach der Wahrheit.

»Fällt dir spontan etwas auf?«, riss Bergmann sie aus ihren Gedanken.

»Auf den ersten Blick nicht. Ich überprüfe die Daten aber noch genau.«

»Hat sonst noch jemand etwas zu sagen? Oder zu fragen? Wünsche, Anregungen, Beschwerden?« Der Chefinspektor blickte in die Runde, aber niemand meldete sich. »Gut. Dann macht euch an die Arbeit, Herrschaften. Den Termin für die nächste Teambesprechung wird Anni rechtzeitig aussenden.« Er rückte mit seinem Stuhl zurück, um sich zu erheben.

»Kannst du bitte hierbleiben, Sascha?«, hielt Nicole ihn auf. »Ich möchte mit dir noch etwas besprechen.«

Bergmann ließ sich auf seinen Sessel zurückfallen.

Sandra folgte Anni aus dem Besprechungsraum. Wie gerne wäre sie jetzt ein Mäuschen gewesen, um unbemerkt zuzuhören, was die Vize-Landespolizeidirektorin dem Chefinspektor zu sagen hatte. Ob sie ihm wegen seiner sexistischen Bemerkung die Leviten lesen wollte? Oder gab es etwas anderes, das die anderen nichts anging?

2.

»Hast du Fuchsbichler erreicht?«, wollte Bergmann wissen, als er das Büro betrat.

Sandra bestätigte das, ohne von ihrem Bildschirm aufzublicken. »Mutter und Sohn sind wohlauf.«

»Wie schön. Und wie geht es dem Vater?« Der Chefinspektor stellte das Kaffeehäferl auf seinem Schreibtisch ab, ehe er sich hinsetzte.

»Den Umständen entsprechend gut«, erwiderte Sandra im selben sarkastischen Tonfall, den er angeschlagen hatte.

»Hast du einen Termin mit ihm vereinbart?«

»Morgen um 10 Uhr.«

»Kommt er zu uns? Sag mal, muss ich dir alles aus der Nase ziehen?«

»Wir treffen ihn auf seinem Obsthof.«

»Soll mir recht sein.« Bergmann trank einen Schluck Kaffee. »Ist es denn auch *sein* Obsthof?«

»Norbert Fuchsbichler ist als Kommanditist der *Markus Mauerhofer KG* im Firmenbuch eingetragen. Seine Frau Theresa und ihre Mutter sind Komplementäre wie das Opfer.«

»Dann ist Fuchsbichler weder geschäftsführungs- noch vertretungsbefugt im Betrieb«, sagte Bergmann.

»Ganz genau«, bestätigte Sandra und aktivierte ein geöffnetes Dokument auf ihrem Bildschirm. »Die belastende Aussage von Romana Mauerhofer könnte auch anders gemeint gewesen sein, als wir ursprünglich angenommen haben.«

Bergmann drehte sein Häferl in den Händen und lauschte ihr aufmerksam.

»Vielleicht wird er ja jetzt ein Apfelmann, wo der Papa nimmer lebt«, las Sandra nahezu wortwörtlich aus dem Protokoll vor. »Um ein Apfelmann werden zu können, müsste er den Betrieb doch führen.«

»Auch ein Motiv, um den Alten loszuwerden, der ihm im Weg stand«, meinte Bergmann. »Nach seinem Tod wird er den Laden wahrscheinlich übernehmen und seine Frau in Karenz gehen.«

»So sicher wäre ich mir da nicht. Seine Schwiegermutter könnte die Geschäfte doch ebenso gut weiterführen.«

»Glaubst du das wirklich?«

»Warum denn nicht? Romana Mauerhofer ist erst 50. Viel zu jung für die Pension.«

»Hm … Möglicherweise hat es einen Konflikt zwischen dem Schwiegervater und dem Schwiegersohn gegeben, den uns die Damen wohlweislich verschwiegen haben«, sagte Bergmann. »Vielleicht haben sich die Männer ja wegen dieser Abfüllanlage gestritten. So etwas ist bestimmt nicht ganz billig.«

»Anni hat schon mit Ingenieur Jaritz telefoniert. Der Kaufvertrag war bereits aufgesetzt, ist jetzt aber hinfällig. Kommanditgesellschaften werden üblicherweise mit dem Tod eines Komplementärs aufgelöst.«

»Wo ist Anni eigentlich?«, wollte Bergmann wissen.

»Tee holen.« Dass es sich um Käsepappeltee handelte, verschwieg Sandra ihm, um sich einen Kommentar zu ersparen. Aus dem Internet wusste sie inzwischen, dass der Schleim und die Gerbstoffe dieser Heilpflanze reizlindernd wirkten, und der Tee immer dann getrunken werden sollte, wenn es »brannte und kratzte«. Bei Mundtrockenheit, Heiserkeit oder Husten ebenso wie bei Magen- oder Darmbeschwerden. Bei Sandra schlugen sich Ärgernisse am ehesten auf den Magen. Daher konnte Käsepappeltee keinesfalls schaden. Sie blickte über ihren Bildschirm zu Bergmann hinüber. »Kennst du Nicole Herbst eigentlich schon länger?«, wechselte sie das Thema.

»Seit wann interessierst du dich für mein Privatleben?«, antwortete Bergmann mit einer Gegenfrage.

»Tu ich ja gar nicht. Ich dachte, ihr habt vielleicht im LKA Wien zusammengearbeitet.«

»Das haben wir auch. Von Fall zu Fall. Abgesehen davon waren wir privat ein Paar.«

Sandra stand der Mund offen. Hatte der alte Schwerenöter eigentlich mit jeder attraktiven Frau in seinem beruflichen Umfeld geschlafen? Oder es zumindest versucht? Wie anfangs auch bei ihr.

»Wir waren miteinander verlobt«, erzählte Bergmann, auf einmal schwermütig.

Sandra verschwand hinter ihrem Bildschirm. »So genau wollte ich es nicht wissen«, wiegelte sie ab. »Entschuldige meine Indiskretion, Sascha.«

»Du brauchst dich nicht bei mir zu entschuldigen«, fuhr Bergmann fort. »Nicki hat unsere Verlobung gelöst, nachdem ich ihr meinen Seitensprung gebeichtet habe.«

Im nächsten Moment hörte Sandra ihn seinen Bleistift spitzen. Sie lugte hinter dem Bildschirm hervor. »Warum hast du ihr davon erzählt? Wolltest du dein Gewissen erleichtern?«

»Ich habe doch gar kein Gewissen.« Bergmann grinste sie schief an.

»Ja eben, deshalb frage ich ja.«

Der Chefinspektor wurde wieder ernst und spitzte seinen Bleistift weiter, was diesen nicht mehr spitzer, sondern nur noch kürzer machte. »Mir ist nichts anderes übriggeblieben, als zu beichten, nachdem Manuela schwanger war. Wie sie mir damals versicherte, von mir. Wegen diesem

Baby haben wir dann auch geheiratet.« Bergmann schluckte schwer. Dass ihm seine Ex-Frau die vermeintlich gemeinsame Tochter untergejubelt hatte, würde er ihr niemals verzeihen. Auch wenn er für Sarah immer ihr Vater bleiben würde. Dass an Manuelas unverschämter Lüge auch noch seine Beziehung zu Nicole zerbrochen war, schlug dem Fass den Boden aus, fand Sandra. Wenngleich Bergmann an dem folgenschweren Seitensprung schon auch selbst schuld war. Daran gab es nichts zu rütteln.

»Du behältst das für dich. Gell ja, Sandra? Nicki … Nicole weiß nicht, dass Sarah gar nicht meine leibliche Tochter ist.« Bergmann vergaß, seinen Bleistift weiter zu spitzen und suchte den Augenkontakt mit Sandra.

Warum sollte Nicole das nicht erfahren? Vielleicht ließ sich das Rad der Zeit ja zurückdrehen, wenn ihr klar wurde, dass Bergmann von einem Gspusi hinters Licht geführt worden war. Wobei allein die Tatsache, dass er Nicole betrogen hatte, vielleicht schon ausgereicht hätte, um sich von ihm zu trennen. Oder eben auch nicht. Möglicherweise hätte sie ihm einen Seitensprung ohne die Schwangerschaft verziehen, und Bergmann wäre dieser Heiratsschwindlerin nicht aufgesessen. Nichts anderes war Manuela in ihren Augen. Andererseits wäre Sarah dann niemals in sein Leben getreten, die Bergmann über alles liebte.

»Ich habe dich etwas gefragt, Sandra«, zerriss er ihre Gedankenkette.

»Wie? Ach so … Du weißt doch, dass deine Geheimnisse bei mir gut aufgehoben sind.« Bei Bedarf konnte sie ihn damit sogar erpressen, spann sie ihre Überlegungen weiter. Freilich ohne diese ernsthaft in Erwägung zu ziehen. Die ständige Suche nach Tatmotiven, die Kriminelle zu Mord und Totschlag veranlassten, brachte sie zwangsläufig auf solche Ideen, die sie jedoch niemals in die Tat umgesetzt hätte. Ganz im Gegenteil versuchte Sandra, ein guter Mensch zu sein. Eine dunkle Seite steckte allerdings in jedem, war sie überzeugt. Böse waren nur jene, die sich dazu hinreißen ließen, diese Seite auch auszuleben. Die Gedanken waren hingegen frei, wie es so schön hieß. Solang man sie für sich behielt, sogar straffrei. Sie blickte auf, als Anni das Büro betrat.

»Dein Käsepappeltee.«

Sandra bedankte sich.

Bergmann verzog das Gesicht, kam aber nicht mehr dazu, eine verächtliche Bemerkung zu äußern. Just im selben Moment klingelte sein Handy. Er nahm das Gespräch an und verließ das Büro, das er sich mit beiden Frauen teilte. In seiner Position wäre ihm zwar ein eigenes zugestanden, das lehnte er aber kategorisch ab. Sonst hätte er seine Mitarbeiterinnen nicht mehr sekkieren können, wann immer ihm danach war.

Anni griff zum Festnetztelefon, um die Alibis weiterer Apfelmänner zu überprüfen, während Sandra ihren Bildschirm aktivierte, um deren Homepage aufzurufen.

Die Seite über die Rituale gab nicht viel mehr preis, als sie bereits von den Vernehmungen wusste. Außer, dass die Apfelsorte für den *Abakus* jährlich wechselte und bis zur Präsentation des *Geistes der Apfelmänner*, die meist im November des folgenden Jahres in einer feierlichen Zeremonie abgehalten wurde, streng geheim war. Nicht einmal die engsten Angehörigen der Apfelmänner wussten bis zu diesem Zeitpunkt, auf welche Sorte die Wahl gefallen war.

Von jedem *Abakus*-Jahrgang wurden genau 1.444 Flaschen abgefüllt, las Sandra weiter. Die Anzahl hing mit der Gründung der Kirche Sankt Oswald in Puch zusammen. Auch der Verkaufspreis leitete sich daraus ab. Stolze 104,44 Euro mussten Schnapsgenießer für eine 0,7 Liter-

Flasche vom »Nullmeridian des guten Geschmacks«, wie der *Abakus* auch bezeichnet wurde, hinblättern. Sollte ein anderer Apfelschnaps desselben Jahrgangs besser sein, hatte der Rat der Apfelmänner schändlich versagt, besagte die erste Regel von insgesamt zwölf, denen sich Sandra widmete. Vielleicht ließ sich daraus ein Regelverstoß ableiten, den Markus Mauerhofer begangen hatte. Nur weil die verschwiegene Gemeinschaft kein Wort darüber verloren hatte, war das vorerst kein Grund, ein solches Tatmotiv auszuschließen, gab sie Bergmann recht. Wenngleich die Geheimniskrämerei der Apfelmänner in erster Linie der Vermarktung des *Abakus* diente, glaubte Sandra. Weder gehörten die mystischen Kutten- und Kapuzenträger mit ihren Fackeln und Laternen einem Klan noch einer Sekte oder radikalen Glaubensgemeinschaft an, wie man bei ihrem Anblick hätte vermuten können. Nichtsdestotrotz konnte zwischen einzelnen Mitgliedern oder in der Gruppe ein Konflikt aus dem Ruder gelaufen sein, der zu der tödlichen Gewalttat geführt hatte.

Der zweiten Regel entnahm Sandra, dass neben dem *Abellio* und seinen beiden Stellvertretern – den sogenannten *Cellerare* – alljährlich ein *Geheimer Rat* gewählt wurde, der sich aus drei Apfelmännern zusammensetzte. Einer sollte die Gemeinschaft, einer den *Abakus* und der dritte die Kunden vertreten. Was immer das konkret zu bedeuten hatte.

Bei der vierten Regel merkte Sandra auf. Sie besagte, dass niemand den Zusammenkünften der Apfelmänner ohne schwerwiegenden Grund fernbleiben durfte. Ansonsten würde er seiner gerechten Strafe zugeführt werden. Was demjenigen genau drohte, wurde nicht erläutert. War es möglich, dass Markus Mauerhofer grundlos der Brennklausur ferngeblieben und deshalb bestraft worden war? Wäre sich das zeitlich überhaupt ausgegangen?

Sandra öffnete den Zeitplan, den sie vom möglichen Tathergang erstellt hatte, auf ihrem PC. Der Faktenlage nach war Markus Mauerhofer gestern zwischen 5 und 7.30 Uhr morgens verstorben. Durfte man seiner Witwe Glauben schenken, hatte er seine Wohnung gegen 6 Uhr verlassen, damit er pünktlich in der Brennerei von Fritz Ludwig ankommen würde. Gab es einen Grund, ihre Aussage anzuzweifeln? Keinen bislang offensichtlichen. Die Ehe der Mauerhofers war angeblich intakt gewesen.

Die Zusammenkunft der Apfelmänner war für 6.15 Uhr anberaumt gewesen, damit sie in der Morgendämmerung gemeinsam in die Brennerei einziehen konnten, wie es das Ritual verlangte. Konnte es auch anders gewesen sein? Waren die Männer schon früher zum *Abakus*-Brennen verabredet gewesen? Oder später? Nein, das passte weder mit den Zeugenaussagen noch mit Helmut Sinkovits' Handyanrufen zusammen. Der Mord musste kurz nach 6 Uhr geschehen sein, unmittelbar nachdem Markus Mauerhofer sein Haus verlassen hatte. Daran war nicht zu rütteln. Einen zwingenderen Grund, dem Treffen fernzubleiben, als den Tod, gab es nicht. Somit lag auch kein Regelverstoß vor.

Die elfte und zwölfte Regel ließ Sandra erneut überlegen, ob sich ein Tatmotiv dahinter verbergen konnte. Beide verlangten den Apfelmännern absolute Verschwiegenheit ab. Kein fremder Zunftbruder durfte jemals die Räumlichkeiten betreten, die an den *Abakus* gemahnten. Einmal mehr stolperte sie über das letzte Wort. Der Text strotzte nur so vor veralteten Formulierungen. Wohl, um dem mysteriösen, traditionellen Image der Apfelmänner gerecht zu werden.

Nicht nur über die Wahl der Apfelsorten, auch über die Maische, die »Vergeistigung« und die Lagerung des *Abakus'* hatte Stillschweigen zu herrschen, las sie weiter. Hatte Markus Mauerhofer dagegen verstoßen? Oder gegen eine andere Regel, die nicht auf dieser Webseite erwähnt wurde, sondern im »Großen Buch Abakus« stand, in dem angeblich weitere Rituale, Abstimmungsergebnisse und sonstige Geheimnisse festgehalten waren? Doch selbst wenn, hielt sie es für wahnwitzig, etwaige Regelverstöße mit der Todesstrafe zu ahnden. Schließlich ging es um die Produktion eines Apfelschnapses. Wenn auch eines exquisiten. Aber nicht um Todsünden, die einen Mord zwar auch nicht rechtfertigten, aber wenigstens einigermaßen plausibel erscheinen ließen.

Sandra teilte ihre Erkenntnisse mit dem Chefinspektor, als dieser ins Büro zurückkehrte. Seine Laune hatte sich gebessert. Warum auch immer.

Anni wusste inzwischen zu berichten, dass die Alibis der Apfelmänner von deren nächsten Angehörigen bestätigt worden waren.

»Und was ist mit diesem jungen Crowdfarmer?«, erkundigte sich Bergmann explizit. »Habt ihr den auch schon befragt?«

Anni sah ihn verständnislos an.

Die Kollegin kannte nicht alle Details und Zusammenhänge. »Sascha meint Dominik Ederer, der sich in Spanien aufhält«, erklärte Sandra ihr knapp. »Ich habe ihm auf die Mailbox gesprochen und um Rückruf gebeten, sobald er wieder im Land ist«, antwortete sie Bergmann.

»Okay. Gibt es sonst noch relevante Neuigkeiten?«

»Ich glaube nicht, dass es relevant ist«, sagte Anni. »Frau Ludwig hat mir erzählt, dass es neben den Apfelmännern auch *Abakus*-Botschafter gibt, die mehr oder weniger in die Schnapsproduktion eingeweiht sind. Johann Lafer ist zum Beispiel so einer.«

»Der steirische Starkoch«, merkte Sandra an, für den Fall, dass der Chefinspektor ihn nicht kannte.

»Auch Waltraud Klasnic und ein paar andere bekannte Persönlichkeiten sind *Abakus*-Botschafter«, fuhr Anni fort.

»Willst du etwa unsere ehemalige Landeshauptfrau befragen?« Sandra musste schmunzeln.

»Andreas Gabalier wär mir lieber«, meinte Anni grinsend.

Der Chefinspektor sah sie stirnrunzelnd an. »Der schon wieder? Ist der auch *Abakus*-Botschafter?« Bergmann machte keinen Hehl aus seiner Abneigung gegen den Volks-Rock'n'Roller. Wenngleich sein Sohn als professioneller Bassspieler den Sänger persönlich kannte und versicherte, dass er nicht nur höchst professionell, sondern auch sehr umgänglich war. Was nichts daran änderte, dass Bergmann weder seine Musik noch seine Stimme leiden konnte.

»Andreas Gabalier ist oder war Apfelbotschafter.«

Bergmann blies seine Wangen auf und die Luft wieder aus. »Ich weiß ja, warum ich kein Obst mag.« Er wandte sich seinem PC zu, um das Thema zu beenden.

Am Ende des Arbeitstages fuhren die Frauen ihre Computer herunter und verabschiedeten sich in den Feierabend. Um die Rituale der Kelten wollte sich Sandra morgen kümmern, sobald sie und Bergmann von der Apfelstraße ins LKA zurückgekehrt waren. Dieser Abend gehörte ihr. Sofern keine Leiche dazwischenkam.

3.

In der Tiefgarage ihres Wohnhauses stieg Sandra aus dem Wagen. Kaum war das Klicken der Türschlösser verhallt, hörte sie Schritte hinter sich. Eindeutig Männerschritte, die näherkamen. Sie erstarrte auf der Stelle.

Genau hier hatte sie ihr Halbbruder vor einigen Jahren abgepasst, mit der Pistole bedroht und anschließend in ihrer Wohnung krankenhausreif geschlagen. Sie tastete vergeblich nach dem Pfefferspray in ihrer Manteltasche. Ausgerechnet heute hatte sie ihren Trenchcoat und nicht die Jacke angezogen. Ihre Dienstwaffe lag ordnungsgemäß versperrt im Waffenschrank im LKA.

Die Tür zum Stiegenhaus war nicht allzu weit entfernt. Ob sie sich umdrehen und den Mann ansprechen sollte? Oder loslaufen und riskieren, von ihm eingeholt und von hinten angegriffen zu werden?

Sandra nahm all ihren Mut zusammen und drehte sich am Absatz um, um sich in Stellung zu bringen. Wozu hatte sie eine Nahkampfausbildung absolviert? Mit angespannten Muskeln stand sie breitbeinig da, während der Mann weiter auf sie zukam. Nur keine Angst zeigen, nicht zaudern oder zittern. Er war jetzt keine 20 Meter mehr von ihr entfernt. Sein Gesicht konnte sie im Gegenlicht der Leuchtstoffröhren nicht erkennen. Sie holte tief Luft, um ihn anzuschreien, als er ihr zuvorkam und sie ansprach.

»Sandra? Guten Abend!«

War das Mike? Nein, ihr Halbbruder klang anders, war kleiner und schmächtiger. Der Mann trug eine schwarze

Mütze, stellte sie fest, während er noch näherkam. Und eine blaue Bomberjacke.

Erleichtert atmete sie auf, als sie ihren neuen Nachbarn erkannte. »Guten Abend, Hubert«, grüßte sie zurück.

»Ich wollte dich nicht erschrecken«, entschuldigte er sich.

Der Schreck, den er ihr eingejagt hatte, war ihr bestimmt noch immer anzusehen. »Schon gut. Alles in Ordnung«, wiegelte Sandra ab und versuchte dabei, entspannter zu wirken, als sie war.

Woher sollte er wissen, was ihr in dieser Tiefgarage Schlimmes widerfahren war? Noch einmal holte sie tief Luft, stellte sich ihre Angst als schwarze Wolke vor, die sie bewusst ausatmete. Diese Visualisierungstechnik hatte ihr unter anderem geholfen, ihre Panikattacken in den Griff zu bekommen. Psychopharmaka musste sie schon lange keine mehr einnehmen. Seit Mike nach Thailand ausgewandert war, lebte sie deutlich entspannter. Wenn sie sich nicht gerade in der Tiefgarage verfolgt fühlte.

Hubert Müllner hielt ihr galant die Feuertür auf. »Ich möchte nicht aufdringlich sein, aber lässt sich dein Schreck vielleicht mit einem Glaserl Wein vertreiben?«

»Uh … ich weiß nicht …« Sandra drückte den Knopf, um den Aufzug vom Dachgeschoß herunterzurufen.

»Na komm schon, Sandra. Ein Glas auf gute Nachbarschaft. Oder bist du Antialkoholikerin?«

Sein Gesichtsausdruck ließ Sandra unweigerlich schmunzeln. Die Vorstellung, dass sie keinen Wein trinken könnte, schien ihn zu bestürzen. »Nein, nein. Ich mag Wein sogar sehr gern«, versicherte sie ihm wahrheitsgetreu. »Am liebsten steirischen Bio-Wein. Aber …«

»Sehr fein. Dann warte hier, ich bin sofort wieder bei dir«, unterbrach er ihren Einwand freudig. Kaum ausgesprochen, war er durch die zweite Feuertür verschwunden, hinter der sich die Kellerabteile der Mieter verbargen.

Anscheinend war Hubert Müllner doch alleinstehend. Ein Mann im besten Alter, der nicht nur gut aussah, sondern auch Manieren hatte und Weintrinker war. Bestimmt gaben sich bei ihm die schönsten Frauen der Stadt die Klinke in die Hand. Und Graz war voll von ihnen. Bergmann attestierte den Grazerinnen deutlich mehr Stil und Chic als den Wienerinnen. Wobei sich Sandra fragte, worauf seine Einschätzung fußte. Er selbst war in Styling- und Modefragen kaum kompetent. Hätte er sonst tagein, tagaus Jeans, Shirts, Sakkos und Sneakers getragen, die sich keinem Trend unterordneten? Oder waren Äußerlichkeiten für ihn nur bei Frauen relevant?

Der Fahrstuhl erreichte das Tiefgeschoß. Die Tür glitt beiseite.

Und wenn ihr Nachbar ein Gewalttäter war? Sexuelle Übergriffe und Gewalt an Frauen standen an der Tagesordnung. Alle zwei Wochen wurde in Österreich eine Frau getötet. Meistens vom eigenen Mann, von einem Verflossenen oder aber von einem Fremden. Sandra stieg in den Aufzug, als sich die Feuertür wieder öffnete.

Ehe sie sich es versah, stand Hubert Müllner mit zwei Weinflaschen neben ihr im Lift. Und roch verdammt gut, stellte sie fest, als sie ihren Arm nach den Bedienknöpfen ausstreckte. »Und wohin jetzt? Zu dir oder zu mir?« Hatte sie ihm eben wirklich diese peinliche Frage gestellt? Sandra zog Farbe auf. »Also … wo wollen wir den Wein trinken, meinte ich«, stotterte sie, mit heißen Wangen auf die Aufzugtasten glotzend.

»Wo es dir lieber ist. In meiner Wohnung ist noch nicht alles an seinem Platz, aber die Weingläser sind auf alle Fälle griffbereit.« Hubert Müllner grinste breit.

Sandra drückte wortlos auf »3«, um in ihre Wohnung zu gelangen. Sollte der Nachbar übergriffig werden, wusste sie wenigstens, wo die Messer zu finden waren.

»Dann bei dir«, kommentierte er ihre Entscheidung freudig.

»Du wolltest ja gestern schon unbedingt in meine Wohnung hinein«, fand Sandra ihre Sprache wieder.

»Erinnere mich bitte nicht daran. Kannst du mein Versehen nicht einfach vergessen?«

Sandra beobachtete die Anzeige, die die Stockwerke hinaufzählte. Soeben fuhren sie an der zweiten Etage vorbei. »Nur, wenn du meine letzte Frage aus deinem Gedächtnis löschst …«

Hubert Müllner lachte.

Sogar die Krähenfüße um seine Augen fand Sandra sexy.

»Was Peinlichkeiten anbelangt, sind wir beide jetzt wohl quitt«, sagte Hubert, als der Fahrstuhl das Ziel erreichte.

Im Vorzimmer nahm er seine Mütze ab und steckte sie in die Jackentasche. Die Weinflaschen stellte er auf die Ablage, wandte sich dem mannshohen Spiegel an der Garderobe zu und fuhr sich durch die Haare.

Einige graue waren darunter, bemerkte Sandra. Wenn auch nicht ganz so viele wie bei Bergmann. Außerdem war sein Gesicht glatt rasiert, was ihr sowieso besser gefiel. Bärtigen Männern konnte sie nur in seltenen Fällen etwas abgewinnen.

Hubert hängte seine Jacke auf einen Kleiderbügel, diesen wiederum an den Garderobehaken.

Ordentlich scheint er auch noch zu sein, dachte Sandra. Hoffentlich nicht pedantisch.

»Soll ich meine Schuhe ausziehen?«

»Wenn du möchtest.«

Er bückte sich nach den Reißverschlüssen an seinen schwarzen Stiefeletten.

Sandra hatte ihre Schuhe bereits ausgezogen und nahm die Flaschen von der Ablage, um die Etiketten zu betrachten. Beide Weißweine – Scheurebe wie Grauburgunder – stammten vom selben Bio-Weinhof im Vulkanland und waren gut gekühlt. Im Kellerabteil ihres Nachbarn musste es einen Weinklima- oder einen Kühlschrank geben. So kalt war es in ihrem Keller nämlich nicht.

»Und? Wie gefällt dir meine Auswahl?«, fragte Hubert, der in schwarzen Socken neben ihr stand.

»Vorzüglich. Magst du Käse?«

Dass Käse nach Rotwein-Begleitung verlangte, war ein weit verbreiteter Irrglaube, der vermutlich daher rührte, dass er üblicherweise der Hauptspeise folgte, wenn sich oftmals noch Rotwein im Glas befand. Dabei ließen sich die allermeisten Käsesorten viel besser mit Weißwein kombinieren. Davon abgesehen war sowieso alles erlaubt, was gefiel beziehungsweise schmeckte.

Hubert blickte auf seine Füße und schnüffelte demonstrativ. »Wie kommst du bloß auf Käse? Soll ich meine Schuhe wieder anziehen?«

Sandra sah ihn erschrocken an. Was hatte sie jetzt wieder Falsches gesagt? »Mein Gott, nein. So habe ich es nicht gemeint.«

»War nur ein Scherz«, erwiderte Hubert lachend.

Sandra stimmte erleichtert in sein Gelächter ein. Wenn das mit den Missverständnissen zwischen ihnen so weiterging, konnte es ja heiter werden.

KAPITEL 3

Mittwoch, 16. November

1.

Norbert Fuchsbichler empfing die Ermittler im Foyer des Betriebsgebäudes persönlich.

Sandra bedankte sich, dass er sich so kurzfristig für sie Zeit genommen hatte. Gedämpfte Geräusche drangen an ihre Ohren. Klirrendes Glas und dröhnende Motoren.

»Wenn ich Ihnen helfen kann, den Mörder zu finden, der meiner Frau den Vater genommen hat«, erwiderte Fuchsbichler. »Gehen wir am besten in mein Büro.«

Seine Empathie galt seiner Ehefrau, schloss Sandra aus seiner Aussage. Dazu schien die Freude über die Geburt seines ersten Sohnes die Trauer um den Schwiegervater in den Hintergrund zu drängen. Ob dessen Tod sein Glück womöglich verstärkte, galt es zu überprüfen.

Sandra unterdrückte ein Gähnen, als Fuchsbichler sie am Empfang vorbeiführte, der zurzeit verwaist war. Gestern Abend war es bei ihr doch etwas später geworden. Statt einem Glaserl Wein hatte sie mit ihrem neuen Nachbarn beide Flaschen ausgetrunken, dazu die Käsebestände in ihrem Kühlschrank weiter reduziert. Hätte sie heute freigehabt, wäre Hubert womöglich noch länger geblieben. Und sie hätte womöglich nichts dagegen gehabt. Doch diesmal wollte sie es langsam angehen, um nicht wieder enttäuscht zu werden. Hubert Müllner war erst seit drei Wochen geschieden, kinderlos, und er verstand es zu genießen. Zudem verfügte er über einen gesegneten Appetit, was man ihm nicht ansah. Besonders sportlich war er nicht, behauptete der 49-Jährige von sich selbst, sondern eher faul. Aber auch eitel. Um in Form zu bleiben, ging er zwei- bis dreimal die Woche laufen. Oder Tennis spielen. Vorzugsweise in der Mittagspause, die er sich als Autor und freiberuflicher Übersetzer literarischer Werke ebenso selbst einteilen konnte wie den restlichen Arbeitstag. Darüber hinaus nahm er in der Stadt zumeist das Fahrrad. Ohne E-Motor. Dafür wurde sein MG, den er sich kürzlich für längere Strecken und Schlechtwettertage angeschafft hatte, elektrisch angetrieben.

Der Lärm aus der Produktionshalle war kaum zu überhören, als sie daran vorbeigingen. Durch Fensterscheiben war die Abfüllanlage, die mit der kleinen der Ludwigs nicht zu vergleichen war, jetzt auch zu sehen. Der Krach Hunderter grüner Flaschen, die auf dem Förderband aneinander klirrten, begleitete sie über den Gang. Außer zwei Männern in weißen Overalls konnte Sandra keine Arbeiter entdecken. Ohne ihre Einweghauben und den Gehörschutz hätte man sie auch für Mitarbeiter der Tatortgruppe halten können. Mehr Personal war für die Bedienung und Überwachung der Abfüllanlage offenbar nicht nötig. Im angrenzenden Raum waren die Geräusche noch immer zu hören, wenn auch wieder gedämpfter. Hier warteten kistenweise Äpfel auf ihre Verarbeitung.

Hinter einer gelben Stahltür vermutete Sandra einen Kühlraum. Bis sie den Aufkleber »CA-Lager« über der Fensterluke las, die mit einem massiven Vorhängeschloss verriegelt war. Wegen Erstickungsgefahr war der Eintritt strengstens untersagt, warnte die Aufschrift.

Miriam hatte ihr einmal erzählt, dass ihr Onkel in einer solchen Kammer mit kontrollierter sauerstoffarmer Lageratmosphäre, die die Haltbarkeit der Äpfel verlängerte, ums Leben gekommen war, als er das Obst auf Lagerschäden hatte überprüfen wollen. Ohne Sauerstoffgerät ging das Bewusstsein binnen kürzester Zeit verloren, und es gab kein Erwachen mehr.

Im Büro war von der Abfüllanlage nichts mehr zu hören. Norbert Fuchsbichler bot ihnen Platz an einem klassischen Kaffeehaustisch an, offerierte Apfelsaft und Kaffee, den er für sich und Bergmann mit einem Vollautomaten zubereitete.

Sandra öffnete eine kleine Glasflasche mit naturtrübem Apfelsaft und schenkte sich ein. »Wie geht es Ihrer Frau und Ihrem Sohn?«, erkundigte sie sich, während Fuchsbichler ihnen halb zugewandt am Sideboard hantierte.

»Beiden sehr gut, vielen Dank.« Der frischgebackene Vater strahlte bis über beide Ohren. »Wenn es weiterhin keine Komplikationen gibt, darf ich sie am Freitag nach Hause holen.«

»Genießen Sie die Ruhe bis dahin«, riet ihm Bergmann.

Der junge Vater sah ihn irritiert an.

»Wie wird der Kleine denn heißen?«, wollte Sandra das Gespräch in eine positive Richtung lenken.

Bergmann hob eine Augenbraue. Wahrscheinlich befürchtete er, dass der stolze Vater sein Handy zücken und ihnen die ersten Fotos seines käseverschmierten Stammhalters präsentieren würde. Was er aber nicht tat.

Ihre Frage nach dem Kindesnamen hatte seine Begeisterung unerwartet getrübt. »Meine Frau möchte den Kleinen jetzt nach ihrem Vater nennen. Markus anstatt Moritz, wie wir es ursprünglich vorhatten.«

»Das hätte Herrn Mauerhofer sicherlich gefreut«, sagte Sandra.

Den Schwiegersohn, der die beiden Kaffeetassen zum Tisch balancierte, freute es offenbar nicht. »Kann sein«, antwortete er und setzte sich zu ihnen. »So genau wusste man beim Markus nie, woran man war.«

Mauerhofer war keiner, der sein Herz auf der Zunge trug, erinnerte sich Sandra an eine ähnliche Aussage seiner

Witwe, während sie den Apfelsaft kostete. »Ausgezeichnet, der Saft«, lobte sie ihn.

»Das ist der aktuelle steirische Landessieger unter den Natursäften«, erklärte ihr Fuchsbichler stolz.

»Welche Sorten wurden dafür gepresst?«

»Der hier ist ein reinsortiger Elstar-Saft. Heute pressen und füllen wir die späteren Sorten in Liter-Flaschen ab. *Resi Apfel Cuvée*. Der ist nach meiner Frau benannt.«

»Ihre Anlagen machen einen ganz schönen Lärm«, lenkte Sandra das Gespräch in die gewünschte Richtung.

»Unsere Abfüllanlage und die Presse werden demnächst durch hochmoderne, voll computergesteuerte Anlagen aus der Schweiz ersetzt«, sagte Fuchsbichler. »Sie gelten als die Ferraris unter den Anlagen und lassen sich von jedem Ort der Welt aus überwachen und steuern. Dann ist Schluss mit diesem Wirbel und den andauernden Scherereien mit dem alten Greibl.«

»Hat das Ihr Schwiegervater entschieden? Oder Sie?«, hakte Bergmann nach.

Fuchsbichler stutzte, ehe er fortfuhr. »Das haben der Markus und ich letzte Woche gemeinsam entschieden.«

»Hatten Sie deswegen Streit?«

»Es gab in der Vergangenheit die eine oder andere Diskussion wegen der Anlagen, aber keinen Streit. Eine solche Investition will ja auch finanziert werden. Und sie muss sich rentieren.«

»Und wird sie?«

»Wir werden das schon hinbekommen«, zeigte sich Fuchsbichler optimistisch. »Wir pressen ja nicht nur unser Obst und füllen die eigenen Fruchtsäfte ab, sondern nehmen auch Aufträge von anderen Obstbaubetrieben und Privaten an, die ihre Äpfel bei uns anliefern und als Säfte wieder abholen.«

Mit dem Tod des Firmenchefs war etwaiger Widerstand aus der Welt geschafft, überlegte Sandra. »Wer wird die Geschäfte denn jetzt weiterführen?«, erkundigte sie sich.

»Mein Schwiegervater ist ja noch nicht einmal unter der Erde«, erwiderte Fuchsbichler. »Wir werden die Firma in den nächsten Tagen gemeinsam sinnvoll umstrukturieren.«

»Wer ist wir?«

»Meine Frau, ihre Mutter und ich. Meine Schwägerin möchte nach ihrer Ausbildung in Silberberg an der Obstbauschule Klosterneuburg maturieren und anschließend an der *Boku* in Wien studieren. Sie wird erst in einigen Jahren voll in die Firma einsteigen.«

»Dann treffen Sie also künftig die Entscheidungen im Betrieb?«, fragte Bergmann nach.

Fuchsbichler lachte auf. »Da kennen Sie die Mauerhofer-Frauen aber schlecht.«

»Sie hatten also keine Schwierigkeiten mit Ihrem Schwiegervater«, wiederholte Bergmann. »Und damit auch kein Mordmotiv?«

»Verdächtigen Sie mich, den Markus ermordet zu haben?«

»Haben Sie?«

»Machen Sie sich doch nicht lächerlich. Das ist absurd. Selbstverständlich nicht.«

»In Ihrem Müll wurden blutige Zellstofftücher sichergestellt. Haben Sie eine Ahnung, woher die stammen könnten?«

Fuchsbichler überlegte kurz. »Ein Arbeiter hat sich letzten Samstag an einer zerbrochenen Flasche geschnitten und ziemlich stark geblutet. Wahrscheinlich daher.«

Sandra notierte sich den Namen des Mannes, der sich an der Hand verletzt hatte, und erkundigte sich nach Fuchsbichlers Alibi, das sich mit den anderen Zeugenaussagen deckte. Mit seiner Frau konnte er sich abgesprochen haben.

Ingenieur Jaritz war erst später gekommen. »Ihr privates Verhältnis zu Ihrem Schwiegervater war auch intakt?«, hakte sie noch einmal nach.

»Ehrlich gesagt, war es zuletzt etwas getrübt.«

Mit diesem Geständnis hatten die Ermittler nicht gerechnet. »Und weshalb, wenn ich fragen darf?«

Norbert Fuchsbichler seufzte. »Nun ja, er hatte … Könnten Sie das bitte diskret behandeln?«, druckste er herum.

»Das kommt darauf an …«

»Meine Schwiegermutter darf keinesfalls etwas davon erfahren.« Er blickte von Sandra zu Bergmann und wieder zurück.

Beide Ermittler sahen ihn schweigend an.

»Der Markus hat seine Frau betrogen. Was für mich selbstverständlich kein Mordmotiv war«, fügte er in Richtung Bergmann hinzu. »Auch nicht für meine Frau. Aber vielleicht für seinen Mörder. Nur deshalb erzähle ich Ihnen überhaupt davon.«

Womit er einen gehörnten Ehemann belastete. »Ihre Frau wusste auch vom Seitensprung ihres Vaters?«, fragte Sandra.

Norbert Fuchsbichler nickte.

Dass Theresa Fuchsbichler bei ihrer Befragung nichts davon erwähnt hatte, mochte an den Umständen gelegen haben. Außerdem war auch ihre Mutter, die betrogene Ehefrau, anwesend gewesen, die von dem Seitensprung nichts erfahren sollte.

»Die Resi ist ihrem Vater schon vor einer ganzen Weile draufgekommen und war seither richtig angefressen auf ihn. Sie hat erst beim Begräbnis von seinem Freund letzte Woche wieder mit ihm geredet. Nachdem er ihr geschworen hat, dass es mit der Monika endgültig aus und vorbei ist.«

»Wie heißt diese Monika noch?«

»Ederer.« Auch dieser Name tauchte bereits in der Mordakte auf, erinnerte sich Sandra. Monika Ederer war mit einem Apfelmann verheiratet, außerdem die Mutter des angehenden Crowdfarmers, wenn sie nicht alles täuschte.

Fuchsbichler bestätigte ihre Annahme.

»Hat Eduard Ederer von der Affäre seiner Frau gewusst?«

»Das müssen Sie ihn selber fragen. Aber, wie gesagt, bitte diskret, damit meine Schwiegermutter nichts erfährt.«

»Und wenn sie es doch erfährt? Sie wird es wohl verkraften, dass ihr Mann sie betrogen hat«, meinte Bergmann. »Das kommt schließlich in den besten Familien vor.«

Dass Romana Mauerhofer austeilen konnte, hatten die Ermittler selbst miterlebt. Wobei das keineswegs bedeutete, dass sie auch einstecken konnte.

»Vielleicht helfen ihr die Enttäuschung und die Wut über den Treuebruch ihres Mannes eher über den schmerzlichen Verlust hinweg«, meinte der Chefinspektor.

»Die Romana hat Krebs«, enthüllte Norbert Fuchsbichler ansatzlos. »Deshalb hat ihr die Resi nichts davon erzählt. Seit der Diagnose packt sie ihre Mutter in Watte, nimmt ihr alles ab, was nur geht. Auch, als sie hochschwanger war. Und die Romana nützt ihre Fürsorge weidlich aus, obwohl es ihr nach der letzten überstandenen Chemotherapie besser geht. Aber das ist eine Geschichte zwischen den beiden Frauen. Da mische ich mich lieber nicht ein.«

Bergmann nickte verständnisvoll. »Warum sind Sie eigentlich kein Apfelmann?«, wollte er wissen.

»Mein Schwiegervater war eines der Gründungsmitglieder. Das hier war sein Obsthof, ich habe eingeheiratet und bin als studierter Betriebswirt in erster Linie für die kaufmännischen Belange zuständig. Natürlich packe ich auch sonst überall mit an, wie es in einem Familienbetrieb mit einigen wenigen Festangestellten üblich ist. Dass ich auch noch bei den Apfelmännern mitmische, war bisher nicht nötig. Im Gegensatz zum Markus bin ich überhaupt kein Vereinsmeier. Ich bin ja nicht einmal Mitglied im Tennisverein, in dem ich seit Jahren regelmäßig spiele. Aber jetzt wird es mir nicht erspart bleiben, die Stelle meines Schwiegervaters bei den Apfelmännern einzunehmen. Für den Betrieb ist es nicht unwichtig dazuzugehören.«

Für Sandra klangen seine Argumente plausibel.

»Wie lange gibt es die Apfelmänner schon?«, wollte Bergmann wissen.

»Seit 1996 oder 1997. Damals haben einige Apfelbauern gemeinsam eine Weinreise ins Piemont unternommen. Neben meinem Schwiegervater waren auch der Ludwig Fritz, der Sinkovits Helmut, der Binder Walter, der Ederer Edi und der Reithofer Karl dabei, der schon früher verstorben ist. Der Erfolg der Weinbauern im Piemont hat sie schlussendlich auf ihre Schnapsidee gebracht.«

Im wahrsten Sinn des Wortes.

»Nach der Rückkehr aus Italien haben sie beschlossen, eine exklusive Marke zu schaffen, statt wie bisher bloß Obst zu produzieren und Apfelschnaps zu brennen und zu verkaufen. Sie haben sich an einen der besten Markenentwickler in Graz gewandt, der die stimmige Markenwelt der Apfelmänner mitsamt ihren Kutten, dem Abakus, den Kugeln, dem Raben und dem ganzen Drumherum aus den Werten und der Tradition der Region heraus mit ihnen entwickelt hat.«

»Dann sind die Apfelmänner ein Marketinggag?«, fragte Sandra.

»Anfangs war es wohl so. Binnen kürzester Zeit haben sie ihre Markenphilosophie aber dermaßen verinnerlicht, dass sie diese bis heute zu 100 Prozent authentisch leben.«

»Gab es auch mal Streitigkeiten zwischen den Apfelmännern?«

»Wenn, dann ist davon nichts nach außen gedrungen.«

»Und abseits der Apfelmänner? Hatte Ihr Schwiegervater Streit mit jemandem?«

»Höchstens mit seiner Frau. Aber Gewalt war niemals im Spiel. Das sollte auch keine Anschuldigung sein um Gottes willen. Sie streiten vermutlich auch ab und zu mit Ihrer Frau«, sagte er zu Bergmann.

Der zuckte nicht einmal mit der Wimper.

»Und wie war Herr Mauerhofer als Chef?«, fragte Sandra. »War er bei den Mitarbeitern beliebt?«

»Mehr oder weniger. Dass ihn von der Belegschaft jemand umgebracht hat, kann ich mir nicht vorstellen.«

Die Alibis der Mitarbeiter standen auf Annis To-do-Liste ganz oben. Dazu sollte sie überprüfen, ob sich der Arbeiter am Samstag tatsächlich in die Hand geschnitten hatte. »Wurde in letzter Zeit jemand entlassen? Oder gibt es sonst etwas, das Ihrem Schwiegervater übelgenommen worden sein könnte?«, fragte Sandra weiter.

Fuchsbichler überlegte kurz und verneinte.

»War er politisch tätig?«

Der Betriebswirt schüttelte erneut den Kopf und schaute auf sein Handy, das am Tisch vibrierte. »Meine Frau«, entschuldigte er sich und nahm das Gespräch an. »Ich ruf dich gleich zurück, Liebes … Ja, freilich. Ich dich auch.« Beim kurzen Wortwechsel mit seiner besseren Hälfte nahm sein Gesicht weichere Züge an.

Bergmann erhob sich, nachdem er aufgelegt hatte. »Gut, Herr Fuchsbichler. Das war es dann fürs Erste. Sollten weitere Fragen auftauchen, melden wir uns bei Ihnen. Sie haben nicht vor, in nächster Zeit zu verreisen?«

Die Fältchen auf der Nasenwurzel des Mannes gruben sich tiefer ein, als er die Frage des Chefinspektors verneinte.

Sandra rückte ihren Bugholzsessel zum Tisch und verabschiedete sich.

Draußen warf sie einen Blick zum trüben Himmel. Die kühlen Temperaturen waren gekommen, um zu bleiben. Dazu war Regen angesagt.

»Was hältst du von dem Kerl?«, fragte Bergmann, als sie sich dem Dienstwagen näherten.

»Ich finde ihn ganz sympathisch«, sagte Sandra.

»Dennoch könnte er theoretisch die Tat vor seinem Termin mit Jaritz begangen haben«, sagte Bergmann.

»Stimmt. Bis Jaritz um 7.19 Uhr hier aufgetaucht ist, hätte er genügend Zeit gehabt, sich nach dem Mord zu duschen und umzuziehen.« Sandra drückte auf den Funkschlüssel. »Seine hochschwangere Frau muss davon gar nichts mitbekommen haben.«

Bergmann blieb neben dem Skoda stehen. Sein Blick begleitete Sandra zur Fahrerseite. »Theoretisch«, wiederholte er. »Oder sie hat für ihn gelogen.« Nahezu zeitgleich öffneten die beiden Ermittler die Wagentüren und stiegen ein.

»Immerhin hat uns Fuchsbichler ein mutmaßliches Tatmotiv geliefert.« Sandra steckte den Schlüssel ins Zündschloss.

»Tja, Herr Mauerhofer war also doch kein Heiliger. Mit *der* Frau kein Wunder …«

»Sascha, bitte … Du hast doch gehört, dass Romana Mauerhofer schwer krank ist.«

Bergmann griff über seine Schulter nach dem Gurt. »Fuchsbichlers Aussage belastet jedenfalls den betrogenen Ehemann«, fuhr er fort. »Eduard Ederer könnte von der Affäre seiner Frau erfahren und ihren Liebhaber aus Eifersucht getötet haben. Allerdings hat Monika Ederer sein Alibi bereits bestätigt.«

»Was ist mit ihrem Sohn?« Sandra schnallte sich ebenfalls an.

»Dem angehenden Crowdfarmer?«

»Genau. Vielleicht hat sich Dominik Ederer gar nicht in Madrid aufgehalten, sondern den Liebhaber seiner Mutter ermordet.«

»Warum sollte er seiner Mutter denn keinen Lover gönnen?«

»Weil er nicht wollte, dass sie enttäuscht oder verletzt wird? Oder dass die Beziehung seiner Eltern wegen dieser Affäre in die Brüche geht?«

»Aber er ist doch kein kleines Kind mehr.«

»Na und?« Sandra startete den Motor. »Auch große Kinder können unter solchen Umständen leiden.«

Bergmann kratzte sich am Kinn. »Und wenn Dominik Ederer mit seinem Vater unter einer Decke steckt?«

»Du meinst, der Papa brennt Schnaps mit den Apfelmännern und hat damit ein wasserdichtes Alibi, während der Sohn seinen Nebenbuhler ermordet?«, führte Sandra seinen Gedanken weiter aus.

Bergmann sah auf sein Handy. »Genau. Immerhin ist das ein neuer Ansatz, den wir überprüfen sollten. Am besten fahren wir gleich bei der Familie Ederer vorbei und fühlen ihr auf den Zahn«, schlug er vor. »Schauen wir mal, ob das Bürscherl daheim ist.«

»Sein Vater wird sich noch in Brennklausur befinden.« Sandra beugte sich nach vorn, um das Navi zu programmieren. »Sofern die Apfelmänner das *Abakus*-Brennen nicht wegen des Todesfalles in ihren Reihen abgebrochen haben.«

»Der letzte tote Apfelmann, der erst vor ein paar Tagen bestattet worden ist, hat sie nicht davon abgehalten.«

»Walter Binder ist an einer Krankheit gestorben und nicht ermordet worden.« Sandra löschte die letzte Eingabe, bei der sie sich vertippt hatte.

»Tot ist tot«, entgegnete Bergmann.

Mit diesem Kommentar war zu rechnen gewesen.

2.

Auch an der nächsten Adresse wurden sie von einer hölzernen Rechenmaschine samt Rabenfigur begrüßt. Dann von der Hausherrin persönlich, die ebenso aus dem Ei gepellt war wir ihr blitzblanker Obsthof. Für Sandra sahen beide aus, als wären sie einem Werbeprospekt fürs Apfelland entsprungen.

Einige Apfelmänner hatten die Brennklausur aus Respekt vor dem Toten am Montagnachmittag abgebrochen, erzählte ihnen Monika Ederer, eine hübsche, wenn auch nicht mehr ganz junge Frau mit schulterlangen blonden Haaren und hellbraunen Augen, die sie traurig anblickten. Andere, darunter ihr Mann, wollten das *Abakus*-Brennen mit demselben Argument zu Ende bringen. Ihr intimes Verhältnis mit Markus Mauerhofer versuchte sie gar nicht erst abzustreiten. Weinend erzählte sie den Ermittlern, dass er dieses vor drei Wochen beendet hatte. »Der Markus hat schon recht gehabt. Es hätte niemals so weit kommen dürfen«, schluchzte sie und griff nach einem Taschentuch.

»Wie weit?«, hakte Bergmann ein. »So weit, dass er wegen Ihrer Affäre sterben musste?«

Die Frau schaute ihn erschrocken an und vergaß, sich zu schnäuzen. »Sie glauben, dass der Markus …? Aber es hat doch … es hat niemand was gewusst von uns.«

»Sind Sie sich sicher? Wir haben es ja auch erfahren. Also müssen es andere Leute vor uns gewusst haben.«

»Von wem haben Sie es denn?«

»Sie werden bestimmt verstehen, dass wir diese Information aus ermittlungstaktischen Gründen für uns behalten«, sagte Bergmann.

Während Monika Ederer fieberhaft überlegte, strich sie ihre Haare hinter die Ohren. »Ich hab wirklich niemandem was davon erzählt. So wahr mir Gott helfe«, schwor sie.

»Dann muss Herr Mauerhofer geplaudert haben. Oder sie wurden in einer eindeutigen Situation beobachtet«, erwiderte der Experte für Seitensprünge.

»Wollen Sie damit sagen, dass ich am Tod vom Markus schuld bin?« Bestürzt fasste sich die Frau mit dem Taschentuch in der Hand an den Mund.

Sandra wunderte sich, dass Monika Ederer noch nicht selbst auf diese Idee gekommen war.

»Um Ihre Schuld geht es hier nicht, Frau Ederer«, sagte Bergmann. »Sondern um die Schuld des Täters, der überführt, angeklagt, verurteilt und bestraft gehört.«

Schluchzend verbarg die Frau ihr halbes Gesicht im Taschentuch.

Bergmann verdrehte die Augen.

Mit weinenden Frauen konnte er schlecht umgehen, wusste Sandra. Genau genommen auch nicht mit welchen, die gerade nicht weinten. Sie warf ihm einen mahnenden Blick zu. Monika Ederer spielte ihnen nichts vor. Die Frau war ehrlich verzweifelt und trauerte um ihren toten Liebhaber, war sie überzeugt. Ob nun Ex oder nicht. Ihr Blick wanderte über zwei gerahmte Zertifikate an der Wand zu einigen Fotos auf der Kommode. Der schmächtige kleine Bub neben Eduard Ederer war vermutlich sein Sohn Dominik, der seiner Mutter ziemlich ähnlich schaute. Die Aufnahme musste an die zehn Jahre alt sein, schätzte sie.

Monika Ederer schnäuzte sich und behielt das zerknüllte Taschentuch in ihrer Faust.

»Und Ihr Mann hat von Ihrer Affäre wirklich nichts mitbekommen?«, fragte Sandra.

Ihr Gegenüber schüttelte den Kopf. Eine Haarsträhne

löste sich und fiel ihr ins Gesicht. »Ich wollte den Markus trösten, weil die Romana, seine Frau, doch so krank ist. Da ist es passiert. Männer haben halt auch ihre Bedürfnisse. Meiner lebt seine lieber im Nachtklub in Weiz aus.« Sie strich die lose Haarsträhne erneut hinters Ohr. Offensichtlich war es ihr peinlich, dass ihr der letzte Satz über die Lippen gekommen war.

Ein echter Klassiker, dachte Sandra. Frau betrügt Mann mit seinem besten Freund. Auf Klischees war eben doch Verlass. »Ist Ihr Mann ein eifersüchtiger Typ?«

Monika Ederer nickte. »Das könnte man so sagen, ja.«

»War er schon einmal gewalttätig?« Vorbestraft war er nicht. Keiner der Apfelmänner war aktenkundig, außer wegen Verkehrsdelikten. Das hatten sie längst überprüft.

»Nicht wirklich.«

»Und unwirklich?«, fragte Bergmann.

»Na ja, einmal hat mich der Edi bei einem Streit so heftig geschubst, dass ich hingefallen und mit dem Kopf gegen den Kasten geknallt bin. Das war aber keine Absicht. Er hat sich sofort entschuldigt und mich ins Krankenhaus gebracht. Dort wurde die Platzwunde genäht.« Sie tastete nach einer Stelle auf ihrem Hinterkopf.

»Ja, dann ist das wohl okay«, sagte Bergmann knochentrocken, ohne es ernst zu meinen.

Monika Ederer sah ihn aus rotgeweinten Augen an. »Sie werden meinem Mann doch nichts von unserem Gespräch erzählen, oder?«

»Trauen Sie Ihrem Mann den Mord an Markus Mauerhofer zu?«, ließ Bergmann ihre Frage unbeantwortet im Raum stehen.

Monika Ederer verneinte. Außerdem hatte ihr Mann erst gegen 6.10 Uhr das Haus verlassen, weil er seine Holzkugeln nicht gleich gefunden hatte, wiederholte sie ihre frühere telefonische Aussage. Ohne diese Kugeln durfte kein Apfelmann bei einer offiziellen Zusammenkunft erscheinen.

Eduard Ederer war als letzter Apfelmann um 6.20 Uhr am Obsthof Ludwig eingelangt, erinnerte sich Sandra. Die Aussage seiner Frau konnte demnach stimmen, musste es aber nicht. Das galt für die Alibis der meisten Apfelmänner.

»Kann es sein, dass Ihr Sohn Dominik von Ihrer außerehelichen Affäre wusste?« Sandra blickte in zwei erschrockene Bernsteinaugen.

»Um Gottes willen, nein.«

»Ist er zu Hause?«

»Der Dominik ist beim *Abakus*-Brennen.«

»Wann ist er denn aus Spanien zurückgekommen?«

»Gestern Abend, kurz nach 19 Uhr. Im Fernsehen sind gerade die Steiermark-Nachrichten gelaufen. Daher weiß ich es so genau. Er hat seine schmutzige Wäsche in den Keller gebracht und war duschen. Ich hab ihm derweil das Hirschragout und einen Semmelknödel aufgewärmt. Das ist eine seiner Leibspeisen.«

»Wusste Ihr Sohn schon, dass Herr Mauerhofer ermordet wurde?«

Monika Ederer schluckte. »Ich hab es ihm am Montag gegen 17 Uhr erzählt, als er mich angerufen hat, um mir zu sagen, dass er erst am nächsten Tag heimfliegt. Da hat er es aber schon von seinem Freund, dem Simon gewusst, mit dem er vorher telefoniert hat.«

»Simon Ludwig?«, fragte Sandra nach und versuchte, sich an den jungen Mann zu erinnern, den Bergmann befragt hatte.

»Ja, genau.«

»Sie haben gestern also mit Ihrem Sohn hier zu Abend gegessen.«

»Ja. Der Dominik hat mir ganz begeistert von seinem

Treffen mit den *Crowdfarming*-Leuten erzählt, mit denen er und sein Freund künftig zusammenarbeiten möchten. Davon wird er aber erst meinen Mann überzeugen müssen …« Monika Ederer seufzte.

»Mit Simon Ludwig?«

»Nein, mit dem Binder Jakob.«

»Ist das der Sohn des unlängst verstorbenen Walter Binder?«

Monika Ederer nickte.

»Und nach dem Essen ist Ihr Sohn direkt zum Obsthof Ludwig gefahren. Wie spät war es da?«

»21 Uhr. Ein paar Minuten auf oder ab.«

Dann musste Dominik Ederer gegen 21.10 Uhr in der Brennerei angekommen sein, überlegte Sandra.

»Wie lange wird die Brennklausur noch dauern?«

»Bis heute Abend.« Wann genau ihre beiden Apfelmänner nach Hause kommen würden, konnte Monika Ederer nicht sagen.

So lange wollten die Ermittler ohnehin nicht warten. Sie verabschiedeten sich von der Frau, die aufgewühlt zurückblieb.

Sandras Rat, sich einem Psychologen oder wenigstens einer Freundin anzuvertrauen, schlug sie aus.

»Hoffentlich tut sie sich nichts an«, sagte sie im Auto.

Bergmann schwieg, was ohnehin besser war.

»Sollten wir noch einmal die Brennklausur beim Ludwig stören, um den jungen Ederer zu befragen?«, kehrte Sandra zu den Ermittlungen zurück.

Der Chefinspektor lehnte ihren Vorschlag ab und nahm sein Mobiltelefon zur Hand. »Wir werden ihn und seinen Vater ins LKA vorladen und beide in die Mangel nehmen. Jetzt lass uns erst einmal Mittag essen und dann zurück nach Graz fahren. Um 15 Uhr habe ich einen Termin mit Nicole.«

Zum ersten Mal hatte Bergmann die Vize-Landespolizeidirektorin nicht Nicki, sondern Nicole genannt, wenn er von ihr sprach. Offenbar hatte sich die neue Chefin den nötigen Respekt bei ihm verschafft, nahm Sandra an. Von dieser Frau konnte sie noch etwas lernen.

»Hast du schon etwas über die Keltenrituale herausgefunden?«, fragte ihr Beifahrer.

Sandra hatte sich gestern ausgiebig mit den Apfelmännern beschäftigt und unzählige Protokolle fertiggestellt, um die Akte weitestgehend zu vervollständigen. Der Papierkram musste schließlich auch erledigt werden, selbst wenn sie viel lieber recherchiert hätte. »Das wollte ich heute machen.«

»Dann kümmere dich schleunigst darum«, ordnete Bergmann an.

Jetzt auf einmal, dachte Sandra. Bisher hatte der Chefinspektor nicht den Eindruck erweckt, als wäre ein Zusammenhang zwischen dem Mordfall und Keltenritualen für ihn überhaupt denkbar. Höchstwahrscheinlich saß ihm Nicole im Nacken.

3.

Vor lauter Arbeit hatte Sandra völlig die Zeit übersehen. Immerhin schaffte sie es noch rechtzeitig in den Supermarkt, um in Ruhe einzukaufen, bevor er zusperrte. Beim Obstregal hielt sie an und griff zu steirischen Braeburn-Äpfeln. Wenigstens ein Gutes hatten die Ermittlungen an der Apfelstraße: Sie hatten bei ihr den Gusto auf Äpfel wieder geweckt. Die beliebteste Frischobstsorte der Österreicher stammte zu 80 Prozent aus der Steiermark, vorwiegend aus der Oststeiermark, hatte sie von den Apfelmännern gelernt. Das lag zum einen an den besonders fruchtbaren und ertragreichen Böden, zum anderen am illyrischen Klima. Zahlreiche Sonnenstunden im Sommer und teils signifikante Temperaturunterschiede zwischen Tag und Nacht im Herbst, aber auch das traditionelle Wissen und die jahrhundertelange Erfahrung der Obstbauern im Apfelland brachten Äpfel mit ausgewogenem Zucker-Säureverhältnis, hervorragendem Geschmack und ausgeprägter Farbe der Fruchtschale hervor. Miriams Vater hatte ihr erzählt, dass der Wind gegen 10 Uhr vormittags drehte, was die Äpfel besonders gut gedeihen ließ. Der »Jausenwind« wehte dann aus dem Feistritztal und vertrieb die kühle Luft, die nachts aus den Bergen und von den Almen herabströmte.

Einige kleinere Anbaugebiete wurden auch in der West- und Südsteiermark bewirtschaftet. Insgesamt erzeugten rund 1.100 Obstbauern jährlich auf etwa 5.250 Hektar an die 180.000 Tonnen steirische Äpfel, von denen in ertragreichen Jahren die Hälfte ins Ausland exportiert wurde. Etwa 100.000 Tonnen jährlich waren für den heimischen Markt bestimmt. Darunter neue Sorten wie Kanzi, Evelina, Jazz, Tessa, Sweet Tango und einige mehr. In den letzten Jahren hatte man auch die alten Sorten wie den Steirischen Maschanzker, die Schafnase, Champagner Renette, Krummstiel, Gravensteiner und andere wiederentdeckt, die meist robuster und resistenter gegen Schädlinge waren. Einige davon wurden von Allergikern besser vertragen. Doch dieses Problem hatte Sandra nicht.

Beim Gemüseregal blieb sie erneut stehen. Ein schnelles, gesundes Wok-Gericht war genau das Richtige an diesem Abend, den sie nach dem Essen mit einem Buch verbringen wollte. Und früh ins Bett gehen. Alkohol war bis zum Wochenende gestrichen. Morgen war ohnehin schon Donnerstag. Der Gedanke hätte glatt von einer Alkoholikerin stammen können, rügte sie sich insgeheim selbst, wohl wissend, dass sie keine war. Aber sie wollte auch keine werden.

Knoblauch, Zwiebel und Basmatireis hatte sie noch zu Hause, ging ihr durch den Kopf. Rote Paprika, Spinat, Chinakohl und eine Ingwerwurzel wanderten in ihr Einkaufswagerl. Alles bis auf die Paprika, die hierzulande keine Saison mehr hatten, stammte aus der Steiermark. Sogar der Ingwer, den eine Gruppe junger Gemüsebauern im Vulkanland anbaute. Dazu packte Sandra noch ein Sackerl mit frischen Austernpilzen ein, die in Graz gezüchtet wurden. Erst neulich hatte sie einen Bericht über die sympathischen Frauen gelesen, die vor einigen Jahren ihr Unternehmen gegründet hatten, um sich der nachhaltigen urbanen Pilzproduktion zu widmen. In einer Start-up-TV-Show hatten sie gleich zwei Investoren auch von ihrem Grow-Kit überzeugt, mit dem jeder selbst zu Hause Austernpilze züchten konnte. Ein Kübel mit Substrat und Kaffeesatz, den die Jungunternehmerinnen regelmäßig von lokalen Restaurants und Cafés abholten, versprach zwei Ernten. Nachdem der

Kaffeesatz während der Corona-Lockdowns weggefallen war, kam seither vorwiegend Bio-Stroh zum Einsatz. Die köstlichen Frischpilze hatten es inzwischen über die steirischen Grenzen hinweg in den Lebensmittelhandel geschafft. Das restliche Sortiment, das aus allerlei Pilzspezialitäten bestand, wurde im Laden in Graz und im eigenen Webshop angeboten. Dort hatte Sandra auch das Grow-Kit für Andrea bestellt, über das sich ihre Freundin riesig gefreut hatte.

»Sandra! Wie schön, dich wiederzusehen«, wurde sie jäh aus ihren Gedanken gerissen.

Diesmal erkannte sie die Stimme gleich. »Du …?« Den Rest ihrer Frage schluckte sie hinunter. Dass ihr Hubert Müllner schon wieder über den Weg lief, war nicht wirklich überraschend. Schließlich wohnte er im selben Haus wie sie und besuchte allein schon deshalb dieselben Geschäfte in ihrer Nachbarschaft. Andernfalls hätte sich Sandra jetzt von ihm verfolgt gefühlt. Dass sie beide just zum selben Zeitpunkt hier einkauften, war wohl reiner Zufall. Oder Schicksal? Es machte keinen großen Unterschied.

Hubert beäugte ihre Einkäufe. »Das schaut ja alles sehr gesund aus«, kommentierte er das Obst und Gemüse in ihrem Wagen. »Aber zur Feinkostabteilung kommen wir ja erst.«

Wieso wir? Sandra sah ihn stirnrunzelnd an. Weder war er Arzt, der seine Patienten aus Gewohnheit so ansprach, noch waren sie zusammen einkaufen. Ihr neuer Nachbar war durchaus eine Sünde wert. Vielleicht sogar mehr. Jedoch vermittelte er ihr gerade das unangenehme Gefühl, kontrolliert zu werden. Möglicherweise war sie schon zu lange Single und ein bisschen schrullig geworden. Besser, sie sagte jetzt nichts.

»Meine Einladung steht noch«, fuhr Hubert fort. »Wann immer dir danach ist, koche ich uns was Feines, und wir trinken einen guten Wein dazu. Du musst ja nachher nicht mehr mit dem Auto, höchstens mit dem Aufzug fahren.«

Das war zwar bequem, kam heute Abend aber ganz bestimmt nicht infrage. »Danke, Hubert. Ich melde mich bei dir.« Sandra wollte weiterfahren, als er einen Fuß vor ihren Einkaufswagen stellte.

»Weißt du schon, ob du am Wochenende Zeit hast?«

»Ich rufe dich spätestens am Freitag an, okay?« Wie sie es gestern vereinbart hatten.

Hubert nickte enttäuscht.

Sandra verabschiedete sich zögerlich lächelnd und wollte ihren Einkaufswagen weiterschieben. Was ihr nicht möglich war, solange sein Fuß diesen blockierte. Sollte sie ihm etwa über die Zehen fahren? Langsam wurde sie ungehalten.

»Bekomme ich kein Küsschen zum Abschied?«

»Hubert, bitte. Setz mich doch nicht so unter Druck«, konnte sich Sandra nicht länger beherrschen.

Der Blick ihres Nachbarn verfinsterte sich. Er trat einen Schritt zurück, um ihren Einkaufswagen freizugeben. »Schade, dass du es so siehst«, sagte er beleidigt.

»Entschuldige bitte, ich hatte heute einen wirklich anstrengenden Tag. Ich melde mich bei dir«, versicherte ihm Sandra, ehe sie das Milchregal ansteuerte. Was sollte sie von dieser Begegnung bloß halten? Sie griff zum Bauernjoghurt in der Glasflasche. Warum fühlte sie sich dermaßen vereinnahmt und bedrängt von ihm? Ja, beinahe gestalkt. Was stimmte nicht mit ihr? Oder mit ihm?

An diesem Abend bekam sie von Hubert Müllner nichts mehr zu sehen oder zu hören. Dabei saß er vermutlich direkt unter ihr in seiner neuen Wohnung. Allein wie sie. Oder mit einer anderen Frau, die einen harmlosen Abschiedskuss nicht ausschlug. Und vermutlich noch zu viel mehr bereit war. Oder war er ausgegangen?

Sandra schaltete den Fernseher ein, um auf andere Gedanken zu kommen. Lustlos schaufelte sie ihr Gemüse in sich hinein und schaute sich eine seichte TV-Komödie, anschließend die *ZIB 2* an.

Zwei Tage nach der tödlichen Bluttat an der Apfelstraße wurde diese kaum noch in den Medien erwähnt. Dafür gab es zu viele andere aktuellere Nachrichten. Ohnehin waren ihre Ermittlungen nicht für die Öffentlichkeit bestimmt. Selbst wenn es eine heiße Spur gegeben hätte, wäre diese aus taktischen Gründen nicht nach außen gedrungen. Abgesehen davon lagen bislang nur ein paar mögliche Motive und Indizien vor. Der gehörnte Eduard Ederer hatte es auf ihrer Verdächtigenliste ganz nach oben geschafft. Gefolgt von Norbert Fuchsbichler. Dominik Ederer war durch seine Abwesenheit zur Tatzeit entlastet. Die Fluggesellschaft hatte Anni am späten Nachmittag bestätigt, dass der junge Mann am Sonntag in der Abendmaschine nach Wien gesessen und von dort weiter nach Madrid geflogen war. Umgekehrt hatte er am Dienstag die Nachmittagsmaschine aus Wien genommen, die um 17.56 Uhr überpünktlich in Graz gelandet war. Umweltfreundlich waren solche Flüge innerhalb Europas zwar nicht, aber mit der Bahn oder dem Fernbus hätte dieselbe Strecke ein Vielfaches an Zeit und/oder Kosten verursacht. Solange das der Fall war, blieb selbst dem umweltbewusstesten Biobauern nichts anderes übrig, als den größeren CO2-Abdruck in Kauf zu nehmen.

Sandra trank ihren grünen Tee aus, der längst kalt war. Heute hatte sie keine Lust mehr, sich das Gehirn zu zermartern. Weder beruflich noch privat. Sie schaute noch den Wetterbericht, der Regen bis morgen Vormittag prognostizierte, danach sollte es da und dort auflockern. Die weiteren Aussichten waren eher trüb. Und kalt. Sie schaltete den Fernseher ab und ging ins Badezimmer.

Vor dem Einschlafen überlegte sie noch, ob sie ihrem Nachbarn eine Nachricht schicken und ihm ein Date am Samstagabend vorschlagen sollte. Ganz so brüsk hätte sie ihn nicht abweisen dürfen, warf sie sich inzwischen vor. Hoffentlich war sein Interesse an ihr nicht erloschen. Hubert Müllner gefiel ihr. Nicht nur, weil er gut aussah. Sie hatten sich gestern Abend blendend unterhalten und viel gelacht. In Sachen Männern machte sie anscheinend alles falsch.

Ob sie Andrea um Rat fragen sollte? Die Freundin hatte ein viel glücklicheres Händchen in Liebesangelegenheiten als sie. Für einen Anruf war es heute aber schon zu spät. Lieber eine Nacht darüber schlafen und die Freundin morgen anrufen, entschied Sandra. Einen Moment lang verspürte sie den Drang, sich in den Schlaf zu weinen, riss sich aber gleich wieder zusammen. Selbstmitleid lag ihr einfach nicht.

KAPITEL 4

Donnerstag, 17. November

1.

Der Klingelton fraß sich durch ihre Gehörgänge, bis sie davon erwachte. Schlaftrunken griff Sandra nach der einzigen Lichtquelle in ihrem verdunkelten Schlafzimmer. Blinzelnd las sie von ihrem Handy ab, dass die Landesleitzentrale anrief. Um 2.32 Uhr.

Hubert Müllner fiel ihr ein. Keine neue Nachricht auf ihrem Handy. Sie hatte es wohl wieder einmal vermasselt. Mit einer Hand nahm sie das Gespräch an, mit der anderen rieb sie sich die Augen.

»Guten Morgen, Lubensky«, erwiderte Sandra die Begrüßung des Anrufers. Wobei kein Morgen gut war, an dem die Landesleitzentrale anrief. Schon gar nicht dieser. Irgendwo in der Steiermark war wieder jemand eines unnatürlichen Todes gestorben, möglicherweise ermordet worden. Und sie musste mitten in der Nacht ausrücken und die Ermittlungen aufnehmen.

Gähnend setzte sich Sandra in ihrem Bett auf und aktivierte die Lautsprecherfunktion, ehe sie schlaftrunken aufstand. Das beleuchtete Handydisplay wies ihr den Weg zur Tür. Erst im Wohnzimmer schaltete sie das Licht ein, während sie weiterhin Lubenskys Worten lauschte.

Vor zwei Stunden war ein Mann in einem Straßengraben an der Apfelstraße tot aufgefunden worden. Erdrosselt und mit einer Kugel im Mund.

Schon wieder ein Apfelmann, war sie sich sofort sicher. Hoffentlich nicht Miriams Vater. Sie nahm einen Notizblock und einen Bleistift zur Hand. Als ihr Lubensky den Namen des Toten nannte, war sie schlagartig putzmunter.

Dominik Ederer.

Sie notierte sich die Adresse des Leichenfundortes und die Koordinaten. Diesmal war das Opfer nicht auf seinem Hof, sondern einige Kilometer entfernt davon aufgefunden worden. Nichtsdestotrotz war wohl von einem Serienmord auszugehen. Womit zu befürchten stand, dass der Täter weitere Morde plante. »Hast du Bergmann schon verständigt?«

Das wollte Lubensky als Nächstes tun.

Sandra warf einen Blick aus dem Fenster. Es regnete wie angekündigt. »Sag ihm bitte, dass ich ihn gleich abhole. 3.15 Uhr sollte ich schaffen. Pfiat di, Lubensky!«, verabschiedete sich Sandra, bereits auf dem Weg ins Badezimmer. Eine kurze Dusche musste reichen.

Danach schaute sie noch einmal auf ihr Handy. Eine neue Nachricht. Bestimmt nicht von Hubert Müllner. Nicht zu dieser nachtschlafenden Zeit. Sie wischte übers Display, um festzustellen, dass Bergmann ihr ein SMS geschickt hatte. Wegen des Regens wollte er in der Wohnung auf sie warten. Sie sollte anläuten oder anrufen, sobald sie in der Sterngasse eintraf.

Sandra zog ihre Jeans und den grauen Pulli an. Der passte am besten zu ihrer Laune und zum Wetter.

2.

Es war noch finster, als die LKA-Ermittler den Einsatzort erreichten. Die Regentropfen glitzerten im Licht der Polizeischeinwerfer. Das Navi lotste sie bis zu einem asphaltierten Feldweg, der abgeschieden zwischen einer Apfelplantage und einem Waldstück lag. An der Wegsperre hielt Sandra an. Ein Uniformierter trat unter dem offenen Polizeizelt hervor, um sie zu überprüfen.

Bergmann steckte seinen Kaffeebecher in die Halterung und ließ das Fenster hinunter, um ihm seine Dienstkarte zu zeigen.

Der Kollege winkte sie lustlos weiter.

Ein paar Stunden würde er bestimmt noch hier stehen, dachte Sandra. Aber ihr Schicksal war auch nicht viel besser. Im Schritttempo fuhr sie an mehreren Einsatzfahrzeugen und zivilen Wagen vorbei, die wie aufgefädelt am Wegesrand parkten, als Bergmann den Leiter der Tatortgruppe in einem weiteren Zelt entdeckte, dessen Seitenteile teilweise hochgerollt waren.

»Halt an, Sandra!«, befahl er ihr. »Ich rede schon mal mit Jörg.« Bergmann wies zum Zeltdach, das die Kriminaltechniker und ihr Equipment vor dem Regen schützte.

Sandra ließ ihn aussteigen und rollte weiter, an einem zweiten, geschlossenen Zelt vorbei. Der nächste Uniformierte erwartete sie keine 100 Meter entfernt beim nächsten Scheinwerfer. Der Jungspund wies sie an, auf dem nahen Parkplatz im Wald zu parken, der sich in der Dunkelheit nicht einmal erahnen ließ. Sie schaltete das Fernlicht ein. »Habt ihr bei diesem Sauwetter wenigstens einen Shuttleservice zwischen dem Parkplatz und den Einsatzzelten eingerichtet?«, erkundigte sie sich.

»Nein, dafür gibt es keine Dienstanweisung«, entschuldigte sich der Polizist.

Augenrollend schloss Sandra das Fenster und fuhr mit Fernlicht weiter, um den kleinen geschotterten Parkplatz im nahen Wald zu finden. Wäre Bergmann neben ihr gesessen, hätte er sich lautstark über die Lapos beschwert. Und diesmal zu Recht. Aber der Herr Chefinspektor hatte sich bereits ins Trockene geflüchtet.

Sandra stieg aus dem Wagen und setzte die Kapuze ihrer Regenjacke auf, ehe sie dem Lichtkegel ihrer Taschenlampe folgte. Ein Rascheln ließ sie jäh zur Seite blicken. Sie leuchtete zum Waldrand hinüber und sah gerade noch das Hinterteil eines Hasen, der forthoppelte. Der Fuchs, dem er sprichwörtlich »Gute Nacht« sagte, lauerte bestimmt auch in der Nähe, nahm sie an und stapfte weiter über den regennassen Forstweg zum beleuchteten Posten zurück.

Der junge Polizist entschuldigte sich noch einmal bei ihr.

»Schon gut. Ich werde es überleben«, sagte sie und ließ ihre Taschenlampe in der Jackentasche verschwinden. Der Kollege konnte schließlich nichts dafür. Gewiss wäre er auch lieber in seinem warmen Bett gelegen, anstatt bei Regen und Kälte hier zu stehen.

Als sich Sandra den Einsatzzelten näherte, kam ihr ein beigefarbener Trenchcoat unter einem karierten Regenschirm entgegen. Die Gummistiefel, in dem die beiden schwarzen Hosenbeine steckten, hatten dasselbe Muster. Das konnte nur die Gerichtsmedizinerin sein, nahm sie an. Wiewohl der Schirm das Gesicht der Frau verbarg. Die Lichter des nahen Jeeps blinkten, die Schlösser klackten. »Guten Morgen«, sprach Sandra die Ärztin an.

Doktor Jutta Kehrer lugte unter ihrem Schirm hervor

und grüßte zurück. »Na? Heute ganz allein im Einsatz?«, wunderte sie sich.

Sandra verneinte. »Ich musste den Wagen im Wald parken«, beschwerte sie sich. »Sascha wartet im hinteren Zelt auf mich.«

»Hat der Herr Chefinspektor wieder kalte Füße bekommen?« Doktor Jutta Kehrer grinste über die eigene Frage.

Wovor sich Bergmann sonst noch gedrückt haben sollte, konnte Sandra höchstens vermuten. Sie zuckte mit den Schultern. »Du kennst ihn ja.« Wahrscheinlich näher, als sie selbst ihn kannte. Ob auch besser, wagte sie zu bezweifeln. Immerhin verbrachte Sandra mehr Zeit mit dem Chefinspektor als jeder andere Mensch auf der Welt. Ob sie wollte oder nicht.

»Schon wieder ein toter Apfelmann«, kam die Gerichtsmedizinerin auf den Fall zu sprechen.

Sandra nickte.

»Erdrosselt mit dem Strick seiner Kutte«, fuhr Frau Doktor Kehrer fort. »Auch ihm wurde eine Holzkugel in die Mundhöhle eingeführt.«

»Dieselbe Signatur«, sagte Sandra.

»Aber ein anderer Modus Operandi.«

»Inwiefern?«

»Das zweite Opfer weist deutlich weniger Verletzungen als das erste auf. Die Riss-Quetschwunde auf seiner Stirn könnte ihm mit derselben Tatwaffe zugefügt worden sein wie dem ersten Opfer. Die Kopfverletzung war auch hier nicht tödlich. Typische Abwehrverletzungen fehlen bei ihm jedoch. Der Mann wurde auch nicht am Hals weitergeschleift. Und es gibt noch einen weiteren wesentlichen Unterschied: Der Leichenfundort ist diesmal nicht mit dem Tatort identisch«, berichtete die Ärztin.

»Dann könnte es auch ein Nachahmungstäter gewesen sein?« Aber woher hätte der von der Holzkugel in der

Mundhöhle des ersten Opfers wissen sollen, wenn er kein Insider war? Soweit Sandra wusste, war diese Information noch nicht veröffentlicht worden.

»Ausschließen kann ich einen Nachahmungstäter zwar nicht, bin mir aber ziemlich sicher, dass wir es mit einem Serientäter zu tun haben«, meinte die Gerichtsmedizinerin.

»Der Hieb muss das Opfer überraschend auf der Stirn getroffen haben«, schloss Sandra aus den fehlenden Abwehrverletzungen.

»Wenn sie sich kannten, hat er mit einem Angriff vielleicht nicht gerechnet«, meinte die Ärztin.

Sandra vernahm Stimmen aus dem geschlossenen Zelt neben ihnen, konnte aber nicht verstehen, worum es ging. Eine Stimme ordnete sie einem Mann, die andere einer Frau zu, gefolgt von einigen rasch aufeinanderfolgenden Auslösegeräuschen einer Kamera. »Liegt die Leiche da drinnen?«

Die Gerichtsmedizinerin bejahte ihre Frage. »Möchtest du sie dir anschauen? Dann begleite ich dich gerne noch hinein.«

Sandra lehnte dankend ab. »Wahrscheinlich möchte Sascha den Toten dann begutachten«, sagte sie. Ihr reichte es völlig, sich später die Fotos anzuschauen und mit dem Obduktionsbefund vertraut zu machen. Der Todeszeitpunkt interessierte sie dennoch vorab.

»Der Todeszeitraum lässt sich nur grob eingrenzen. Ich weiß nicht, wie lange die Leiche schon am Fundort gelegen ist und der Witterung ausgesetzt war. Und wo sie sich vorher unter welchen Bedingungen befunden hat. Auf alle Fälle muss der Todeszeitpunkt länger zurückliegen. Madenbefall und Todeszeichen nach zwischen 24 und 36 Stunden.««

»Dann war der Mann gestern um diese Uhrzeit schon tot«, rechnete Sandra nach.

Doktor Kehrer nickte. »Wahrscheinlich schon früher. Du kannst davon ausgehen, dass der Tod zwischen Dienstag, 16 Uhr und Mittwoch, 4 Uhr eingetreten ist. Damit sind wir auf der sicheren Seite.«

Sandra wusste von Monika Ederer, dass ihr Sohn am Dienstag gegen 21 Uhr das Haus verlassen hatte, womit sich das Zeitfenster, in dem er verstorben war, von zwölf auf sieben Stunden verkürzte.

»Ich fahr jetzt ins Institut«, verabschiedete sich die Gerichtsmedizinerin, um den Rückweg nach Graz anzutreten. Bergmann sollte ihr die Leiche nachschicken lassen, nachdem er sie sich angesehen hatte.

»Na? Auch schon da?«, fragte er, als Sandra unter dem Zeltdach erschien.

Sie nahm ihre nasse Kapuze ab und begrüßte zuerst den Leiter der Tatortgruppe. »Ich habe mich mit der Gerichtsmedizinerin unterhalten«, berichtete sie Bergmann.

»Verrätst du mir auch, worüber?«

Sandra nannte ihm den mutmaßlichen Todeszeitraum und alle weiteren Fakten. »Jutta wartet im Gerichtsmedizinischen Institut auf die Leiche, sobald du sie dir angeschaut hast. Der Leichenwagen steht auch schon draußen. Ach ja, wegen der Leichenöffnung sollst du sie anrufen, um einen Termin zu vereinbaren. Ihre Kühlfächer sind voll mit Patienten.«

»Nur nicht hudeln, Sandra«, bremste Bergmann sie ein. Dass vom Hudeln die Kinder kamen, behielt er diesmal für sich.

Sollte der Einfluss der neuen Chefin tatsächlich Wirkung zeigen?

»Denkt Jutta auch, dass wir es mit einem Serientäter zu tun haben?«, fuhr Bergmann fort.

Sandra bejahte seine Frage.

Auch Jörg Schöffmann teilte diese Ansicht und bestätigte, dass der Leichenfundort nicht der Tatort war. Die Spurenlage war ihm hier zu dürftig.

»Könnte der Regen die Spuren nicht fortgespült haben?«, erkundigte sich Sandra. »Die Leiche dürfte doch schon länger im Graben gelegen sein.«

»Einige Spuren sind durch den Regen sicher verloren gegangen. Aber bestimmt nicht alle. Wir werden uns die Wetterdaten im fraglichen Zeitraum noch genauer anschauen. Für mich sieht es so aus, als wäre die Leiche aus einem Fahrzeug hinaus in den Graben geworfen worden.« Jörg Schöffmann bat die Ermittler, ihn hinter die Zelte zu begleiten, um sich den Leichenfundort anzusehen.

Sandra setzte ihre Kapuze auf und trat unter der Plane hervor. Im Gänsemarsch folgten sie dem Licht der Taschenlampe, mit der Jörg Schöffmann den Weg beleuchtete. Nach wenigen Metern hielten sie vor dem Graben an, der einen halben Meter tief sein mochte.

»Hier haben wir einen brauchbaren Abdruck eines Reifenprofils im Gatsch sichergestellt, der uns weiterhelfen könnte. Jetzt ist davon kaum noch etwas zu sehen. Wir konnten ihn aber präparieren und fotografieren. Einige Schuhabdrücke hat Laura ebenfalls aufgenommen. Es handelt sich um ein sehr grobes Profil, Arbeitsschuhe oder Stiefel, Größe 43. Und einige Pfotenabdrücke, die vermutlich vom Hund des Zeugen stammen, der die Leiche gefunden hat. Andere verwertbare Spuren gibt es hier nicht. Auch keine Fundstücke im Graben. Außer einer hellen Holzkugel, wie wir sie vom ersten Opfer kennen. Wahrscheinlich ist sie dem zweiten Opfer beim Sturz in den Graben aus der Kutte gefallen.«

»Wo ist der Zeuge mit dem Hund jetzt?«, wollte Bergmann wissen.

»Frag am besten Allmer. Der muss hier irgendwo sein.« Jörg Schöffmann sah sich um.

»In welcher Position wurde die Leiche des Apfelmannes aufgefunden?«, fragte Bergmann weiter.

»Laut Allmer ist der Leichnam auf der Seite gelegen, mit dem Rücken zum Weg. Genauso haben wir ihn vorgefunden, als wir hier angekommen sind. Die Fotos zeige ich dir, wenn wir wieder im Trockenen sind.« Die Taschenlampe des Kriminaltechnikers suchte und fand die gelbe Tafel mit der Ziffer 1, die im Matsch steckte und den Leichenfundort markierte.

»Sonst hatte das Opfer nichts dabei? Kein Handy? Kein Geld? Keine Schlüssel?«, wollte Bergmann wissen.

Jörg Schöffmann verneinte und ließ den Lichtkegel ein Stück weiter zur Tafel Nummer 2 tanzen. »Nur die helle Holzkugel im Graben«, wiederholte er.

»Okay, dann lasst uns zurück ins Zelt gehen«, schlug Bergmann vor.

Die anderen folgten ihm unter das Dach, auf das noch immer der Regen herniederprasselte. Ein paar Grad weniger, und es hätte geschneit.

Sandra streifte ihre nasse Kapuze vom Kopf. »Warum hat der Täter beide Leichen inszeniert, um sie anschließend vor Blicken zu verbergen?«, überlegte sie laut. Verstecken konnte man es kaum nennen.

»Wahrscheinlich, um Zeit zu gewinnen, damit er unerkannt vom Tatort verschwinden kann«, griff Bergmann ihren nächsten Gedanken auf.

Beim ersten Mord war der Täter ein hohes Risiko eingegangen, auf frischer Tat ertappt zu werden. Beim zweiten Mord hatte er das möglicherweise gezielt vermeiden wollen. Immerhin wusste er jetzt, dass die Polizei nach ihm suchte.

»Entschuldigts bitte.«

Sandra blickte in das freundliche, faltige Gesicht des Kommandanten aus Anger, der mit triefnasser Polizeikappe unter das Zeltdach trat.

»Ach, da bist du ja. Was gibt's?«, wollte Bergmann von ihm wissen.

»Meine Leute haben den Pkw vom jungen Ederer in Elz gefunden«, sagte Allmer.

»Liegt der Fundort auf der Strecke zwischen dem Obsthof seiner Familie und dem Obsthof Ludwig?«, erkundigte sich Sandra. Nach dem Abendessen mit seiner Mutter hatte Dominik Ederer zum *Abakus*-Brennen fahren wollen, rief sie sich deren Aussage erneut ins Gedächtnis.

Allmer verneinte.

Vielleicht gab es einen Schleichweg, den Sandra nicht kannte.

Wenn, dann kannte Allmer ihn auch nicht. »Das wär ein voller Umweg«, versicherte er ihr. »Sein Elektroauto wurde zwischen einem Waldstück und einer Apfelplantage beim Elzbach abgestellt. In der Laderaumwanne befinden sich Blutspuren.«

»Dann könnte der Täter die Leiche in diesem Auto transportiert haben«, sprach Bergmann das naheliegendste Szenario aus.

»Vorausgesetzt, es handelt sich um das Blut des Opfers«, sagte Allmer.

»Davon gehe ich aus, solange die Ergebnisse der DNA-Analyse nichts anderes belegen«, erwiderte Bergmann stirnrunzelnd.

»Das Blut könnt ja auch von Wildtieren stammen. Wir sind mitten in der Jagdsaison«, gab Allmer zu bedenken.

Das war dem Stadtmenschen nicht in den Sinn gekommen. »Ach so, war Dominik Ederer ein Jäger?«

Allmer nickte. »Wie sein Vater.«

Der stand auf ihrer Verdächtigenliste ganz oben. Dass Eduard Ederer auch den eigenen Sohn getötet hatte, hielt Sandra zwar für unwahrscheinlich, aber keineswegs für ausgeschlossen.

»Wenn die Leiche doch in diesem Auto transportiert wurde, stellt sich mir die Frage, warum es dort steht und nicht hier«, sagte Bergmann.

»Weil der Täter die Leiche damit hergeführt hat und anschließend dorthin gefahren ist«, wiederholte Jörg Schöffmann Bergmanns Theorie.

»Und wieso ausgerechnet dorthin? Was ist denn dort?«, fragte der Chefinspektor.

»Nix«, sagte Allmer. »Außer einer Apfelplantage auf der einen und einem Waldstück auf der anderen Seite.«

»Na schön«, sagte Bergmann. »Dann hat der Täter sein Opfer vielleicht dorthin bestellt, getötet und anschließend mit dessen Auto hierhergebracht. Möglicherweise, um Spuren im eigenen Auto zu vermeiden. Dann ist er wieder zurückgefahren, in sein Auto umgestiegen und nach Hause gefahren.«

»Dann müssen sich Täter und Opfer gekannt haben«, meinte Allmer.

»Davon gehen wir sowieso aus«, sagte Bergmann.

»Der Täter könnte sein Opfer auch woanders abgepasst haben«, sagte Sandra. »Wie beim ersten Mord. Irgendwo zwischen dem Obsthof Ederer und dem Obsthof Ludwig. Dann hat er die Leiche vom Tatort hierhergebracht und anschließend das Auto beim Elzbach abgestellt. Vielleicht sollte es – wie die Leiche – nicht gleich gefunden werden.«

»Und wie ist der Täter vom Autofundort dann heimgekommen?«, fragte Allmer.

»Zu Fuß«, sagte Sandra.

»Ein Taxi wird er sich kaum gerufen haben«, meinte Bergmann.

»Vielleicht war er mit einem Komplizen unterwegs«, sagte Allmer.

»Oder er hat das Auto des Opfers dort stehen lassen und hat die Leiche in seinem Auto hierhergefahren«, brachte Sandra ein weiteres Szenario ins Spiel.

»Und woher stammt dann das Blut im Auto des Opfers?«

»Vielleicht ist der Fundort des Autos der Tatort. Oder das Auto selbst.« Oder lag der Tatort ganz woanders? An einem dritten Ort, überlegte Sandra. Hatte der Täter eine Schnitzeljagd mit der Leiche veranstaltet, um seine Spuren zu verwischen und die Polizei zu verwirren? Warum sonst dieses Hin und Her?

»Wir werden ja sehen, von welchem Autoreifen der Abdruck stammt. Sollte er vom Auto des Opfers sein, ist unsere Spur allerdings beim Teufel«, meinte der Leiter der Tatortgruppe.

»Beim Teufel, den du gerade an die Wand malst«, erwiderte Bergmann. »Es bleibt ja noch der Schuhabdruck.«

»Den könnte auch der Finder der Leiche hinterlassen haben«, gab Schöffmann zu bedenken.

»Habt ihr seine Schuhe nicht sichergestellt?«

Schöffmann sah Allmer an.

»Ich hab den Zeugen befragt und dann heimgschickt«, meinte der Provinzpolizist kleinlaut.

Bergmann schaute ihn ungläubig an. »Damit er sich nicht verkühlt oder wieso?«

Allmer blickte beschämt zu Boden.

»Wir müssen den Zeugen ohnehin noch ausführlich befragen und seine Fingerabdrücke nehmen«, sagte Sandra. Wenn er der Täter war, hatte er seine Schuhe vermutlich längst entsorgt. »Was hat er denn für Schuhe angehabt?«, wandte sie sich an Allmer.

Der Inspektionskommandant überlegte kurz. »Ordinäre

olivgrüne Gummistiefel. Seine Fingerabdrücke brauchts net nehmen. Die findets in der Datenbank. Vor ein paar Monaten hat er nämlich Autoreifen gstohln und ist dabei erwischt worn. Der Toni ist ein alter Eigenbrötler, der sein Leben nimmer in den Griff bekommt.«

»Und wie heißt dieser Toni noch?«

»Krautwaschl Anton. Sein Haus liegt direkt hinter dem Waldstück dort drüben.« Allmer wies in die Richtung des Forstweges, der zum Parkplatz im Wald führte.

Ein Gebäude war Sandra dort vorhin nicht aufgefallen. Wie auch? Sie hatte sich nicht umgeblickt. Zudem war es im Wald stockfinster.

»Der Toni war mit seinem Hund Gassi«, fuhr Allmer fort. »Eigentlich hat der ja die Leich aufgstöbert. Der Toni hat dann den Notruf gwählt und uns an der Straße erwartet, um uns zur Fundstelle zu lotsen.«

»Und dann hast du ihn heimgehen lassen«, wiederholte Bergmann.

»Du kennst den Pitbull vom Toni net. Das Viech war im Streifenwagen eingsperrt und voll aggressiv. Der hat uns das halberte Auto zerlegt und überall seinen Schlatz hinterlassen.«

Bergmann seufzte augenrollend. »Ist dem Zeugen außer der Leiche noch etwas aufgefallen? Ist ihm jemand begegnet? Hat er ein Auto gesehen oder irgendetwas gehört? Oder hat sich sein Hund auffällig benommen?«

»Der benimmt sich immer auffällig.«

»Hat Herr Krautwaschl das Opfer gekannt?«

Allmer bejahte Bergmanns letzte Frage.

Der Chefinspektor seufzte.

»Schickst du mir bitte die Daten von Anton Krautwaschl aufs Handy?«, fragte Sandra.

»Mach ich gleich«, versprach Allmer ihr. »Sobald ich im Streifenwagen sitz.«

»Und die GPS-Koordinaten vom Fundort des E-Autos bitte auch«, fügte Sandra hinzu.

»Ihr wartet dort auf uns, ja?«, wandte sich Bergmann an den leitenden Kriminaltechniker.

»Wem gehören die Apfelplantagen beim Fundort des Autos eigentlich?«, sprach Sandra den Inspektionskommandanten noch einmal an.

»Ein Streifen gehört dem Sinkovits, der größere Teil dem Binder.« Beide Obsthöfe waren bestimmt einen Kilometer von der Fundstelle des Autos entfernt, schätzte Allmer. Die nächste Siedlung lag noch weiter weg.

Wieder zwei bekannte Namen, dachte Sandra. »Sprechen wir vom selben Herrn Binder, der kürzlich an Leberzirrhose verstorben ist?«, fragte sie nach.

Allmer bestätigte ihre Annahme.

»Und wem gehört der Hof jetzt?«

»Der Walter hat ihn schon zu Lebzeiten seinem einzigen Sohn, dem Jakob, übergeben.«

Auch diesen Namen hatte Monika Ederer gestern erwähnt. »War Jakob Binder nicht mit dem Opfer befreundet?«

»Kann sein. Die Buam sind ungefähr im selben Alter, Anfang/Mitte 20. Obwohl der junge Binder net besonders leutselig ist.«

»Und wie alt war Walter Binder?«

»Um die 50.«

»Hatte er ein Alkoholproblem?«, fragte Bergmann.

»Ein amtliches«, bestätigte der Inspektionskommandant. Walter Binder hatte vor etlichen Jahren im Vollrausch einen Unfall verursacht, erfuhren sie. Seine Frau war dabei ums Leben gekommen, der kleine Jakob auf der Rückbank unverletzt geblieben. Der Alkohollenker selbst hatte nur ein paar Schrammen vom Airbag abbekommen, der aufgegangen war. Er wurde zu einer Haftstrafe verurteilt. Ein halbes Jahr saß er im Gefängnis, der Rest war bedingt. Seinen Führerschein war Binder erst einmal los. »Er hat dann aufghört zum Saufen, war jahrelang trocken. Irgendwann muss er aber wieder damit angfangen ham. Vor zwei, drei Monaten ham wir ihn nämlich in seinem Buschenschank-Ferrari erwischt. Fast zwei Promille hat er intus ghabt.« Einige Wochen später wurde er ins Krankenhaus eingeliefert, wo er schließlich verstarb.

»Buschenschank-Ferrari«, wiederholte Bergmann.

»Ein Mopedauto« erklärte ihm Sandra.

»Das habe ich mir schon gedacht.«

Den Leichtfahrzeugen haftete noch immer das Image von Alkoholiker-Autos an. Obwohl die Gesetzeslücke, die es in Österreich früher erlaubt hatte, sogenannte Microautos ohne Lenkerberechtigung, auch nach einem Führerscheinentzug, zu lenken, längst geschlossen worden war. Horrorunfälle schwer alkoholisierter Mopedautofahrer waren dennoch keine Seltenheit.

»Binder war vermutlich nicht der einzige Apfelmann, der öfter zu tief ins Schnapsglas schaut«, meinte der Chefinspektor. »Zählt wohl zum Berufsrisiko.«

Das mochte auf Helmut Sinkovits oder Walter Binder zutreffen, musste aber noch lange nicht für alle Schnapsbrenner gelten. »Die Apfelmänner haben sich dem Genuss verschrieben, nicht dem Alkoholismus«, wandte Sandra ein. »Herr Seifert hat mir erklärt, dass der Geruchssinn und die Sensorik bei guten Schnapsbrennern stark ausgeprägt ist, sonst wären sie ständig betrunken. Außerdem besagt eine Regel der Apfelmänner …«

»Entschuldige bitte«, unterbrach Jörg Schöffmann sie, was sonst nicht seine Art war. »Wir sollten jetzt wirklich aufbrechen, um die Spuren beim Auto zu sichern, bevor sie der Regen restlos vernichtet.«

Sandra musste ihm recht geben.

»Stefan, kommst du bitte?«, rief Schöffmann seinem Kollegen zu, der sich in einiger Entfernung mit einem Uniformierten unterhielt.

Der Kriminaltechniker folgte dem Ruf seines Chefs.

»Wir fahren jetzt zum Auto des Opfers, das gerade gefunden wurde.«

»Haben wir die Koordinaten?«, fragte Stefan.

»Ich weiß, wo das Auto vom Jakob steht«, antwortete Allmer. »Fahrts am besten unserm Streifenwagen nach.«

»Wo ist Laura?«, wandte sich Jörg Schöffmann noch einmal an Stefan.

»Sie wird noch drüben bei der Leiche sein.«

»Dann hol sie schnell, ja?«

Schon war der jüngere Mann losgespurtet.

Er hatte einiges an Gewicht verloren, fiel Sandra auf. Die Zwillinge schienen nicht nur Miriam, sondern auch dem Kindesvater einiges an Substanz abzuverlangen. Dazu kam jetzt auch noch die Sorge um den Schwiegervater, der als Apfelmann womöglich auch in Lebensgefahr schwebte.

»Habt ihr den Eltern des Opfers schon die Todesnachricht überbracht?«, wandte sich Bergmann an Allmer.

»Nein. Das wollten wir euch überlassen. Ihr werdets ja bestimmt auch einige Fragen an den Ederer Edi und seine Frau, die Moni, ham.«

Bergmann nickte. »Dann hoffen wir, dass sie es nicht schon vom wem anderen erfahren haben.«

Vom Zeugen, der die Leiche gefunden hatte, zum Beispiel. Und den Allmer nach Hause geschickt hatte. Sandra ging davon aus, dass Anton Krautwaschl auch die Familie Ederer kannte.

»Meine Leute hab ich alle angewiesen zu schweigen und keine Zivilpersonen an den Polizeisperren vorbeizulassen«, versicherte der Inspektionskommandant, als Stefan mit der

Fotografin herbeieilte. Lauras rote Mähne war in einem Pferdeschwanz gezähmt.

»Gemma?«, drängte Jörg Schöffmann.

Allmer ging voraus.

Sandra warf einen Blick auf ihre Uhr. 6.01 Uhr. Demnächst würde der Morgen grauen. Der Regen prasselte weiterhin auf das Zeltdach ein.

»Schauen wir uns die Leiche an«, sprach Bergmann sie von der Seite an. »Kommst du, Sandra?«

»Soll ich nicht lieber das Auto holen? Es steht ziemlich weit weg. Und deine Jacke hat keine Kapuze.«

»Du hättest mir ja einen Schirm aus dem Auto mitbringen können.«

Sandra stemmte ihre Hände in die Hüften und sah den Chefinspektor entrüstet an. Als ob sie auch noch dafür zuständig gewesen wäre!

Bergmann hob die Augenbrauen. »Na gut, dann fahr schon mal den Wagen vor«, kam er ihr zu allem Überfluss auch noch mit dem klassischen *Derrick*-Spruch, der in der Fernsehserie angeblich niemals gesagt worden war.

Sandra wandte sich kommentarlos ab und setzte ihre Kapuze auf, um den Weg durch den Wald zurück zum Dienstwagen anzutreten.

»Und fordere das Kriseninterventionsteam für die Familie Ederer an!«, hörte sie Bergmann ihr noch hinterherrufen.

Wie wäre es mit einem »Bitte«? Hatte sie ernsthaft geglaubt, der Chefinspektor würde sich jemals zum Besseren ändern?

3.

Sandra parkte sich in der Lücke vor dem Zelt ein, die der Jeep der Gerichtsmedizinerin hinterlassen hatte, als ihr Handy den Eingang einer neuen Nachricht meldete. Die erste seit Bergmanns letzter Anweisung, die sie mitten in der Nacht erreicht hatte.

»Allmer PI Anger«, las sie vom Display ab. Mit einer privaten Nachricht hatte sie ohnehin nicht gerechnet. Schon gar nicht um diese Uhrzeit. Um 6.17 Uhr schlief Hubert Müllner bestimmt noch tief und fest. Womöglich in den Armen einer anderen. Besser, sie vergaß ihren Nachbarn gleich wieder und konzentrierte sich auf die Arbeit. Allmer hatte ihr die gewünschten Daten und Koordinaten geschickt, stellte sie fest, als Bergmann auf den Wagen zukam.

Kaum war er eingestiegen, griff er zu seinem Coffee-to-go-Becher, schüttelte diesen sanft hin und her und steckte ihn seufzend in die Halterung zurück. Viel mehr als ein kalter Hansl war wohl nicht mehr drin.

»Was hältst du davon, wenn wir dem Zeugen, der die Leiche gefunden hat, zuerst einen Besuch abstatten, danach zur Familie Ederer fahren und dann zur Tatortgruppe dazustoßen?«, fragte Sandra. Es würde ohnehin eine Weile dauern, bis die Kriminaltechniker die Spuren am Fundort gesichert hatten und das Auto zur forensischen Untersuchung nach Graz abtransportiert wurde. »Das Haus von Anton Krautwaschl soll direkt an dieses Waldstück angrenzen.« Sie wies mit dem Daumen hinter ihren Rücken. Als sie vorhin den Wagen geholt hatte, war sie versucht gewesen, ein Stück weiter bis zum Haus des Zeugen zu marschieren und anzuläuten. Doch erstens regnete es, und zweitens hätte sie dann gegen eine eherne Regel verstoßen. Jedem Polizeischüler wurde von Anfang an eingebläut, Streifen oder Einsätze niemals im Alleingang durchzuführen. Erst recht nicht, wenn der Partner nicht in die Pläne eingeweiht war. Es sei denn, es ging um die Rettung von Menschenleben.

Bergmann warf einen Blick auf die Uhr am Armaturenbrett. »Schauen wir bei ihm vorbei, bevor er womöglich in die Arbeit muss. Wenn er da ist, nehmen wir seine Gummistiefel gleich mit und übergeben sie dann den Kriminaltechnikern.«

Sandra startete den Motor, während Bergmann seinen leeren Bambusbecher hypnotisierte, als könnte er ihn auf diese Weise auffüllen. Hoffentlich hatte Anton Krautwaschl einen Kaffee für den Chefinspektor, damit seine Laune nicht wegen Koffeinmangels in den Keller rasselte. Irgendetwas war doch immer. An einer breiteren Stelle des Weges wendete Sandra den Wagen, um zurück in den Wald zu fahren.

»Hast du jemanden vom Kriseninterventionsteam angefordert?«, wollte Bergmann wissen.

»Ja, sicher. Du hast es mir vorhin ja aufgetragen«, erwiderte Sandra, bemüht, den Pfützen, so gut es ging, auszuweichen.

Die zweite Leiche war längst nicht so schlimm zugerichtet wie die erste, wusste Bergmann zu berichten, was ihr bereits die Gerichtsmedizinerin erzählt hatte. »Der Täter hat sich diesmal scheint's geschickter angestellt.«

»Übung macht bekanntlich den Meister«, sagte Sandra, während der Skoda über den geschotterten Forstweg holperte. Das galt wohl auch fürs Morden. Blieb zu hoffen, dass dem Täter ein Fehler unterlaufen war, der sie auf seine Spur bringen würde, ehe er einen weiteren Apfelmann töten konnte. Dass er das plante, war nicht auszuschließen. Vielmehr stand es sogar zu befürchten. Davon zeigte sich auch der Chefinspektor überzeugt.

»Wie groß war Dominik Ederer eigentlich? Und wie schwer ungefähr?«, wollte Sandra wissen.

»Er war ein eher mickriges Bürscherl. Ein Meter 75 groß oder noch kleiner. Höchstens 60 Kilo schwer«, schätzte Bergmann. »Oisa Nasser«, fügte er auf Wienerisch hinzu. Was bedeutete, dass der Mann höchstens im nassen Zustand dieses Gewicht erreicht und im trockenen noch weniger gewogen hatte.

»Jutta meint, dass er frontal attackiert wurde. Anscheinend hat er mit diesem Angriff nicht gerechnet. So oder so dürfte es dem Täter leichter gefallen sein, ihn zu überwältigen als sein erstes Opfer.« Mit ein Meter 88 und 90 Kilogramm war Markus Mauerhofer ein gstandenes Mannsbild im Vergleich zum jüngeren Dominik Ederer gewesen.

Bergmann gab ihr recht.

»Und wenn es doch mehrere Täter waren?«, spekulierte Sandra weiter und lenkte den Wagen um eine Pfütze herum. Im nächsten Moment rumpelte sie mit dem rechten Vorderrad durch eine tiefe Lacke, dass es nur so spritzte. »Oopsi«, kommentierte sie ihr Missgeschick.

Bergmann hielt sich am Seitengriff fest. »Solange die Spuren nicht eindeutig darauf hinweisen, konzentrieren wir uns auf die Suche nach einem Einzeltäter.«

»Steht Eduard Ederer noch auf unserer Verdächtigenliste?«

»Vorerst ja«, meinte Bergmann. »Sein Sohn könnte vom Verhältnis seiner Mutter mit Markus Mauerhofer gewusst haben. Vielleicht hat er angenommen, dass der Vater den Nebenbuhler ermordet hat und ihn nach seiner Rückkehr aus Spanien zur Rede gestellt.«

»Und dann ist es zum tödlichen Streit zwischen Vater und

Sohn gekommen. Wenn dem so wäre, müssten wir mit keinem weiteren Mord an einem Apfelmann rechnen«, sagte Sandra.

Bergmann zuckte mit den Achseln.

In der Morgendämmerung hätte Sandra die efeubewachsene Bretterwand nach dem Waldstück beinahe übersehen. Sie trat dermaßen abrupt aufs Bremspedal, dass ihr Beifahrer in den Gurt und wieder zurückfiel. Dabei hatte sie bestimmt keine 30 Stundenkilometer draufgehabt.

Bergmann fasste sich mit beiden Händen an die Lendenwirbelsäule. »Wenn du so weiterfährst, bin ich die nächsten zwei Wochen im Krankenstand«, beschwerte er sich.

»Entschuldige, bitte ... Wir sind eh schon da. Hinter dieser Wand müsste das Haus von Anton Krautwaschl stehen.« Die stark verwitterten Latten reihten sich an die drei Meter hoch lückenlos aneinander. Dahinter ragten einige weitaus höhere Fichten in den grauen Morgenhimmel. Aus ihrer Perspektive war von einem Gebäude nichts zu sehen. Doch das wütende Hundegebell bestätigte ihr, was das Navi verriet. Sie waren an ihrem Ziel angelangt.

Vornübergebeugt versuchte Sandra, am Chefinspektor vorbei eine Hausnummer auf der Bretterwand zu erspähen, konnte aber nur ein unscheinbares Doppeltor ausmachen. Am deutlichsten waren die Reste eines zerbrochenen gelben Parkverbotsschildes aus Kunststoff zu erkennen, an dem ebenfalls der Zahn der Zeit nagte. Sandra entdeckte einen Klingelknopf am Tor. Sie rollte ein Stück weiter, näher an die Efeuwand heran, damit sie weder den schmalen Weg noch die Einfahrt blockierte. Dann stellte sie den Motor ab.

Bergmann machte keinerlei Anstalten, den Wagen zu verlassen, sondern massierte seinen Rücken.

»Oje. Hast du Schmerzen?«, regte sich bei Sandra das schlechte Gewissen.

»Es geht schon«, antwortete Bergmann. Dennoch wollte er lieber im Trockenen abwarten, ob der Zeuge überhaupt zu Hause war.

Sandra glaubte, dass er nicht nur den Regen, sondern auch die Begegnung mit dem angekündigten Pitbull-Terrier scheute, der noch immer hinter der Bretterwand zu hören, aber nicht zu sehen war. Dabei mochte Bergmann Hunde. Genau wie sie. Bloß keine, die zubissen und von ihrer Beute nicht mehr abließen, bis sich diese nicht mehr regte. Wenngleich Sandra selbst ein mulmiges Gefühl hatte, drückte sie auf den Klingelknopf.

Das Bellen stürmte näher, klang jetzt noch wütender. Die unsichtbare Bestie rüttelte an den wackeligen Latten.

Sandra ging ein paar Schritte auf Abstand, öffnete das Holster, in dem ihre *Glock* steckte.

»Aus, Zerberus!«, hörte sie eine Männerstimme auf der anderen Seite der Bretterwand rufen. »Geh jetz da eini! Aber dalli!«

Der Höllenhund verstummte. Dafür wandte sich der ebenso unsichtbare Mann hinterm Zaun umso lauter an die ungebetenen Besucher. »Wer is'n da? Was willst von mir?«, rief er mit kratziger Stimme.

»LKA Steiermark«, antwortete Sandra. »Können Sie den Hund bitte wegsperren?« Ein Geräusch hinter ihrem Rücken ließ sie erschrocken herumfahren. Ihre Hand am Holster war bereit, die Waffe zu ziehen.

Dabei hatte Bergmann bloß die Autotür hinter sich zugeworfen und stand jetzt mit eingezogenem Kopf und aufgestelltem Kragen hinter ihr.

Sandra blies Luft aus. Mit einer Geste zeigte sie ihm, wie leichtsinnig er sich verhalten hatte. Wären solche und ähnliche Situationen nicht zigfach im Polizeitraining geübt worden, hätte sie womöglich auf ihn geschossen.

Der Chefinspektor ignorierte ihre Geste. »Wir möchten nicht von der Schusswaffe Gebrauch machen müssen!«, schrie er das Tor an.

Wie recht er doch hatte, dachte Sandra, der das Herz noch immer bis zum Hals schlug.

»Der Zerberus is eh schon im Zwinger«, antwortete die Stimme auf der anderen Seite.

»Dann öffnen Sie uns jetzt!«, rief Bergmann.

Das windschiefe Tor mit dem zerbrochenen Schild ging knarrend nach innen auf.

Ein unrasierter, hagerer Mann musterte sie mit grimmigem Blick. Laut Geburtsdatum, das Allmer mit den anderen Daten geschickt hatte, war er 63, sah jedoch um zehn Jahre älter aus. Zur dreckigen, ausgebeulten Hose trug er eine schäbige Jacke. Die schlohweißen Haare waren hinten zusammengebunden. »Kimmts halt eini!«, knurrte er sie an.

»Sind Sie Herr Anton Krautwaschl?«, vergewisserte sich Sandra.

Prompt setzte das Bellen wieder ein.

Sandras Hand wanderte erneut zur Dienstwaffe.

»Fraliwull bin i des«, bestätigte ihr Gegenüber, um sich im nächsten Augenblick dem Zwinger zuzuwenden. »Kusch, hab i gsagt! Sei stad, Zerberus!«

»Können wir ins Haus gehen? Bevor wir alle waschelnass sind?« Bergmann ließ den braun-gestromten Pitbull-Terrier mit der weißen Blesse auf der muskulösen Brust nicht aus den Augen.

Sandra folgte dem dünnen, ausgefransten Schwänzchen des Mannes, das von einem roten Haushaltsgummiringerl im Nacken zusammengehalten wurde und zwischen seinen Schulterblättern endete.

Zerberus verharrte stramm und stumm hinter dem Gitter, als sie am Zwinger vorbeikamen. Dennoch traute Sandra dem Köter nicht über den Weg. Zu häufig hatte sie erlebt, dass Hundehalter, die glaubten, ihre Vierbeiner zu kennen und jederzeit beherrschen zu können, sogar selbst von ihnen angegriffen wurden. Dabei spielte weniger die Rasse eine Rolle als die Züchtung, der Charakter und die Sozialisierung der Tiere.

Krautwaschl führte sie am heruntergekommenen Schuppen vorbei, den nur noch der Efeu zusammenhielt. Das immergrüne Klettergehölz hatte auch die meisten Sträucher und Bäume im Würgegriff. Holzscheite lagen kreuz und quer auf dem Boden verstreut, als wären sie eben gehackt, aber noch nicht gestapelt worden. Das Laub und einige herabgefallene Äste hätten längst zusammengerecht, aufgeklaubt und entsorgt gehört. Wildromantische Gärten waren eine Sache, dieser war schlichtweg verwahrlost. Schade um das idyllisch gelegene Grundstück, dessen Größe Sandra auf mindestens 1.000 Quadratmeter schätzte.

Wie der Schuppen hätte auch das Wohnhaus einer Sanierung bedurft. Günstiger wäre es bestimmt, beide abzureißen und neu zu bauen. Doch auch dafür brauchte man das nötige Kleingeld.

Im Haus herrschte ebenso heillose Unordnung wie draußen. Die staubige, verdreckte Stube wurde von einer einzigen Glühbirne beleuchtet, die an Kabeln von der Holzdecke hing. Die Luft war stickig und roch nach Zigaretten. Zwischen Tellern und Häferln mit verschimmelnden Essens- und Kaffeeresten standen und lagen Bierflaschen herum. Ohne Übertreibung durfte man von einem Messiehaushalt sprechen, für den sich der Bewohner nicht zu genieren schien.

»Ich hoffe, wir halten Sie nicht von der Arbeit ab«, sagte Sandra und steckte ihre Hände in die Jackentaschen, um nur ja nirgendwo kleben zu bleiben.

»I hab schon lang keine Arbeit mehr«, sagte Krautwaschl. »Drum hat mich meine Frau verlassen. Wann's laft, dann laft's …« Er lachte bitter. »I halt mi mit Aushilfsjobs auf den Obstplantagen über Wasser, wenn mi mei Kreuz grad net plagt.«

Sandra tat der Mann leid. Doch seine Lebensumstände waren nicht das Thema, sondern der ermordete junge Apfelmann, den er vor wenigen Stunden im Graben gefunden hatte. »Dürfen wir Ihnen ein paar Fragen stellen?«

Krautwaschl kratzte sich an den weißen Bartstoppeln. »Deswegen seids ja da, oder?« Seine rechte Hand war verbunden, fiel Sandra auf. Die Finger ragten aus der schmutzigen Mullbinde. Er bot ihnen Platz auf seinem versifften Sofa an.

Sandra lehnte das Angebot dankend ab. Um die Sitzplätze zu erreichen, hätten sie zuerst über haufenweise alte Zeitungen und Werbeflugblätter steigen müssen, wie es der Hausbewohner gerade tat. Beim Sofa angekommen, schob er die schmutzigen Teller und leeren Bierflaschen beiseite und wischte die Brösel vom Couchtisch. Der volle Aschenbecher und ein abgeschlagenes Häferl mit schwarzem Kaffee blieben unberührt stehen.

Bergmann schien die Lust auf sein liebstes Heißgetränk vergangen zu sein. Sonst hätte er längst danach gefragt. Wie Sandra zog auch er es vor, im Wohnzimmer stehen zu bleiben, die Hände in den Jackentaschen.

Anton Krautwaschl ließ sich auf sein Sofa fallen, was unzählige Hausstaubmilben aufwirbelte. Spätestens jetzt hätte ein Allergiker einen Asthmaanfall erlitten. Nur gut, dass Bergmann seine Allergien vor einigen Jahren losgeworden war. Noch schlimmer als den Staub fand Sandra, dass sich Krautwaschl eine Zigarette ansteckte. Der Gestank gab ihr den Rest. Ihr Magen drehte sich endgültig um.

Der verwahrloste Mann bemerkte ihr Unbehagen nicht. Oder es war ihm schlichtweg egal. Da sie sich in seinem Haus aufhielten, musste er keine Rücksicht auf die ungebetenen Gäste nehmen. Höflichkeiten waren hier ebenso fehl am Platz wie Ordnung und Sauberkeit. Bösartig war der Mann jedoch nicht. Im Gegensatz zu seinem Hund. Aber vielleicht tat sie dem Vierbeiner auch unrecht. Schließlich hieß es immer, dass Hunde, die bellen, nicht beißen. Im konkreten Fall hätte Sandra es ungern darauf ankommen lassen. »Herr Krautwaschl, Sie haben heute Nacht gegen 0.30 Uhr eine männliche Leiche in der Nähe gefunden«, legte sie mit der Befragung los, um nur ja keine Sekunde länger als nötig in diesem Haus verweilen zu müssen.

»Ja, leider. Die Leiche vom jungen Ederer.« Krautwaschl zog an seiner Zigarette, die er zwischen Daumen und Zeigefinger hielt. »I bin zehn Minuten nach Mitternacht aufgwacht, weil der Zerbi im Zwinger wie a Narrischer bellt hat«, fuhr er fort. »Der wollt sich gar nimmer beruhigen.« Er sei dann aufgestanden und bei dem Sauwetter noch einmal hinausgegangen, um den Hund aus dem Zwinger zu lassen. Schnurstracks lief Zerberus zum Tor und bellte dort weiter, bis sich sein Herrl erneut seiner erbarmte. Ein Stück weit zog ihn der Hund an der Leine hinter sich her, dann riss er sich los. Krautwaschl fand ihn schließlich bellend im Graben wieder. Zuerst glaubte er an einen Betrunkenen, der vom Weg abgekommen war. Oder an einen Fußgänger, der im Dunkeln zusammengefahren worden und im Graben gelandet war. »Dann hab i die Kuttn von de Apfelmänner erkannt.« Während Krautwaschl erzählte, zog er erneut an seiner Zigarette, sog den Rauch möglichst tief ein, um ihn hernach wieder auszublasen. Ausgerechnet in Sandras Richtung.

Sie versuchte vergeblich, dem Qualm auszuweichen.

»Was ist denn mit Ihrer Hand passiert?«, erkundigte sich Bergmann.

Krautwaschl hob die verbundene Hand mit der Zigarette zwischen den Fingern höher. »Das war der Zerberus. Nix Schlimmes.«

»Hat er sie gebissen?«

»Des würd mei Hund nie und nimmer tun«, versicherte Krautwaschl. Die Leine, an der Zerberus mit aller Kraft gezogen hatte, war ihm durch die Hand gerutscht. Vielmehr handelte es sich um einen Strick, nachdem die Hundeleine vor einer Weile gerissen war und er noch keine neue gekauft hatte.

»Und der Strick hat ihre Handfläche verletzt?«, hakte Bergmann argwöhnisch nach.

Krautwaschl nickte und zog erneut an seiner Zigarette.

»Sind Sie in den Graben hineingestiegen und mit der Leiche in Kontakt gekommen?«, fragte Sandra.

Krautwaschl bestätigte ihre Frage. »Hätt ja sein können, dass er verletzt is und i eam no hölfn kann.« Er habe ihn angesprochen und vorsichtig am Bein angestoßen, während der Hund dem reglosen Mann fortwährend übers Gesicht schleckte. Erst nachdem er ihn zur Seite geschubst hatte, erkannte er den Toten. »Die Haut war kalt und fleckig, die Goschn weit aufgrissn ...«

»Hatte er einen Strick um den Hals?«

»Den von seiner Kuttn«, bestätigte Krautwaschl. Den Strick habe er wegen der Spuren nicht angefasst, weil er annahm, dass der Apfelmannmörder wieder zugeschlagen hatte.

Krautwaschl inhalierte den letzten Zug seiner hinuntergerauchten Zigarette, um sie anschließend mit gelb verfärbten Fingern im Aschenbecher auszudämpfen.

Nur gut, dass sie seine Fingerabdrücke nicht abnehmen

mussten, dachte Sandra angeekelt und versuchte, Qualm und Gestank auszublenden. Hoffentlich zündete er sich nicht gleich die nächste an.

»Wie kann einer nur so grausam sein und einen 20-jährigen Buam umbringen?«, kam er auf das Opfer zu sprechen.

22, dachte Sandra. Aber das änderte nichts. »Ihre Gummistiefel müssen wir dann mitnehmen, um das Profil mit den Spuren am Leichenfundort abzugleichen. In ungefähr einer Woche bekommen Sie sie wieder.«

»Und was ziag i an, wann's bis dahin wieder waschelt? I muass do mi'm Hund außi.«

Seine Notdurft hätte Zerberus auch auf dem Grundstück verrichten können, dachte Sandra. Andererseits benötigte ein so großer Hund auch Auslauf. »Haben Sie nur dieses eine regenfeste Paar Stiefel?«, fragte sie.

Krautwaschl nickte, beschämt zu Boden blickend.

»Welche Schuhgröße tragen Sie denn?«

»43.«

Sandra sah Bergmann an.

Der reagierte nicht, sondern beobachtete die fette Spinne, die sich zwischen ihren Köpfen von der Decke abseilte.

Irritiert trat Sandra einen Schritt beiseite. »Wir könnten Ihnen einstweilen ein Paar Gummistiefel borgen, wenn Sie möchten«, bot sie dem Zeugen an. Bergmanns Paar lag seit geschätzt anderthalb Jahren ungetragen im Auto.

Das breite Lächeln des Mannes legte ein paar Zahnlücken frei, die Sandra zuvor nicht aufgefallen waren. »Ja, wann des geht …«

Sandra nickte.

Bergmann sah sie mit zusammengezogenen Brauen an, ehe seine Augen wieder der Spinne folgten, dic über den Fußboden in Richtung Sofa krabbelte.

»Zurück zur letzten Nacht«, sagte Sandra. »Ist Ihnen irgendetwas ungewöhnlich vorgekommen?«

Der Mann überlegte. Außer, dass sein Hund durchgedreht hatte, war ihm nichts aufgefallen. Vielleicht hatte er den Tod gespürt. »Die Viecher ham ja an ausgeprägten Instinkt«, meinte er. Möglicherweise war der Mörder auch am Grundstück vorbeigekommen.

»Ihren Hund können wir leider nicht befragen«, sagte Bergmann.

Indessen krabbelte das achtbeinige Haustier unter das Sofa.

»Fragen können S' ihn schon, aber er wird Ihnen nix dazu sagn«, konterte Krautwaschl.

Bergmann hob eine Augenbraue, sagte aber nichts.

»Sie haben also nichts gesehen oder gehört? Kein Auto, kein Motorrad oder irgendetwas anderes?«, fuhr Sandra fort. »Es ist Ihnen auch niemand begegnet?«

»Viecher hab i ghert. Hundebellen, Käuzchen. Ansonsten nix.« Nach dem Notruf sei er den Funkstreifen entgegengegangen, um sie zur Leiche zu lotsen. Zwei Autos fuhren währenddessen an ihm vorbei. Beide aus Elz kommend.

»Erinnern Sie sich an die Autofarben und die Modelle? Vielleicht auch an die Kennzeichen oder zumindest Teile davon?«

»A schwarzes und a weißes Auto war's. Oder silber? Auf alle Fälle a Grazer und a Weizer.« Auf die Kennzeichen habe er nämlich geachtet, als er auf die Polizei wartete. Ansonsten könne er sich an nichts erinnern, sagte er und zündete sich die nächste Zigarette an.

Sandra hatte es befürchtet. »Erinnern Sie sich, wo Sie letzten Montag zwischen 6 und 7.30 Uhr in der Früh waren?«, fragte sie.

»Daham«, sagte Krautwaschl. Bestimmt habe er noch geschlafen. Vor 8 Uhr stand er normalerweise nicht auf.

»Kann das wer bezeugen?«, fragte Sandra.

»Außer Ihrem Hund«, setzte Bergmann hinzu, um einer weiteren launigen Antwort zuvorzukommen.

Und anderen Haustieren, dachte Sandra an die Spinne unterm Sofa.

Anton Krautwaschl konnte mit keinem Zeugen aufwarten.

»Wie gut haben Sie Markus Mauerhofer und Dominik Ederer gekannt?«, fragte Sandra.

»Wie man sich halt so kennt am Land.«

»Dann kennen Sie alle Apfelmänner persönlich?«

Krautwaschl bestätigte ihre Frage. Mit einem von ihnen sei er sogar gut befreundet gewesen. »Der is aber vor zwei Wochn gstorbn. Gott hab ihn selig.«

Sandra schaute ihm zu, wie er einen Schluck aus seinem Kaffeehäferl trank, dessen Inhalt hoffentlich noch nicht schimmelte.

»Mögen S' a an Kaffee?«, fragte er.

Sogar Bergmann lehnte das Angebot ab.

»Sie waren mit Walter Binder befreundet?«, hakte Sandra nach.

Krautwaschl fuhr sich mit dem verbundenen Handrücken über die Stirn, ehe er zur Zigarettenpackung griff. »Ja, sein Sohn, der Jakob, is mei Taufkind. Sei zweiter Vorname is Anton, nach mir. Armer Bua. Zerst stirbt die Mutter beim Autounfall, dann krepiert der Vater elendiglich und jetz a no sei Freind.Hoffentlich fangt er net wieder zum Saufn an.«

»Jakob Binder hatte ein Alkoholproblem?« Der Apfel fiel nicht weit vom Stamm.

Nach dem Tod der Mutter habe sein Taufkind zu trinken angefangen, erzählte Krautwaschl.

»Als Kind schon?«, fragte Sandra bestürzt.

Mit zwölf Jahren schon habe der Bub zur Schnapsflasche gegriffen, bestätigte sein Patenonkel. Bis er durchdrehte. Ein halbes Jahr lang verbrachte Jakob Binder in der Kinderpsychiatrie, ein weiteres halbes Jahr im Entzug in Graz. Danach war er trocken und wurde nach Hause entlassen. Seither hatte er keinen Alkohol mehr angerührt, glaubte Krautwaschl. Wie sein Vater. Den Rückfall, den Walter Binder zuletzt erlitten hatte, erwähnte er nicht. Vielleicht wusste er nichts davon. »Der Walter war a grundgütiger, blitzgscheiter Mann und ein verdienter Pomologe«, fuhr er fort. »Er war *Boku*-Absolvent und hat Bücher gschriebn.« Über alte Apfelsorten und verwandte Themen.

»Haben Sie Ihrem Patenkind erzählt, dass sein Freund verstorben ist? Beziehungsweise, dass Sie seine Leiche gefunden haben?«, trieb Sandra die Befragung weiter voran.

»Der Allmer hat mir verboten, dass i jemand was sag«, erklärte er.

Sandra nickte. »Wir würden Sie ebenfalls bitten, Stillschweigen zu bewahren. Am besten, bis die Mordfälle aufgeklärt sind.«

»Dann beeilts euch«, meinte Krautwaschl. »Net, dass no mehr Apfelmänner sterben.« Aus seinem Mund qualmte es, während er sprach. »Wie bei de zehn kleinen Negerlein. Nur, dass mehr Apfelmänner ois wia Negerlein gibt.«

»Heutzutage gibt es überhaupt keine Negerlein mehr«, erwiderte Bergmann. »Nur mehr politisch korrekte Jägermeister.«

»Und was is mit de Jägermeisterinnen?«, fragte Krautwaschl.

Bergmann grinste.

Sandra räusperte sich, um die Unterhaltung der Männer zu beenden. Ein wenig erfreulicher, aber unvermeidlicher Besuch am Obsthof Ederer stand an.

Krautwaschl begleitete sie nach draußen, um ihnen den Strick, der im Zwinger hing, zu zeigen, mit dem er sich an der Hand verletzt haben wollte. Der Anblick der Fremden ließ Zerberus erneut durchdrehen.

Beim Dienstwagen tauschten sie Gummistiefel aus. »Behalten Sie die einstweilen.« Sandra überreichte Krautwaschl das Paar des Chefinspektors.

Der Mann strahlte von einem Ohr zum anderen, als er das neuwertige Schuhwerk, wenn auch nur leihweise, in Empfang nahm.

»Die können Sie ruhig behalten«, brummte Bergmann, was Krautwaschl die Tränen in die Augen trieb.

Seine Dankbarkeit für ein läppisches Paar Gummistiefel, das vielleicht 40 Euro kostete, rührte Sandra beinahe ebenso wie ihn. Für heute hatte Bergmann etwas gut bei ihr. Wenngleich sie annahm, dass er seine Stiefel sowieso nie getragen hätte. Schon gar nicht, nachdem der alte Mann sie angehabt hatte.

4.

Die zierliche Frau versuchte, sich aus der Umarmung ihres so viel kräftigeren Mannes zu befreien. Der hielt sie schweigend fest, bis sie aufgab. Ihr Gesicht kam auf seiner Schulter zu liegen, während ihr Körper von einem Weinkrampf geschüttelt wurde.

Eduard Ederer streichelte ihr tröstend über die blonden Haare.

Sandras Nachricht hatte Monika Ederer soeben in die größte Katastrophe ihres Lebens gestürzt. Ihr einziger Sohn war tot. Mutmaßlich vom selben Täter ermordet wie ihr Ex-Geliebter vor drei Tagen. Zu diesem Schluss musste sie selbst in ihrem Schockzustand kommen.

Bergmann ging nach draußen, um die Mitarbeiterin des KIT hereinzuholen, die im Wagen auf ihren Einsatz wartete. Sie sollte sicherheitshalber einen Arzt verständigen, gab Sandra ihm auf den Weg mit.

Monika Ederer war völlig außer sich. Einmal mehr befürchtete Sandra, dass sie sich etwas antun könnte. Kaum hatte der Chefinspektor das Wohnzimmer verlassen, erschlaffte der Körper der Frau in den Armen ihres Mannes. Hätte er sie nicht festgehalten, wäre sie ohnmächtig zu Boden gesackt. Hilflos blickte er die Ermittlerin an.

War Ederer der Serientäter, den sie suchten? Der Mann hätte Motive für beide Morde haben können. Bisher hatte er kein einziges Wort gesprochen. Was auch eine typische Reaktion auf die unerwartete Todesnachricht sein mochte. Selbst in Extremsituationen verhielten sich Menschen unterschiedlich, aber eben doch nach bestimmten Mustern. »Legen Sie Ihre Frau vorsichtig auf den Rücken!«, kommandierte Sandra. »Und dann bringen Sie mir etwas Zucker und ein Glas Wasser.«

Jegliche Farbe war aus dem Gesicht der Frau gewichen, die jetzt reglos auf dem Holzfußboden lag.

Eduard Ederer verließ das Wohnzimmer, um zu holen, was Sandra ihm aufgetragen hatte.

Sie schüttelte die Bewusstlose sanft an der Schulter und sprach sie mit ihrem Namen an.

Monika Ederer reagierte nicht, doch sie atmete.

Sandra brachte sie in eine stabile Seitenlage und öffnete ihren Mund, damit sie nicht erstickte, falls sie sich erbrach.

Augenblicke später kam die Ohnmächtige blinzelnd zu sich.

»Können Sie mich hören, Frau Ederer?«, sprach Sandra sie erneut an.

Die Frau nickte schwach, als ihr Mann zurückkehrte.

»Atmen Sie ruhig, Frau Ederer. Schön ausatmen. So ist es gut«, redete Sandra weiter auf sie ein. »Am besten trinken Sie einen Schluck Wasser und nehmen etwas Zucker zu sich. Das wird Ihren Kreislauf wieder in Schwung bringen.«

Bergmann betrat mit der Krisenhelferin den Raum.

»Bringen Sie mir einen Polster von der Couch«, sprach Sandra den Apfelmann noch einmal an.

»Der Arzt ist unterwegs«, versicherte die ehrenamtliche Mitarbeiterin des *Roten Kreuzes*. »Es kann aber noch eine Weile dauern.«

In vielen ländlichen Regionen der Steiermark herrschte seit Jahren Ärztemangel, wusste Sandra. Vor allem Kassenmedizinerstellen ließen sich mancherorts nur schwer oder gar nicht nachbesetzen. Einerseits lag das an der mangelnden Anerkennung und Honorierung, andererseits an der überbordenden Bürokratie, die niedergelassenen Kassenärzten abverlangt wurde und die zulasten der Patienten ging.

Die Krisenhelferin nahm Eduard Ederer das Wasserglas und zwei Zuckerbriefchen ab, damit er den Polster holen konnte, auf dem sie dann die Beine seiner Frau hochlagerte.

»Kommen Sie, Herr Ederer, setzen wir uns an den Tisch«, forderte Bergmann ihn auf, während sich die beiden Frauen um seine bessere Hälfte kümmerten.

Als etwas Farbe ins Gesicht der Frau zurückgekehrt war, ließ Sandra sie in der Obhut der Rotkreuzmitarbeiterin zurück und gesellte sich zu den Männern an den Esstisch.

»Der Dominik war nicht beim Ludwig. Mehr kann ich Ihnen auch nicht sagen«, erzählte der Vater des Opfers.

»Dann ist Ihr Sohn am Dienstagabend nicht zur Brennklausur dazugestoßen?«, stieg Sandra in die Vernehmung ein.

»Das wollte er, sobald er aus Spanien zurückkommt«, bestätigte Eduard Ederer. »Ich habe angenommen, dass er seinen Aufenthalt verlängert hat. Oder dass er einfach keine Lust mehr hatte, zum *Abakus*-Brennen zu kommen.«

»Keine Lust? Laut Statuten darf ein Apfelmann doch nicht unentschuldigt den Zusammenkünften fernbleiben«, warf Sandra ein.

Eduard Ederer zuckte mit den Schultern. »Sie haben meinen Sohn nicht gekannt. Er hat sich nicht viel um Traditionen geschert. Außerdem war er ziemlich stur. Das hat er von mir, sagt meine Frau immer.«

»Gab es Konflikte zwischen Ihnen und Ihrem Sohn?«, hakte Bergmann nach.

»Na ja, zuletzt ist es häufiger zu Reibereien zwischen uns gekommen«, gab der Obstbauer zu.

In einem Familienbetrieb, in dem mehrere Generationen zusammenarbeiteten, war das nicht weiter ungewöhnlich, fand Sandra. »Die junge Generation hat halt ihre eigenen Vorstellungen«, sagte sie. Vermutlich war sich Eduard Ederer mit seinem Vater auch nicht immer einig gewesen, bevor dieser ihm den Obsthof übergeben hatte.

»Das kann man wohl sagen«, bestätigte der Apfelmann. »Der Dominik hat große Zukunftspläne gehabt. Für meinen Geschmack zu große. Er wollte alles anders machen als bisher. Und das am liebsten sofort.«

Für Sandra klang das nach einem zielstrebigen jungen Mann, den man dann und wann einbremsen musste, damit die Pferde nicht mit ihm durchgingen. An Stelle von Eduard Ederer wäre sie stolz auf einen solchen Sohn gewesen. Wenngleich sie von landwirtschaftlicher Betriebsführung keine Ahnung hatte.

»Nicht, dass Sie mich falsch verstehen. Ich war sehr stolz auf meinen Sohn«, griff Eduard Ederer ihren unausgesprochenen Gedanken auf. »Und froh, überhaupt einen Sohn zu haben, der den Hof übernehmen will. Das ist ja heutzutage keineswegs selbstverständlich. Die meisten jungen Leute vermeiden jede Anstrengung, so gut es geht. Der Dominik war aber nicht so einer. Er war zwar nicht der Kräftigste, aber schlau und vielseitig. Er hat unseren Webshop binnen kürzester Zeit neu aufgesetzt, damit wir den Hofladen durch die Corona-Lockdowns bringen. Ihm ist auch der 24/7-Bereich zu verdanken, an den ich anfangs überhaupt nicht geglaubt hab. Schlussendlich hat sich die Investition mehr als rentiert. Er hat uns sogar zahlreiche neue Kunden beschert, die heute noch regelmäßig bei uns einkaufen. Sein neuestes Experiment war der Senfanbau, den er zusammen mit dem Binder Jakob auf die Beine stellen wollt.«

»Mit dem Sohn des kürzlich verstorbenen Walter Binder?«, fragte Sandra, obwohl ihr längst klar war, wer gemeint war.

Eduard Ederer nickte. »Die beiden waren von klein auf befreundet. Der Jakob hat den Hof vor anderthalb Jahren von seinem Vater übernommen, weil der Walter aus gesundheitlichen Gründen nicht mehr so können hat. Der Bub hat's nicht immer leicht gehabt. Seine Mama ist bei einem Autounfall gestorben. Da war der Jakob zwölf Jahre alt. Danach war er eine Zeit lang in Graz. Damals haben die Buben keinen Kontakt miteinander gehabt. Der Jakob hat dann eine Klasse wiederholen müssen, und später in der Obstbauschule ist die Freundschaft der Burschen wieder aufgeflammt. Seither haben die beiden alles Mögliche miteinander ausgeheckt. Auch viel Blödsinn. Zuletzt sind sie auf *Crowdfarming* gestoßen und wollten dort mit Bio-Essig ins Programm einsteigen. Sie hätten gemeinsam nach Madrid fliegen sollen, um sich mit den *Crowdfarming*-Leuten zu treffen. Aber der Jakob ist wegen dem Tod von seinem Vater daheim geblieben. Der hat ihm schwer zugesetzt. Also ist der Dominik schweren Herzens ohne ihn geflogen.« Eduard Ederer seufzte erschöpft und blickte ins Leere.

»Wo haben Sie von Dienstag auf Mittwoch übernachtet?«, holte ihn Sandra in die Gegenwart zurück.

Der Apfelmann sah sie verdattert an. »Warum? Glauben Sie, dass ich meinen Sohn umgebracht hab?«

»Wir glauben gar nichts«, sagte Bergmann. »Beantworten Sie bitte die Frage meiner Kollegin.«

»Ich war von Montag bis Mittwochnacht durchgehend am Obsthof Ludwig.«

Sonst hätte er seinen Sohn vermissen müssen. Wenn er ihn nicht getötet hatte. »Und wann sind Sie gestern nach Hause gekommen?«

Ederer überlegte. »Um 1.30 Uhr herum. Meine Frau hat schon geschlafen.«

»Und Ihr Sohn ist Ihnen nicht abgegangen?«, hakte Sandra nach.

»Wie gesagt, ich hab ihn in Spanien vermutet. Da fällt mir

ein, dass ich ihn am Dienstagnachmittag angerufen, aber nicht erreicht hab. Ich wollt wissen, ob er schon weiß, wann er ungefähr in der Brennerei sein wird.« Eduard Ederer griff zu seinem Handy, das vor ihm auf dem Tisch lag, und öffnete das Anrufprotokoll, um es Sandra zu zeigen.

»17.30 Uhr«, las sie laut ab, damit die Diktiergeräte-App auf ihrem Handy die Uhrzeit aufzeichnete. Dann scrollte sie weiter. Mit seiner Frau hatte er zuletzt am Montag um 15.59 Uhr telefoniert, notierte sie sich geistig. Wahrscheinlich, um sie über den Mord des Kollegen zu informieren und ihr mitzuteilen, dass er die Brennklausur fortsetzen würde.

»Das Auto vom Dominik ist auch nicht in der Garage gestanden, als ich letzte Nacht heimgekommen bin«, fuhr Eduard Ederer fort.

Weil sein Sohn zu diesem Zeitpunkt längst tot gewesen war, und sein Mörder den Pkw mutmaßlich benutzt hatte, um seine Leiche vom Tatort zu schaffen und ihn danach woanders abzustellen. Höchstwahrscheinlich, um eine falsche Fährte zu legen, vermutete Sandra. Ob sie recht hatte, galt es zu ermitteln. Vielleicht hatte der Täter ihn wie sein erstes Opfer auf dessen Hof oder in der Garage abgepasst. Aber warum hatte er die Leiche dann nicht einfach liegen lassen? »War etwas in Unordnung in der Garage? Oder auf dem Hof? Sind Ihnen Blutspuren oder irgendetwas anderes aufgefallen, was dort nicht hingehört, als Sie nachts nach Hause gekommen sind?«, fragte Sandra.

»Mir ist nichts aufgefallen«, antwortete Eduard Ederer. »Und meiner Frau bestimmt auch nicht. Sonst hätte sie in der Früh nicht geglaubt, dass unser Sohn beim *Abakus*-Brennen war, mit mir heimgekommen ist und in seinem Bett schläft. Erst, als ich mich nach ihm erkundigt hab, ist uns klargeworden, dass etwas nicht stimmen kann. Und dann sind Sie schon vor unserer Tür gestanden …« Er schaute zu, wie die

Krisenhelferin seiner Frau auf die wackeligen Beine half. Dann verlor er die Fassung. »Warum ausgerechnet mein Sohn? Er hat doch noch sein ganzes Leben vor sich gehabt. Wieso hat diese Bestie nicht mich getötet?«

Möglicherweise war er das nächste Mordopfer, wenn sie den Täter nicht rechtzeitig fassten, dachte Sandra, während der hemmungslos schluchzende Mann sein Gesicht in den Händen vergrub.

Monika Ederer setzte sich neben ihn und legte den Arm um seine Schultern, sagte aber nichts. Auf einmal hatten die beiden die Rollen getauscht.

Ähnliches hatte Sandra schon bei anderen Paaren beobachtet, die lange zusammen waren. »Könnten Sie mir bitte noch ein paar Fragen beantworten?«, wandte sie sich an die Frau.

Monika Ederer sah sie aus geröteten Augen an und nickte.

»Ihr Sohn wollte zum *Abakus*-Brennen, als er das Haus am Dienstag gegen 21 Uhr verlassen hat, richtig?«

»Ja, das ist richtig.«

»Haben Sie ihn wegfahren sehen?«

»Nein. Aber gehört. Zuerst seine Stimme, und dann, wie das Auto weggefahren ist.«

Wenn nicht jemand anderer mit seiner Leiche im Laderaum weggefahren war, überlegte Sandra. Aber hätte seine Mutter einen Mord vor ihrem Fenster nicht mitbekommen? »Mit wem hat er denn gesprochen? Haben Sie noch eine weitere Stimme gehört? Oder Geräusche? Bitte, versuchen Sie, sich zu erinnern.«

Monika Ederer konzentrierte sich und verneinte dann. »Für mich hat es sich angehört, als würde er telefonieren. Mit wem oder worum es ging, habe ich nicht verstanden. Es waren auch nur ein paar Worte.«

»Kann es sein, dass er sich mit jemandem treffen wollte?

Oder noch etwas anderes zu erledigen hatte, bevor er zum *Abakus*-Brennen wollte?«

»Mir gegenüber hat er nichts erwähnt.«

Entweder Dominik Ederer war selbst zu seinem Mörder gefahren, oder er war auf dem Weg zur Brennerei Ludwig beziehungsweise dort von jemandem abgepasst worden. Jemand, der über seine Pläne Bescheid gewusst hatte. Aber wer, außer seiner Mutter und den Apfelmännern, kam infrage? Jakob Binder vielleicht? Und wer sonst noch?

»Hatte Ihr Sohn eine Freundin?«, fragte Sandra.

Monika Ederer nahm den Arm von der Schulter ihres Mannes, der sich einigermaßen beruhigt hatte, und reichte ihm ein Taschentuch. »Seit dem letzten Sommer nicht mehr. Davor war er fast drei Jahre lang mit der Mauerhofer Steffi zusammen.«

Was für ein Zufall. »Ihr Sohn war mit der Tochter von Markus Mauerhofer liiert?« Und sie selbst mit dem Vater desselben Mädchens. Wovon Eduard Ederer angeblich nichts wusste und auch nichts erfahren sollte.

Monika Ederer nickte zaghaft, wirkte aber umso nervöser. Wohl weil sie befürchtete, dass ihr Mann Verdacht schöpfen könnte.

Doch der war gerade mit sich selbst beschäftigt. Er schnäuzte sich lautstark und bekam von ihrem Unbehagen nichts mit.

»Kennen Sie den Grund für die Trennung Ihres Sohnes?«

»Die Beziehung ist ihm zu eng geworden.«

»Nach drei Jahren?«

»Er war noch sehr jung. Zu jung, um sich für immer und ewig zu binden und eine Familie zu gründen«, meldete sich Eduard Ederer zu Wort.

»Ich verstehe«, sagte Sandra. Vielleicht hatte ihn seine

Freundin unter Druck gesetzt. »Sollte Ihnen noch etwas einfallen, melden Sie sich bitte bei uns. Meine Karte haben Sie ja.«

Monika Ederer nickte.

»Woher hast du die Karte von der Kriminalpolizei?«, wollte ihr Mann wissen. Offensichtlich hatte sie ihm nichts von ihrem ersten Besuch erzählt.

Die blassen Wangen der Frau röteten sich zusehends. Kleine Schweißperlen bildeten sich auf ihrer Oberlippe. »Die Frau Inspektor ... Inspektorin Mohr ... und der Herr Inspektor ...«, stammelte sie.

»Chefinspektor Bergmann«, unterbrach Bergmann sie.

Weniger, weil er auf eine korrekte Anrede Wert legte, sondern damit sich die Frau nicht verplapperte und aufflog, glaubte Sandra. Für Seitensprünge hatte er Verständnis. Ein Geständnis der Frau hätte jetzt auch niemandem genützt. Das Ehepaar hatte ein schwerwiegenderes Problem als eine außereheliche Affäre zu bewältigen, die so oder so beendet war. Sie hatten ihren einzigen Sohn verloren. Ein solcher Schicksalsschlag ließ sich besser gemeinsam überwinden. Wenn überhaupt. Oder aber die Ehe zerbrach daran.

»Wir haben uns gestern schon einmal wegen des Mordes an Markus Mauerhofer mit Ihrer Frau unterhalten«, erklärte der Chefinspektor.

Monika Ederer sah ihn mit bangem Blick an.

»Wieso das denn?«, fragte ihr Mann. »Was hat meine Frau mit dem Tod vom Markus zu tun?«

Der Schweiß stand jetzt auch auf der Stirn der Frau.

Sandra hoffte, dass sie nicht noch einmal zusammenklappte. Ähnliches schien die Krisenhelferin zu befürchten, die sich zwar im Hintergrund hielt, ihre Klientin jedoch nicht aus den Augen ließ.

»Wir wollten gar nicht mit ihr, sondern mit Ihrem Sohn

sprechen«, erzählte Bergmann nur die halbe Wahrheit, wenn überhaupt. »Er war der einzige Apfelmann, den wir noch nicht befragt hatten.«

»Aber Sie haben doch gewusst, dass er in Spanien ist und nach seiner Rückkehr zum *Abakus*-Brennen kommen wollte. Warum haben Sie ihn dann zu Hause vermutet?«

»Nichts für ungut«, entgegnete Bergmann. »Was glauben Sie, was uns die Leute alles erzählen, wenn wir sie befragen? Würden wir ihre Aussagen nicht überprüfen, sähe es mit unserer Aufklärungsquote traurig aus.«

Das Misstrauen des eifersüchtigen Ehemannes schien zu schwinden. »Dann finden Sie diesen Wahnsinnigen, bevor er uns alle umbringt«, äußerte er denselben Wunsch wie Anton Krautwaschl zuvor.

»Wir tun, was in unserer Macht steht«, versicherte Sandra.

»Können Sie meinen Mann nicht beschützen?«, fragte Monika Ederer.

»Dann müssten wir allen Apfelmännern Polizeischutz zukommen lassen. Dafür fehlt uns das Personal«, sagte Bergmann.

»Keine Sorge, Moni. Sollte dieser Hurensohn es wagen, hier aufzutauchen, erschieß ich ihn. Darauf kannst Gift nehmen.«

»Vorsicht, Herr Ederer. Das ist eine gefährliche Drohung«, warnte Bergmann.

»Wissen Sie, wie wurscht mir das ist? Der hat meinen Sohn umgebracht!«, wurde er laut.

»Sollten Sie den leisesten Verdacht hegen, wer als Täter infrage kommt, rufen Sie uns bitte umgehend an«, sagte Sandra.

»Wennst den erschießt, tust ihm doch nur einen Gefallen, Edi«, sagte Monika Ederer. »Der soll für den Rest seines Lebens eingesperrt werden und jeden Tag seine Verbrechen bereuen. In der Hölle schmort er dann eh noch lang genug. Da musst du dir nicht die Hände schmutzig machen.«

»Besitzen Sie eine Schusswaffe, Herr Ederer?«, erkundigte sich Bergmann.

Eduard Ederer nickte. »Ich bin Jäger.«

»Dann sind Ihre Waffen ja alle registriert und ordnungsgemäß verwahrt.«

»Sicher.«

»Dürfen wir noch einen Blick in die Wohnung Ihres Sohnes werfen?«, fragte Sandra. Außerdem wollten sie sich in der Garage und auf dem Hof umsehen, ob es nicht doch irgendwelche Spuren gab, die Rückschlüsse auf den Mord zuließen.

Monika Ederer nickte müde. »Kannst du mit den Herrschaften auffigehen und ihnen aufsperren, Edi? Ich schaff's nimmer. Bei mir dreht sich alles …«

Das Klingeln aus dem Vorzimmer unterbrach sie mitten im Satz.

»Das wird der Arzt sein«, meldete sich die Krisenhelferin zu Wort.

Spät, aber immerhin doch noch, dachte Sandra. Zum Glück lag kein medizinischer Notfall vor, bei dem es um Leben und Tod ging. Ansonsten hätte die erfahrene Rotkreuzmitarbeiterin bestimmt den Notarzt und nicht den Praktischen Arzt verständigt.

»Ich geh schon«, sagte Eduard Ederer im Aufstehen. »Kommen S' gleich mit mir mit?«

An der Haustür wechselte Sandra ein paar Worte mit dem Landarzt, um ihn anschließend ins Wohnzimmer zu schicken. Dann folgte sie den beiden anderen Männern in die Mansardenwohnung.

Ihre Augen scannten das kleine Vorzimmer nach Kampfspuren und anderen Auffälligkeiten, ehe sie an einem Schlüsselboard hängen blieben. »Wissen Sie, wofür diese Schlüssel sind?«, erkundigte sie sich bei Eduard Ederer, der näher trat.

»Die hier sind für den Hof«, wies er auf einen Schlüsselbund. Die Hausschlüssel hatte sein Sohn bestimmt mitgenommen, nahm er an. »Und das ist sein Autoschlüssel.«

»Der Reserveschlüssel?«

»Ja, auf dem andern ist ein silberner Apfelanhänger drauf. Den hab ich ihm geschenkt.« Er schluckte und blickte zu Boden.

»Dürfte ich da hineinschauen?« Sandra wies auf den schwarzen Rucksack, der an der Garderobe lehnte.

Mit einer Geste gestattete ihr Ederer, ihn zu überprüfen.

Aus dem hinteren Fach zog Sandra einen Laptop und Papiere hervor, die in Englisch verfasst waren, darunter ein Vertrag von *Crowdfarming*. Ein Netzstecker und ein Handyladekabel befanden sich ebenfalls in diesem Fach. Im mittleren ein Taschenbuch mit dem Titel *Drehschluss*, das eine bekannte österreichische Autorin geschrieben hatte. Und eine hellblaue Schirmkappe. Im vorderen waren zwei Proteinriegel mit Erdnuss-Karamell-Geschmack und Kaugummis. »Ist Ihr Sohn mit diesem Rucksack nach Spanien gereist?«

»Ich nehme es an. Koffer hat er immer unpraktisch gefunden.«

»Und der Laptop hat ihm gehört?«

Ederer bejahte auch diese Frage.

»Ich nehme nicht an, dass Sie das Passwort kennen? Oder hat er sich mit Fingerabdruck eingeloggt?«

»Weiß ich nicht.«

»Den Laptop müsste ich dann für unsere Forensiker mitnehmen.«

Ederer nickte erschöpft.

»Sein Handy hatte Ihr Sohn bei sich?«

»Das nehme ich an. Schauen Sie sich ruhig noch in den anderen Zimmern um und nehmen Sie mit, was Sie möchten. Ich bin dann wieder unten bei meiner Frau«, sagte der Mann und verließ die Wohnung.

Leicht war es bestimmt nicht, den Ermittlern dabei zuzusehen, wie sie nach Hinweisen und Spuren suchten, die im besten Fall zum Mörder seines Sohnes führten. Dass Eduard Ederer die beiden Morde begangen hatte, konnte sich Sandra immer weniger vorstellen. Sie zog die Schublade der Kommode im Vorzimmer auf und fand Glühbirnen, Batterien, einige Münzen, Kleinwerkzeug und allerlei Krimskrams darin. In der oberen Hälfte des Hochschranks neben dem Garderobenspiegel waren Schuhe untergebracht, hauptsächlich Sneakers und Turnschuhe.

»Sieht aus wie in meinem Schuhkasten«, sagte Bergmann, der ihr über die Schulter blickte. »Obwohl ich mich mit Sneakers nicht auskenne.«

»Du trägst doch nichts anderes. Außerdem: Was gibt es bei Sneakers auszukennen? Das sind bequeme Schuhe, die man zu fast allem tragen kann. Nur eben nicht bei jedem Wetter.«

»Hast du eine Ahnung! So einfach ist das nicht. Frag meine Tochter. Sarah hat mich kürzlich eines Besseren belehrt. Es gibt Sneaker-Modelle in limitierter Auflage, die so heiß begehrt sind, dass sie als Geldanlage gesammelt und gehandelt werden. An die meisten kommen Normalsterbliche überhaupt nicht heran, außer mit viel Glück auf einer Sneaker-Börse. Sarah ist letztens vor einem Marken-Store in Wien zwei Stunden lang in der Schlange angestanden, nur damit sie ein re-releastes Paar um fast 400 Euro kaufen durfte. Dafür hat sie ewig gespart und ist tagelang auf Wolke sieben geschwebt, nachdem sie diese schirchen Treter in Neonfarben ergattern konnte. Sie hat sie nachts sogar mit ins Bett genommen.«

Sandra schloss den Schuhkasten und wandte sich um. »Und damit geht sie dann auf die nächste Klimawandel-Demo? Diese Schuhe werden doch meistens in Fernost produziert und haben eine dementsprechend miserable Klimabilanz.«

»Immerhin mussten keine Tiere dafür sterben.« Bergmann verdrehte die Augen.

»Ach so. Na ja, dann …« Eine merkwürdige Generation, fand Sandra. Aber das wurde seit Menschengedenken über die Jugend behauptet. Umgekehrt war sie längst ein Grufti, Boomer oder wie immer Leute in ihrem Alter in der aktuellen Jugendsprache genannt wurden.

»Was ist da drin?« Bergmann wies zum unteren Bereich des Kastens, den Sandra öffnete.

»Staubsauger, Kübel, Fetzen und eine Kehrschaufel mit Handbesen. Auch wie bei dir zu Hause?«

»Das musst du Magda fragen.«

»Wer ist Magda?« Hatte er eine neue Freundin? Diesen Namen hatte Bergmann noch nie erwähnt.

»Magda ist meine Putzfrau. Lass uns schauen, ob wir hier noch etwas Brauchbares finden, und dann nichts wie weg«, drängte er.

In den anderen Räumen der Mansardenwohnung konnten sie nichts mehr entdecken, wovon sie sich Ermittlungsfortschritte versprachen.

Die Garage war tipptopp aufgeräumt und sauber, der Hof blitzblank wie schon bei ihrem ersten Besuch. Den Laptop nahmen sie mit und ließen sich noch die Handynummer des Opfers geben, um nötigenfalls eine Funkzellenabfrage von seinem Netzbetreiber anzufordern. Für den Fall, dass sein Handy nicht auftauchte, konnten sie damit eruieren, wo Dominik Ederer zuletzt unterwegs gewesen war und mit wem er übers Handy kommuniziert hatte.

»Weißt du, was mir aufgefallen ist?«, fragte Sandra im Auto.

Bergmann sah sie an. »Woher soll ich das wissen?«

»Sowohl der Vater von Stefanie Mauerhofer als auch ihr Ex-Freund wurden ermordet.«

»Was ist daran neu?«

»Nichts. Ich meine die Konstellation. Für Monika Ederer waren dieselben Opfer ihr Ex-Geliebter und ihr Sohn. Beide Frauen haben zwei nahestehende Menschen verloren. Ist das ein Zufall? Oder könnten die Taten mit den Frauen zusammenhängen?« Vielleicht hatte es der Täter doch nicht auf alle Apfelmänner abgesehen? Aber wo war der Zusammenhang?

Auch Bergmann dachte über ein mögliches Szenario nach, während Sandra der Route über die Apfelstraße folgte. Es regnete noch immer. »Kann schon sein, dass die beiden Frauen unter einer Decke stecken und diese Taten zu zweit begangen haben«, sprach er ihren Gedanken aus.

»Bei beiden Opfern hat es sich um die Ex-Freunde jeweils einer Frau gehandelt.«

»Aber weshalb hätte die eine ihren Vater und die andere ihren Sohn töten sollen?«

»Keine Ahnung.«

»Wir kennen Stefanie Mauerhofer zwar noch nicht, aber Monika Ederer traue ich einfach nicht zu, dass sie ihren Sohn ermordet hat.«

»Das kann ich mir auch schwer vorstellen«, stimmte ihm Sandra zu.

»Ich halte einen Zufall für wahrscheinlicher. In solchen Dörfern ist doch jeder mit jedem verwandt oder bekannt«, verwarf Bergmann ihre Theorie und lag damit wohl nicht ganz falsch. »Dennoch kann es nicht schaden, Stefanie Mauerhofer zu befragen«, meinte er. »Ich schicke Anni eine Nachricht. Sie soll sich gleich um einen Termin mit der jungen Dame kümmern.«

5.

Die Tatortermittler hatten sich inzwischen das E-Auto des zweiten Mordopfers vorgenommen, das unweit des Elzbachs stand. Die Sicherung der Blutspuren, Haare, Fasern und Fingerabdrücke war nahezu abgeschlossen. In Graz würde der e-Berlingo dann auseinandergenommen und gründlich auf weitere Spuren untersucht werden.

Die Brieftasche und die Papiere von Dominik Ederer hatten sich mit seinen Schlüsseln im Wagen befunden. Das Mobiltelefon war eingeschaltet im Laderaum gelegen. Dass das Opfer im Auto erdrosselt worden war, war aufgrund der Spurenlage zwar möglich, aber kaum zu beweisen, meinte Jörg Schöffmann.

Bergmann drehte sich unter seinem Regenschirm einmal um die eigene Achse, um die Umgebung zu betrachten. Gebäude waren von hier aus keine zu sehen. Nur Apfelbäume, die unter aufgerollten Hagelnetzen Spalier standen. So weit das Auge reichte. Vereinzelt hingen noch grün-gelbe bis kupferbraune Blätter an den Ästen und Zweigen. Etwas Herbstlaub bedeckte den Boden der Plantage, die sich über den gesamten Hügel erstreckte. Die andere Straßenseite grenzte an den Wald.

Einige Schritte abseits stand Allmer, der sich mit der blonden Kollegin unterhielt, die sie schon vom Einsatz am Obsthof Mauerhofer kannten.

Sandra wandte sich an Stefan Baumgartner. »Ist das Handy des Opfers mit einem PIN gesperrt?«, wollte sie wissen.

Stefan verneinte ihre Frage.

»Dann könnte ich mir die letzten Verbindungen und Nachrichten gleich anschauen?«

»Dafür sollte der Saft reichen. Zur Not lässt sich bestimmt auch ein Ladekabel auftreiben. Kommst du mit?«

Sandra folgte Stefan zum grauen Kastenwagen, dessen Heckklappe offen stand. »Hast du überprüft, ob die Erhebung der Standortdaten aktiviert ist?«

»Ist sie«, bestätigte Stefan. »Sobald wir die Spuren auf dem Gerät gesichert haben, können wir anhand der Daten ein Bewegungsprofil erstellen.« Er öffnete eine der Aluboxen im Heck des Transporters und entnahm ihr einen beschrifteten Asservatenbeutel, den er Sandra reichte.

»18 Prozent«, las sie den Akkustatus des Handys durch den transparenten Kunststoff ab. Das sollte reichen, um die Anrufliste des Telefons zu überprüfen. Der letzte Anruf war von einer spanischen Rufnummer eingegangen. Ein Enrique Gonzales hatte am Mittwoch versucht, Dominik Ederer zu erreichen, als er bereits tot gewesen war.

Wenn der Täter nichts aus dem Protokoll gelöscht hatte, war die letzte Gesprächsverbindung am 15. November um 21.02 Uhr mit Jakob Binders Handy zustande gekommen. Der ausgehende Anruf hatte null Minuten und 56 Sekunden gedauert. Sehr viel hatten sich die beiden Gesprächspartner nicht zu erzählen gehabt. Vielleicht ein Treffen vereinbart, überlegte Sandra. Dafür reichte die kurze Gesprächszeit allemal aus.

Sie scrollte weiter hinunter. Sein Vater hatte ihn am Dienstagnachmittag zuletzt angerufen, aber nicht erreicht. Seine Mutter am Montagnachmittag, als er sich noch in Spanien aufgehalten hatte. Das deckte sich mit den Aussagen der Eltern. Es traf auch zu, dass Simon Ludwig ihn bereits früher am Montagnachmittag angerufen hatte, um ihn über Markus Mauerhofers Tod zu informieren. Danach hatte Dominik Ederer einmal mehr mit Jakob Binder telefoniert.

Sandra wischte sich chronologisch zurück durch die Anrufliste. Am häufigsten hatte Dominik Ederer mit seinen Freunden Jakob Binder und Simon Ludwig telefoniert.

Und noch ein bekannter Name tauchte auf. Am 24. Oktober hatte er Markus Mauerhofer angerufen und drei Minuten und 31 Sekunden lang mit ihm telefoniert. Vor etwas mehr als drei Wochen, rechnete Sandra zurück. Ungefähr zur gleichen Zeit hatte Mauerhofer die Affäre mit Dominiks Mutter beendet. Ob dieser Anruf damit zusammenhing?

Der nächste Puzzlestein passte. Am Abend des 23. Oktober hatte Dominik seine Ex-Freundin, Stefanie Mauerhofer, angerufen und fast 13 Minuten lang mit ihr telefoniert. Wenn ihre ältere Schwester von dem außerehelichen Verhältnis ihres Vaters gewusst hatte, dann vielleicht auch sie. Hatte Stefanie ihrem Ex-Freund davon erzählt? Warum sonst hatte Dominik am nächsten Tag ihren Vater angerufen? Um ihn zur Rede zu stellen? Beide Männer waren ermordet worden. Aber warum? Gab es noch andere Zusammenhänge als die Tatsache, dass beide Apfelmänner gewesen waren und die Affäre von Monika Ederer?

Sandra rief das Chat-Protokoll auf und sah ihren Verdacht bestätigt. Stefanie Mauerhofer hatte von der Liebschaft ihres Vaters gewusst. Mehr noch. Sie hatte zwei Fotos an Dominik Ederer geschickt, die ihren Vater und seine Mutter zeigten. Auf einem stieg sie zu ihm in den dunkelblauen BMW ein. Auf dem nächsten küssten sie sich. Durch die Autoscheibe waren die beiden zweifelsfrei zu erkennen. Dann gab es noch ein kurzes Video, das Monika Ederer zeigte, wie sie nackt in einen See sprang. Sie tauchte wieder auf und schwamm zurück, auf den Filmer zu, der sie im Off fragte, ob sie es gern im Wasser treibe. Sie lachte und bot ihm an selbst hineinzuspringen und es herauszufinden. An dieser Stelle endete das Video. Stefanie hatte einen Text dazu geschrieben. Und wütende Emojis mitgeschickt. Die Schlampe sollte ihre Finger von ihrem Dad lassen. Sonst würde sie ihr Nacktvideo ins Netz stellen. Daraufhin hatte ihr Ex-Freund sie angerufen. Ein Puzzlestein passte zum anderen. Auch wenn das Puzzle noch lange kein vollständiges Bild ergab.

Akkustatus 17 Prozent. Sandra rief den Kalender auf, fand die Daten der Flüge, die der junge Mann zuletzt genommen hatte. Die drei *Abakus*-Brenntage waren ebenfalls eingetragen. Und die Bestattung von Walter Binder. Das war der einzige private Termin, den Dominik Ederer in den letzten vier Wochen notiert hatte. Sandra schloss die Kalender-App. Seine E-Mails und Social Media Accounts wollte sie sich später im Büro anschauen. Erst einmal gab sie das Handy dem Kriminaltechniker zurück.

Am späteren Nachmittag würde sie das Gerät aufgeladen zurückbekommen, dazu die Standortdaten, damit sie ein Bewegungsprofil des Mordopfers erstellen konnten, versprach er ihr und verstaute das Beweisstück wieder in der Asservatenbox.

»Danke dir, Stefan! Wie geht es Miriam und den Kindern?«, erkundigte sich Sandra. »Alles in Ordnung bei euch?«

Stefan wandte sich lächelnd nach ihr um. »Soweit alles bestens, danke! Die Vicki schläft schon brav durch. Und wenn sie wach ist, ist sie ein richtiger Sonnenschein. Dafür ist der Benni andauernd am Schreien. Wenn er nicht gerade gestillt wird. Er ist jetzt schon ein anständiges Bröckerl. Miriam meint, das ist nur der Babyspeck. Na ja, was auch sonst? Ich hoffe nur, dass mein Bub nicht so blad wird, wie ich es als Kind war.«.

Sandra schmunzelte. »Aber geh … Miriam passt schon auf, dass Benni nicht zu dick wird«, war sie überzeugt.

Stefan lachte. »Hast recht. Bei mir passt sie ja auch auf

wie eine Haftlmacherin. Sonst wär ich schon komplett aus dem Leim gegangen.« Er tätschelte sein kleines Bäuchlein.

»Hast du mit Miriam über unseren Fall gesprochen? Ich meine, weil sie doch aus dieser Gegend stammt und ihr Vater ein Apfelmann ist.«

Stefan zupfte an einem Plastikhandschuhfinger. »Ja, das hab ich. Sie ist heilfroh, dass sie nicht in ihrer Heimat ermitteln muss.«

Das konnte Sandra gut nachfühlen. Sie wollte auch nie wieder in der Steirischen Krakau ermitteln.

»Miriam macht sich große Sorgen um ihren Vater«, fuhr Stefan mit ernster Miene fort. »Sie hat ihren Eltern geraten, sich zusammenzupacken und am besten weit weg in den Urlaub zu fahren. Um diese Jahreszeit haben sie auf dem Hof eh nix mehr zu tun. Und die *Abakus*-Präsentation, die am Samstag hätte stattfinden sollen, ist wegen der Morde abgesagt worden.« Bereits in den letzten Jahren hatten die traditionellen Zeremonien wegen der Corona-Lockdowns nicht stattfinden können.

»Guter Plan. Kennt Miriam die Opfer?«

Stefan nickte. »Den Mauerhofer Markus besser. Die älteren Apfelmänner kennt sie alle, seit sie klein war. Den jungen Ederer aber weniger. Der war noch ein kleiner Bub, als sie nach Graz gezogen ist.«

Dasselbe galt wohl auch für Jakob Binder, der nur zwei Jahre älter als sein toter Freund war. Auch Stefanie Mauerhofer und ihre Schwester Theresa Fuchsbichler gehörten dieser jüngeren Generation an, überlegte Sandra. »Was ist mit Norbert Fuchsbichler?«

»Den kennt Miriam nicht persönlich. Er ist ein Zuagroaster.«

»Hat sie irgendeine Idee, wo wir noch ansetzen könnten? Oder traut sie jemandem diese Taten zu?«

»Nein, sonst hätte sie mir längst einen Tipp gegeben.«

»Stimmt. Falls ihr doch noch etwas einfällt, soll sie mich bitte anrufen, ja?«

»Das tut sie ganz bestimmt. Schon allein wegen ihrem Papa.«

»Danke, Stefan! Lass Miriam bitte schön von mir grüßen.«

Stefan nickte mit bedrückter Miene.

Sandra kehrte ihm den Rücken und marschierte auf den Waldrand zu, um einem weiteren Verdacht nachzugehen. »Wo genau liegen die Obsthöfe Binder und Sinkovits?«, erkundigte sie sich beim Inspektionskommandanten.

»Dort oben, hinter der Kuppe.« Sein Kinn wies zur höchsten Stelle des Hügels, etwas nach links.

»Du musst bis zur Straße zruckfahrn, dann nach links abbiegen und bei den Hinweisschildern auf'n Riegel auffi«, erklärte ihr die Landpolizistin.

»Und wohin führt der Weg vor der Straße?« Sandra wies in die Richtung des Privatweges, an dem sie vorhin vorbeigefahren waren.

»Meinst du den Forstweg?«, fragte Allmer.

»Nein, den Wirtschaftsweg auf der anderen Straßenseite, der auf die Apfelplantage abzweigt. Davor ist ein Gittertor, das mit einem schwarzen Zahlenschloss gesichert ist.«

»Ach so, dortn …«

»Wie weit führt dieser Weg hinauf?«

Allmer kratzte sich direkt unterhalb des Kappenrandes an der Schläfe und schaute die Polizistin an.

Die zuckte ebenso ratlos mit den Achseln.

Keiner der beiden war jemals auf diesem Weg gefahren, geschweige denn gegangen. Warum auch?

»Der Weg müsste doch eigentlich bis zu den Obsthöfen hinaufführen«, überlegte Sandra laut. Allein schon, um die

Ernte nicht jedes Mal um den halben Hügel herum über die Straße transportieren zu müssen. Sie zog ihr Handy aus der Tasche, um sich die Satellitenkarte des aktuellen Standortes und der näheren Umgebung anzuschauen. Bis auf einen kurzen Abschnitt weiter oben war der Wirtschaftsweg, der durch die Plantagen führte, deutlich zu erkennen. Am Ende mündete er in einem asphaltierten Platz vor einer Halle und einem Hofgebäude, das über einen kurzen Zufahrtsweg von der öffentlichen Straße erreichbar war. Weiter westlich lag ein zweiter, noch größerer Hof, an den auf der anderen Seite des Hügels wiederum Apfelplantagen angrenzten. Die Straße führte in beiden Richtungen zu kleinen Siedlungen mit Einfamilienhäusern, wie sie sich nahezu allerorts in der Steiermark häuften. »Na bitte, wer sagt's denn?« Sandra zoomte den Wirtschaftsweg noch einmal näher heran und hielt Allmer ihr Handy unter die Nase.

Der Inspektionskommandant kniff die Augen zusammen, konnte auf dem spiegelnden Display aber nichts erkennen.

Bergmann sprach sie von hinten an. »Kommst du, Sandra?«

Sie wandte sich um, um ihm den Wirtschaftsweg zu zeigen, der dem Täter als Pfad für seine Flucht gedient haben konnte. Vielleicht wohnte er dort oben. Ziemlich sicher aber war er ortskundig.

Bergmann konnte ohne seine Lesebrille nichts erkennen. Das war auch nicht nötig. »Du erzählst mir nichts Neues«, sagte er. »Die Tatortgruppe hat sich diesen Weg schon angeschaut und einige Reifenabdrücke von Landwirtschaftsfahrzeugen in der Plantage sichergestellt. Außerdem Schuhabdrücke.«

»Wieder Schuhgröße 43?«, fragte Sandra.

»Verschiedene Größen.«

»Von mehreren Tätern?«

»Es sind auch Damen- beziehungsweise Kindergrößen darunter. Also eher keine Täterspuren.«

»Die haben wahrscheinlich die Rumänen hinterlassen«, meinte Allmer.

»Welche Rumänen?«, fragte Bergmann.

»Die Erntehelfer. Die sind aber längst über alle Berge.«

»Was ist mit Autoreifenspuren?«, fragte Sandra.

Bergmann schüttelte den Kopf. »Nur von größeren Reifen. Traktoren und so was.«

»Dann muss das E-Auto über die Straße hierhergefahren sein.« Sandras Blick schweifte noch einmal zum Hochdachkombi hinüber.

»Oder die Leiche wurde von einem anderen Tatort zum Fundort transportiert und das Auto anschließend hierhergebracht, um uns in die Irre zu führen.«

Wie Sandra bereits früher vermutet hatte. »Hat sich die Tatortgruppe auf den Obsthöfen von Binder und Sinkovits umgeschaut?«

»Das machen sie, wenn die Spuren hier gesichert sind. Vorhin waren sie nur kurz oben, um den Grundstückseigentümer zu informieren, dass ein Fahrzeug auf seiner Straße parkt, das kriminaltechnisch untersucht und dann abtransportiert wird. Jakob Binder wollte gleich mit herunterkommen, um nachzuschauen, um welches Auto es sich handelt. Das hat der Kollege aber zu verhindern gewusst, damit er keine Spuren setzt.«

Die auf seinem Grundstück ohnehin überall vorhanden waren.

»Er hat ihm die Zahlenkombination vom Schloss verraten, damit wir von unten hineinkönnen.«

»Dann weiß Jakob Binder noch gar nicht, dass es sich um das Auto seines Freundes handelt?«

»O ja, das weiß er. Stefan hat ihm das Automodell und die Farbe genannt. Und Binder hat sofort gewusst, wem der Wagen gehört. So viele grüne e-Berlingos gibt es hier nicht.«

Allmer nickte zur Bestätigung.

»Wer hat das Auto überhaupt gefunden?«, wandte sich Sandra an ihn.

»Das war ich«, meldete sich die Polizistin zu Wort. »Es ist mir schon gestern beim Joggen aufgfalln. Ich wohn ja in Elz. Da hab ich mir aber noch nix dabei gedacht.« Erst nachdem sie vom Leichenfund erfahren hatte, war sie mit einem Kollegen hergefahren, um nachzuschauen, ob das Auto noch immer dastand.

»Weiß Jakob Binder, dass sein Freund tot ist?«, fragte Sandra.

»Er hat nachgefragt, ob ihm was passiert ist«, antwortete Bergmann. »Immerhin ist vor drei Tagen nur wenige Kilometer von hier entfernt ein Mord an einem Apfelmann geschehen. Er musste nur eins und eins zusammenzählen.«

»Eins und zwei«, korrigierte Sandra ihn. »Vor zwei Wochen ist sein Vater gestorben, der ebenfalls ein Apfelmann war.« Schon wieder jemand, der binnen kürzester Zeit zwei nahestehende Menschen verloren hatte, fiel ihr auf.

»Haben wir überprüft, ob Walter Binder tatsächlich krankheitshalber im Krankenhaus verstorben ist?«, fragte Bergmann.

»Anni hat das bereits überprüft«, bestätigte Sandra.

»Dann lasst uns jetzt hinauffahren«, entschied Bergmann. »Sandra und ich befragen die beiden Obstbauern. Ihr übernehmt die Anrainer, die auf dem Weg dorthin beziehungsweise in der Nähe wohnen. Vielleicht hat jemand etwas gesehen oder gehört. Beim leisesten Verdacht ruft ihr Sandra an.«

»Die meisten Leut wern jetzt in der Arbeit sein«, wandte die Polizistin ein.

»Mag sein«, erwiderte Bergmann. »Dann fangt mit den Pensionisten und Hausfrauen an. Und haltet uns auf dem Laufenden, verstanden?«

»Verstanden.« Allmer führte die Hand zur Kappe. »Pfiat eich Gott!«

»Auch so viel«, murmelte Bergmann ihm hinterher.

Sandra streckte sich, um den Autoschlüssel aus ihrer vorderen Jeanstasche zu holen. Dann folgte sie Bergmann zum Dienstwagen. »Ich bleib beim Gitter am Wirtschaftsweg stehen und schau mich kurz um«, schlug sie vor.

Bergmann hatte nichts dagegen einzuwenden.

»Wie geht's deinem Kreuz?«, erkundigte sich Sandra.

»Geht schon«, versicherte ihr der Chefinspektor und stieg in den Wagen ein.

Neben dem Zahlenschloss hielt Sandra den Skoda an und blickte sich um. Auch von hier aus waren keine Wirtschaftsgebäude zu sehen, dafür unzählige Reihen von mehr oder weniger spärlich belaubten Apfelbäumen. Die oststeirische Hügellandschaft machte sich für den Winterschlaf bereit. Dass in dieser Idylle etwas Böses geschehen konnte, sah man ihr nicht an. Keinen Mord oder Totschlag. Erst recht keinen Serienmord. Sie verwarf den Gedanken, das Fahrradschloss zu öffnen und über den unbefestigten Weg durch die Plantagen zum Obsthof hinaufzufahren. Der Boden war vom Regen zu stark aufgeweicht, und sie wollte nicht riskieren, im Gatsch steckenzubleiben. Also fuhr sie auf der Zufahrtsstraße weiter. Gerade wollte sie Bergmann von ihren neuesten Erkenntnissen aus Dominik Ederers Handy berichten, als sein Mobiltelefon klingelte.

Wenig begeistert nahm der Chefinspektor das Gespräch entgegen. »Guten Morgen, Nicole«, begrüßte er die Anruferin.

Sandra folgte der Straße, bis sie den Obsthof Binder

erreichten. Die Rollläden der Halle waren an der Längsseite hochgelassen. Im Halbdunkel konnte sie einen Gabelstapler erkennen, der Obstkisten führte. In einiger Entfernung die Silhouetten zweier Männer, die sich gegenüberstanden. Ob sie herschauten, konnte sie nicht feststellen. Bei der Halle kam ihr ein weißer Kleintransporter eines Paketzustelldienstes entgegen. Über dessen unzuverlässigen Service hatte sie sich schon mehrfach geärgert. Der kahlköpfige Fahrer im schwarzen Rollkragenpullover war freilich ein anderer als jener, der für ihr Grätzel im Grazer Bezirk Lend zuständig war. Ihre Blicke begegneten sich für zwei, höchstens drei Sekunden.

Sandra stellte das Auto zwischen der Halle und den anderen Gebäuden ab und löste den Gurt, während Bergmann noch immer am Handy hing. Ob sie schon einmal aussteigen und sich umsehen sollte?

»Tja, das hättest du dir vorher überlegen müssen«, packte Bergmann seinen überheblichsten Tonfall aus.

Spätestens jetzt hätte Sandra die neue Chefin anhand ihrer Stimme identifizieren können. »… damit sagen, dass ich überfordert bin?« Eigentlich wollte Sandra diskret das Auto verlassen, aber die Lautstärke der Anruferin ließ sie auf ihrem Sitz erstarren.

Bergmann hielt das Handy weiter von seinem Ohr weg, ohne die Tirade zu unterbrechen.

Instinktiv zog Sandra den Kopf ein.

»Du glaubst wohl noch immer, dass du für meinen Job besser geeignet bist als ich«, keppelte Nicole Herbst am anderen Ende der Leitung.

Bergmann nickte schweigend, dafür umso heftiger.

»Das bist du aber nicht, Sascha Bergmann«, tobte Nicole weiter. »Finde dich damit ab, dass ich deine Vorgesetzte bin und in jeglicher Hinsicht deine volle Unterstützung erwarte. Selbstverständlich steht es dir frei, deine Versetzung zu beantragen. In Leoben wird demnächst eine Stelle im Fremdenwesen frei. Oder wäre dir Menschenhandel im LKA in Sankt Pölten lieber?«

Ausgerechnet Sankt Pölten, dachte Sandra. Dorthin war der frühere Leiter der Kriminaltechnik, dem sie keine Träne nachweinte, nach einem Disziplinarverfahren versetzt worden. Siebenbrunner hatte sie karnifelt, wann immer es ging. Dafür hatte sie sogar seinen Vornamen verdrängt, fiel ihr auf. Sie warf Bergmann einen bangen Blick zu. Wenn er jetzt bloß nicht aus Eitelkeit oder verletztem Stolz etwas Falsches sagte.

Der Chefinspektor verstand ihren Gesichtsausdruck und schluckte seine Antwort hinunter. »Wir tun, was wir können, Nicole«, versprach er und rollte mit den Augen, während er der Vizedirektorin weiter zuhörte.

Sandra konnte sie nicht mehr verstehen, da sie ihre Lautstärke auf ein normales Maß gedrosselt hatte.

»Um 13 Uhr in deinem Büro. Jawohl, Chefin, ich habe dich verstanden.« Bergmann starrte auf sein Handy, nachdem Nicole aufgelegt hatte. »Gschamster Diener«, ätzte er hintennach und blähte seine Backen auf. Mit geschlossenen Augen ließ er die Luft wieder entweichen.

»Was war das jetzt?«, fragte Sandra.

»Der Generalmajor sitzt ihr im Genick, nachdem sich ein Landesrat eingeschaltet hat. Ein bisschen Druck, und schon ist *frau* überfordert.«

»Du meinst, sie hält dem Druck nicht stand, weil sie eine Frau ist?«, fragte Sandra unwirsch.

Bergmann zuckte mit den Schultern. »Das habe ich nicht gesagt.«

»Für mich hat es aber genauso geklungen.«

Der Chefinspektor verdrehte abermals die Augen, was Sandra nicht mehr wahrnahm.

Ihre Autotür war bereits hinter ihr ins Schloss gefallen. Den Gummistiefel-Bonus hatte Bergmann soeben verspielt.

6.

Grollend schritt Sandra auf die Haustür zu, läutete stürmischer als nötig an. Ihr Ärger über den bornierten Macho hinter ihrem Rücken war noch nicht verraucht, als sich die Tür öffnete. Sie blickte in zwei braune Augen hinter runden Brillengläsern.

Ein dunkelhaariger Mann schaute durch seine Hornbrille auf sie herab. Jakob Binder bat die Ermittler herein, nachdem sie sich vorgestellt hatten. Er war um einiges größer und stämmiger als Bergmann. Seine tiefe Stimme ließ ihn älter als 24 wirken. Er bewegte sich schwerfällig, als er vorausging. Vielleicht war er berauscht, stand unter Alkohol-, Drogen- oder Medikamenteneinfluss, überlegte Sandra. Nachdem er seinen Vater und nun auch noch seinen Freund verloren hatte, hätte es sie nicht gewundert. Als trockener Alkoholiker war er in belastenden Situationen vermutlich noch mehr gefährdet als andere Angehörige von Gewaltopfern.

Im Vorzimmer standen einige Paar Männerschuhe. Sandra erkannte mit freiem Auge, dass sie alle größer als 43 waren. Sie folgten ihm weiter ins Wohnzimmer. Der rustikale Einrichtungsstil ließ die Handschrift einer älteren Generation erkennen. Der junge Mann selbst trug Jeans und ein blaugrünes Karohemd, dessen Ärmel hochgekrempelt waren, darüber einen salbeigrünen Pullunder. Ein Kleidungsstück aus der Mottenkiste, hatte Sandra bis vor Kurzem geglaubt. Bis ihr Andrea versichert hatte, dass Pullunder wieder voll im Trend lagen. Aber jeden Trend musste man ja nicht mitmachen.

»Also, was wollen Sie von mir wissen?«, fragte Jakob Binder.

»Können Sie Kaffee kochen?«, fragte Bergmann zurück.

Jakob Binder sah ihn irritiert an.

Die dunklen Schatten unter seinen Augen kamen durch die Brillengläser stärker zur Geltung. War er müde? Von seiner Trauer gezeichnet? Oder krank?

»Hä? Sorry, ich check es grad nicht«, erwiderte er.

Wenigstens die Ausdrucksweise passte zu seinem Alter.

»Ich hätte gern einen Kaffee, wenn es möglich ist«, konkretisierte der Chefinspektor seinen dringlichsten Wunsch. Vor den geschockten Eltern des Mordopfers hatte er diesen ebenso zurückgestellt wie vor Anton »Messie« Krautwaschl.

»Ach so ... Ja, einen Kaffee können Sie haben.«

»Schwarz mit Zucker«, fügte Bergmann hinzu.

»Für Sie auch?«

»Nein, danke«, winkte Sandra ab.

»Was anderes? Apfelsaft? Apfel-Holunder? Apfel-Himbeere? Apfel ...«

»Apfel-Holunder, vielen Dank«, unterbrach Sandra die Aufzählung.

Jakob Binder bot ihnen Platz auf der wuchtigen braunen Ledergarnitur an, ehe er verschwand, um die Getränke zu holen.

Sandra wunderte sich ebenso wie Bergmann, als sie ihn durch die offene Tür pfeifen hörten. Oder war das jemand anderer, der sich im Haus aufhielt? Berauscht kam ihr Binder doch nicht vor, revidierte sie ihren ersten Gedanken. Sprachlich schien er jedenfalls nicht beeinträchtigt zu sein. Er bewegte sich nur ziemlich träge.

Bergmann ließ sich auf den ledernen Fernsehsessel fallen, den Sandra grottenhässlich fand. Auch wenn das Ungetüm noch so ergonomisch und bequem sein mochte. Missbilligend beobachtete sie, wie der Chefinspektor mit der Fernbedienung versuchte, die komfortabelste Sitzposition für sich zu finden. Oder suchte er nach einer Massagefunktion? »Sascha, bitte. Du bist hier nicht zu Hause«, ermahnte sie ihn.

»Gott sei Dank.« Surrend fuhr das Fußteil mit seinen Latschen hinauf und hinunter. »Ich überlege schon seit geraumer Zeit, ob ich mir so einen zulegen soll. Wegen meiner Bandscheiben.«

Sandras Blick riet ihm unmissverständlich von einer Anschaffung ab. »Rückengymnastik sollte auch helfen.«

Ihren Ratschlag ignorierte er. Was das Design des Möbelstücks anbelangte, waren sie sich jedoch einig. »Was für ein schirches Trumm.« Bergmann stand auf und legte die Fernbedienung zurück. »So etwas kommt mir ganz bestimmt nicht in die Wohnung.« Noch einmal beäugte er den Sessel geringschätzig, ehe er sich zu Sandra auf die Couch begab.

Wieder vernahm sie dieses Pfeifen. Keine Melodie, die sie kannte. Sie klang fröhlich und verstummte abrupt, bevor Jakob Binder mit den Getränken das Zimmer betrat.

Gierig riss der Chefinspektor das Zuckersackerl auf.

Sandra fühlte sich an einen Junkie auf Entzug erinnert. Wenigstens zitterten seine Hände nicht wie bei schweren Alkoholikern. Prompt kam ihr der verstorbene Vater des jungen Mannes in den Sinn, der im Fernsehsessel Platz nahm. »Fühlen Sie sich in der Lage, uns ein paar Fragen zu beantworten, Herr Binder?«, versuchte sie, möglichst sanft in die Befragung einzusteigen. »Wenn Sie möchten, können wir auch vertagen und einen Psychologen hinzuziehen«, bot sie ihm an.

»Nicht nötig.« Jakob Binder starrte auf seine Hände, als kontrolliere er, ob sie sauber wären. Jedenfalls zitterten sie nicht. »Bringen wir es hinter uns«, sagte er.

»Nach dem Tod von nahestehenden Personen ist ein Psychologe …«

»Nein, danke«, unterbrach der junge Mann sie unerwartet energisch und verschränkte seine kräftigen Finger ineinander, bis die Gelenke knackten.

»Es war nur ein Angebot, auf das Sie jederzeit zurückkommen können.« Sandra schenkte sich Saft ein.

»Also, was wollen Sie von mir wissen?«

Na schön, der Mann war erwachsen und für sich selbst verantwortlich. »Wann haben Sie Dominik Ederer zum letzten Mal gesehen?«, kam Sandra zur Sache.

»Vorgestern, am späteren Abend«, antwortete Binder, ohne zu zögern.

Das war der letzte Abend im Leben seines Freundes gewesen.

»Am Dienstagabend?«, fragte Bergmann überrascht. Er wusste noch nichts von den Daten, die Sandra auf dem Handy des Opfers entdeckt hatte.

Sie räusperte sich und sah ihn beschwörend an, damit er ihr die weitere Befragung überließ. »Wann genau und wo war das?«

»Er hat gegen 21.15 Uhr bei mir vorbeigeschaut, nachdem er aus Madrid zurückgekommen ist, um mir die *Crowdfarming*-Verträge vorbeizubringen und sie mir kurz zu erläutern. Wir wollten mit Bio-Balsamessigen in das Programm einsteigen. Alle vegan, bis auf den Apfel-Honig-Essig. Und später vielleicht auch andere Produkte über die Plattform vertreiben.« Seinen Besuch hatte ihm sein Freund kurz zuvor telefonisch angekündigt.

Dafür hatte er genau 56 Sekunden benötigt, wusste Sandra von seinem Handy. »Waren Sie schon lange miteinander befreundet?«

»Wir kannten uns, seit ich denken kann. Unsere Väter

waren auch miteinander befreundet. Sie waren beide an der Gründung der Apfelmänner beteiligt.«

»Und sie hatten diese Schnapsidee«, bezog sich Bergmann auf den *Abakus*.

Jakob Binder ging darauf nicht ein. »Der Dominik hat sich wie ich für biologische Landwirtschaft interessiert. Nachdem wir mit der Obstbauschule fertig waren, haben wir mit Essig herumgetüftelt und unser Pilotprojekt mit dem Anbau von Bio-Senfsaaten gestartet.«

»Senf? Als Obstbauern?«, fragte Sandra.

»Diversifizierung ist ein wichtiges Thema, das mithilft, bäuerliche Existenzen zu sichern. Je mehr Standbeine, desto besser. Fällt ein Ertragsfeld aus, was in Zeiten des Klimawandels immer häufiger der Fall ist, kann ein anderes diesen Verlust vielleicht kompensieren und das Einkommen sichern. Unser Senfprojekt hat sich vielversprechend entwickelt. Allerdings wollten wir nicht mehr die üblichen Wege beschreiten und haben überlegt, wie wir fremdgesteuerte Dumpingpreise künftig umgehen können, die uns Bauern zum ständigen Wachstum oder zum Aufgeben zwingen. ›Wachsen oder weichen‹ heißt das Spiel, das den Agrar- und Handelsriesen schon viel zu lange in die Hände spielt. ›Wandel statt Handel‹, lautet unsere Devise. Wir bauen biologische Lebensmittel an und erzeugen möglichst innovative Produkte, suchen nach Nischen und neuen Vertriebswegen, die es uns ermöglichen, faire Erlöse für uns zu erzielen.«

Seine versteckte Trauer und Wut, die Sandra vorhin zu spüren geglaubt hatte, schienen wie weggeblasen. Jakob Binder wirkte plötzlich vitaler und jünger.

»*Crowdfarming* ist das Vertriebs- und Vermarktungskonzept, das uns gefehlt hat«, fuhr er fort. »Es wurde von spanischen Kleinbauern ins Leben gerufen, deren Existenz wie die unsere zunehmend bedroht war. Auch sie haben sich überlegt, wie sie künftig ihren Lebensunterhalt mit kleinstrukturierter Landwirtschaft bestreiten können. Am naheliegendsten ist es, die üblichen Lieferketten zu durchbrechen und einen direkten Weg zu den Kunden zu finden. Dabei sind sie auf ihr *Crowdfarming*-Konzept gekommen, das so einfach wie genial ist. Die weltweite Umsetzung ist allerdings weitaus komplizierter, aber die Burschen haben es hinbekommen. Sie stellen ihren Crowdfarmern eine Internet-Plattform, die Logistik für den Pakettransport zu den Kunden und die Marketinginstrumente zur Verfügung. Damit können wir Bauern uns voll und ganz auf die Produktion konzentrieren.« Jakob Binder erklärte ihnen das Adoptionsmodell, das Sandra bereits kannte und Bergmann nicht interessierte.

»Und Dominik Ederer hat Ihnen die *Crowdfarming*-Papiere zum Unterschreiben dagelassen? Könnte ich mir die einmal ansehen?«, kehrte Sandra zum Ausgangspunkt zurück.

Jakob Binder sah sie erstaunt an. »Die müssen in meinem Büro sein.«

»Sie können Sie dann ja heraussuchen.«

»Was haben diese Verträge mit dem Tod vom Dominik zu tun?«, fragte Binder. »Er hat sie mir vorbeigebracht und wollte dann zum Ludwig fahren.«

»Zum *Abakus*-Brennen.«

»Ach, Sie wissen eh schon Bescheid.« Die Energie des jungen Mannes verpuffte wieder. Er streckte seine langen Beine von sich und verschränkte die Arme vor der Brust. Seine Füße, die in Socken steckten, passten nie und nimmer in Schuhgröße 43.

Sandra trank ihren Apfel-Holundersaft aus, der ihr noch besser schmeckte als der Apfelsaft vom Obsthof Mauerhofer.

»Brennen Sie auch Schnaps?«, meldete sich Bergmann zu Wort.

»Sie trinken doch bestimmt nicht im Dienst«, erwiderte der Obstbauer.

»Nein, mich interessiert nur, ob Sie auch Schnaps brennen.«

Jakob Binder schüttelte den Kopf. »Mein Vater hat damit vor Jahren aufgehört. Nur auf das alljährliche *Abakus*-Brennen wollte er nicht verzichten.«

»Weshalb hat er damit aufgehört?«, hakte Bergmann nach, wenngleich sich der Grund für diese Entscheidung erahnen ließ.

Jakob Binder schluckte. »Es gab einen Unfall, bei dem meine Mutter ums Leben gekommen ist.«

»Ist ein Schnapskessel explodiert?«, bohrte Bergmann gnadenlos weiter, worunter der junge Mann sichtlich litt.

Er ballte die Fäuste hinter seinen verschränkten Armen. »Die Mama ist bei einem Autounfall gestorben. Der Vater ist besoffen am Steuer gesessen. Danach war er bei den *Anonymen Alkoholikern* und hat mit dem Saufen aufgehört. Und mit dem Schnapsbrennen.« Dass er selbst auch alkoholsüchtig gewesen war, verschwieg Jakob Binder ihnen.

»Und wann hat Ihr Vater wieder mit dem Trinken angefangen?«

»Hören Sie, was soll das?«, brauste der junge Obstbauer auf. »Was hat das alles mit den Morden zu tun?«

»Das versuchen wir herauszufinden.« Bergmann ließ ihn nicht aus den Augen.

»Mein Vater ist seit zwei Wochen tot. Er kann also gar nichts damit zu tun gehabt haben.«

Bergmann nickte und sah ihn noch immer an.

»Mein Beileid«, ergriff Sandra das Wort, ehe der Chefinspektor ihn völlig fertigmachte.

»Wie? Ja, danke«, murmelte Jakob Binder beiläufig. Dass es in ihm brodelte, war nicht zu übersehen.

»Wann ist Herr Ederer am Dienstag von hier weggefahren?«, fragte Sandra weiter.

»Er war vielleicht eine Dreiviertelstunde da, höchstens eine Stunde. Ich hab nicht auf die Uhr geschaut.«

»Wissen Sie, welchen Weg er zum Obsthof Ludwig nehmen wollte? Durch die Apfelplantage oder über die Straße?«

»Ganz bestimmt über die Straße. Die Gitter sind nur offen, wenn auf der Plantage gearbeitet wird. Äpfel ausdünnen, Bäume schneiden, die Hagelnetze, Gerüste und Wasserleitungen warten ...«

»Dann war das Gittertor in den letzten Tagen und Nächten versperrt?«

»Ich nehme es an. Sicher bin ich mir aber nicht. Das letzte Mal war ich vor einer Woche unten. Da war alles dicht. Die Apfelernte ist für heuer abgeschlossen.«

»Dann wissen Sie auch nicht, ob sich fremde Personen in der Plantage aufgehalten haben?«

»Nein, möglicherweise war mein Nachbar, der Sinkovits Helmut, auf seiner Plantage. Vielleicht hat er was bemerkt.«

Wie Miriams Vater zählte Helmut Sinkovits zu jenen Apfelmännern, die den Obsthof Ludwig nach der polizeilichen Vernehmung am Montagnachmittag verlassen hatten, wusste Sandra. Fragte sich nur, was er auf der Plantage zu tun gehabt hätte. »Ihr Nachbar hat über denselben Weg Zutritt wie Sie?« Sandra fiel auf, dass Jakob Binder die Zähne fester zusammenbiss.

»Ja, er hat ein Servitut, damit er zu seiner Plantage zufahren kann.«

Damit durfte Sinkovits den Weg jederzeit benutzen, auch wenn er über das Grundstück von Binder führte.

»Pflegen Sie eine gute Nachbarschaft miteinander?«

»Solang er nicht wieder Pestizide spritzt, die meine Bio-Äpfel und das Grundwasser kontaminieren.«

»Können Sie sich erklären, weshalb das Auto Ihres Freundes auf Ihrem Grundstück aufgefunden wurde?«

»Vielleicht wollte der Dominik noch woanders hinfahren. Und ist unten seinem Mörder begegnet.«

»Seine Leiche wurde aber ganz woanders gefunden.«

»Ach ja? Wo denn?«

»In der Nähe Ihres Patenonkels. Anton Krautwaschl hat seine Leiche gefunden.«

Jakob Binder sah sie überrascht an. Dann wandte er seinen Blick ab und schluckte.

»Wann haben Sie Herrn Krautwaschl zum letzten Mal gesehen?«, fragte Sandra.

»Letzten Freitag, beim Begräbnis vom Vater.«

»Sind Sie am Dienstagabend noch einmal weggegangen, nachdem sich Herr Ederer von Ihnen verabschiedet hat?«, wollte Sandra wissen.

»Nein, ich war zu Hause.«

»Wohnen Sie allein hier?«

»Seit der Vater tot ist, ja.«

»Hält sich zurzeit außer uns jemand hier im Haus auf?«

Binder verneinte. »Nur im Betrieb drüben.«

»War am Dienstagabend oder in der Nacht außer Ihrem Freund jemand bei Ihnen?«

»Nur der Dominik.« Der junge Mann legte sein rechtes Bein über das linke.

»Haben Sie sich gestritten?«

Jakob Binder verneinte erneut.

»Hat sich Ihr Freund zuletzt mit jemand anderem gestritten?«

»Mit seinem Vater gab es die eine oder andere Reiberei. An sich war der Dominik aber ein sehr friedliebender Mensch.«

Sandra bezweifelte inzwischen, dass Eduard Ederer seinen Sohn getötet hatte. Ob er sich zum Tatzeitraum tatsächlich durchgehend am Obsthof Ludwig aufgehalten hatte, wie er behauptete, galt es zu überprüfen. Überhaupt mussten alle Apfelmänner noch einmal befragt werden.

»Hatte Ihr Freund Kontakt zu Markus Mauerhofer?«

»Solange er mit seiner Tochter zusammen war. Die Steffi hat letzten Sommer mit ihm Schluss gemacht. Seither sind sich der Markus und der Dominik nur mehr bei den Treffen der Apfelmänner begegnet, nehme ich an.«

Monika Ederer hatte ihnen etwas anderes erzählt. Angeblich hatte ihr Sohn seine Freundin verlassen, erinnerte sich Sandra. »Wissen Sie, was der Grund für die Trennung war?«, fragte sie weiter. Immerhin hatten Stefanies Vater und Dominiks Mutter ein Verhältnis miteinander gehabt. Möglicherweise hatte das ihre Beziehung belastet und zerstört.

»Es hat einfach nimmer gepasst zwischen ihnen.«

»Darf ich Sie noch fragen, wo Sie am Montag in der Früh zwischen 6 und 7.30 Uhr waren?«

»Na, hier. Und ab 7 Uhr im Betrieb.« Jakob Binder nannte ihnen zwei rumänische Arbeiter, die das angeblich bezeugen konnten. Mit ihnen hatte er ihre Erntehilfsdienste abgerechnet, gab er an, bevor sie in ihre Heimat abreisten.

»Dafür gibt es ja bestimmt einen Beleg.«

»Ähm …«

»Haben sie schwarz bei Ihnen gearbeitet?«, fragte Sandra.

»Aus reiner Freundschaft wahrscheinlich«, antwortete Bergmann. »Sie können uns bestimmt ihre Adressen und die Telefonnummern geben.«

»Wir sind nicht von der Finanzpolizei«, fügte Sandra hinzu.

Die Daten der Erntehelfer musste er erst im Büro heraussuchen wie auch den *Crowdfarming*-Vertrag, den er ihr später mailen wollte.

Bergmann kündigte dem jungen Obstbauern den Besuch der Tatortgruppe an, die seinen Fuhrpark überprüfen und seine Fingerabdrücke nehmen würde. »Wir finden allein hinaus«, sagte er, nachdem sie sich verabschiedet hatten.

Draußen rief der Chefinspektor Jörg Schöffmann an, der sich gleich auf den Weg machen sollte, während er dem Nachbarn einen Besuch abstatten wollte.

7.

In seinem Betrieb war Helmut Sinkovits nicht anzutreffen. Seine Tochter verwies die LKA-Ermittler an ihre Mutter, die sich im Wohnhaus aufhielt.

Der zusammengewürfelte, verwinkelte Baustil auf dem Hof ließ Sandra vermuten, dass auch das zweistöckige Einfamilienhaus über die Jahrzehnte nach und nach erweitert worden war.

Die kleine pummelige Frau, die ihnen öffnete, sah sie über den Rand ihrer schmalen Lesebrille hinweg an. 60 war sie bestimmt schon. Zur beigefarbenen Stoffhose trug Doris Sinkovits einen rostorangen Pullover mit Zopfmuster und braune Gesundheitsschlapfen. »Um Gottes willen, Kriminalpolizei?« Erschrocken schob sie ihre Brille hinauf, bis sie auf der grauen Kurzhaarfrisur saß. »Ist meinem Mann was gschehn?«, fragte sie bang.

Das Nadelkissen an ihrem Unterarm ließ vermuten, dass sie die Frau des Apfelmannes bei Näharbeiten gestört hatten. »Nein, Frau Sinkovits«, beruhigte Sandra sie. »Wir wollten nur kurz mit ihm sprechen.« Offensichtlich war er nicht zu Hause.

»Er ist vor zwei Stunden ins LKH zu einer Untersuchung gefahren und muss über Nacht drinbleiben. Wegen seinem Herzen.« Die Frau seufzte mit sorgenvoller Miene.

»Dürfen wir trotzdem hereinkommen?«, fragte Sandra. »Es dauert bestimmt nicht lange.«

»Ja, bitte. Kommen S' nur eini. Stört Sie's, wenn wir in meine Nähstube gehen? Ich hab grad das Bügeleisen eingschaltet.«

»Nein, überhaupt nicht.« Sie folgten der Frau durch den Flur in ein geräumiges, helles Zimmer mit zwei Panoramafenstern, die aussahen, als stammten sie aus den 1970ern, aber sauber waren.

Dort nahm die Hobbyschneiderin das Stecknadelkissen ab und bot ihnen Klappstühle an, damit sie sich an den großen Tisch setzen konnten, der ihr zum Zuschneiden der Stoffe diente.

»Wir bleiben lieber stehen«, sagte Sandra, während ihr Blick durch den Raum schweifte: vom mannshohen Spiegel, über die Regale, die mit Stoffen und Nähutensilien beladen waren, zwei mobile Kleiderstangen mit verschiedenen Kleidungsstücken, bis zur Kleiderpuppe, auf der ein hellblauer Dirndlleib mit Froschgoscherlborte auf weitere Näharbeiten wartete. Der dunkelblaue Kittel war nur zum Teil mit Stecknadeln am Leib befestigt und hing halb herunter. In einer anderen Ecke des Raumes standen ein Paravent, vor einem der beiden Fenster ein langer Arbeitstisch mit zwei Nähmaschinen, gegenüber ein Bügelbrett, auf dessen Abstellgitter das Dampfbügeleisen aufheizte.

Doris Sinkovits zog den Netzstecker.

»Vielleicht sollten Sie sich lieber hinsetzen«, schlug Sandra ihr vor.

»Dann ist doch was passiert.« Die Obstbäuerin erstarrte mit dem Kabel in der Hand. »Ich hab von meiner Tochter ghört, dass heute Nacht mehrere Polizeistreifen und andere Autos an ihrem Haus in Elz vorbeigefahren sind.« Sie legte das Kabel weg und setzte sich auf einen Drehstuhl bei den Nähmaschinen.

»Mein Gott!«, meinte sie fassungslos, nachdem Sandra ihr die Nachricht vom zweiten toten Apfelmann überbracht hatte. »Ausgerechnet der Dominik. So a liaber Bua …«

»Waren Sie und Ihr Mann gestern und vorgestern Nacht zu Hause?«, wollte sie wissen.

Doris Sinkovits wischte sich zwei Tränen mit dem Handrücken ab. »Ja. Gestern bin ich schon um 21 Uhr liegen gangen und hab im Bett noch glesen. Um 1 Uhr bin ich aufgwacht, weil der Helmut neben mir so laut gschnarcht hat, dann aufgstanden und in eines der früheren Kinderzimmer geflüchtet, damit ich ungestört weiterschlafen kann.«

Ansonsten hatte Doris Sinkovits nichts gehört oder gesehen. Sie glaubte auch nicht, dass ihr Mann in den letzten Tagen oder Nächten etwas Ungewöhnliches beobachtet hatte. Sonst hätte er es bestimmt erwähnt. Seit Markus Mauerhofer ermordet worden war, wären sie beide besonders aufmerksam, betonte sie. Und jetzt, nach dem zweiten Mord an einem Apfelmann, fürchtete sie erst recht um das Leben ihres Mannes. »Wär ja möglich, dass es der Mörder auch auf den Helmut abgesehen hat«, meinte sie. »Das ist doch ein Serienkiller, net wahr?«

Ihre Befürchtung war leider nicht von der Hand zu weisen, dennoch hielt Sandra sich bedeckt. »Ich kann Ihnen nur raten, weiterhin vorsichtig zu sein. Sperren Sie auf alle Fälle alle Türen ab und lassen Sie keine Fenster offen. Überhaupt im Erdgeschoß. Auch nicht, wenn Sie zu Hause sind. Sollte Ihnen irgendetwas verdächtig vorkommen, melden Sie sich bitte umgehend bei uns.« Sandra reichte ihr eine Visitenkarte. »Wenn ich nicht abhebe, meldet sich unser Journaldienst. Rund um die Uhr, auch an den Wochenenden. Und im Notfall rufen Sie am besten gleich 112 oder 133 an.«

Doris Sinkovits nahm dankbar ihre Karte entgegen. Außer Arztbesuchen und unbedingt notwendigen Einkäufen würden sie bis auf Weiteres zu Hause bleiben, versprach sie. Am Obsthof gab es um diese Jahreszeit ohnehin nicht mehr viel zu tun. Den November nutzte sie seit jeher, um längst fällige

Änderungsarbeiten vorzunehmen, neue Kleidungsstücke oder Vorhänge zu nähen. Auch Hausarbeiten, zu denen sie sonst nicht kam, wurden zu dieser Jahreszeit erledigt, während ihr Mann in der Hofbrennerei Schnaps brannte. Der Hofladen war über den Winter auf Selbstbedienung umgestellt. Kunden, die Sonderwünsche hatten, konnten sie aber jederzeit anrufen. Die Obstbäuerin brauchte nur den Hof zu überqueren, und schon war sie zur Stelle.

»Wissen Sie, wann zuletzt jemand auf der Apfelplantage war, die an jene von Herrn Binder angrenzt?«

»Letzte Woche haben s' noch das Laub zsammengrecht, ansonsten wüsst ich nicht …«

»Welche Schuhgröße hat Ihr Mann? Wegen dem Spurenabgleich auf der Plantage.« Als Serienkiller kam Helmut Sinkovits schon allein aus gesundheitlichen Gründen nicht in Frage.

»41, manchmal 42.«

Sandra bedankte sich. »Unsere Kriminaltechniker werden dann noch vorbeischauen, um die Fahrzeuge auf Ihrem Hof zu begutachten«, sagte Sandra.

»Schicken S' die Leut am besten zu meiner Tochter umi.«

»Können Sie Ihrem Mann bitte ausrichten, dass er uns anruft, sobald er wieder zu Hause ist?«

»Das mach ich«, versprach Doris Sinkovits und begleitete die Ermittler zur Haustür.

»Danke. Passen Sie auf sich auf.« Von draußen hörte Sandra, wie sich hinter ihnen der Schlüssel im Schloss umdrehte.

8.

Bergmann blickte zum bedeckten Himmel, während Sandra auf ihren Funkschlüssel drückte. Früher als vorhergesagt, hatte es zu regnen aufgehört.

»Was ist mit den anderen Apfelmännern?«, fragte sie. »Die müssen wir auch alle noch einmal befragen.« Und sie vor einem Serienkiller warnen. Nach dem zweiten Mord lag das auf der Hand.

»Du kannst sie dann mit Anni telefonisch befragen. Beim leisesten Verdacht gibt es eine Vorladung ins LKA. Und versucht, mir diese beiden Rumänen aufzutreiben, die Binder erwähnt hat.«

»Glaubst du ihm?«

Bergmann zuckte mit den Schultern. »Glaubst du, dass er seinen besten Freund getötet hat?«, antwortete er mit einer Gegenfrage.

Sandra wusste nicht recht, was sie von dem jungen Mann halten sollte, der sich zweifellos in einer psychischen Ausnahmesituation befand, jedoch keine Hilfe annehmen wollte. »Hast du ihn vorhin pfeifen gehört?«, fragte sie im Auto. Außer ihnen war angeblich niemand im Haus gewesen.

»Ich bin ja nicht derrisch«, erwiderte Bergmann.

Das Gegenteil war der Fall, wusste Sandra. Der Chefinspektor verfügte über ein ausgesprochen feines Gehör, das er seinem Musikersohn weitervererbt hatte, wie er behauptete.

»Der junge Mann pfeift anscheinend gern«, sagte er. »Vielleicht verbessert es seine Laune, wenn ihm ein fröhliches Liedchen über die Lippen kommt. Wollen wir noch zusammen frühstücken gehen?« Keinesfalls würde er die neue Vorgesetzte mit leerem Magen ertragen, meinte er.

»Von mir aus gerne.« Sandra startete den Wagen und fuhr los. Eine Tasse Tee konnte sie nach dieser langen Nacht gut vertragen. Vielleicht sogar eine Kleinigkeit essen, nachdem Lubensky sie heute schon so zeitig aus dem Bett geholt hatte.

»Schaut so aus, als wäre der gerade gestartet«, sagte Bergmann, den Blick einmal mehr zum Himmel gerichtet.

Vor ihnen schwebte in geringer Höhe ein riesiger mit Helium gefüllter roter Apfel, der für das Apfeldorf Puch warb. Sandra informierte den Chefinspektor, dass ganz in der Nähe ein Ballonplatz war.

»Bist du schon einmal Ballon gefahren?« Bergmann griff zu seinem Handy.

Sandra nickte, hatte aber keine Lust, darüber zu reden. »Wolltest du nicht Jörg anrufen, damit er sich den Fuhrpark von Sinkovits anschaut?«

Bergmann hob sein Handy demonstrativ hoch. »Was meinst du, was ich gerade vorhatte?«

Den Ballon fotografieren, den man aus dieser Nähe selten zu sehen bekam, hatte Sandra geglaubt. Während Bergmann telefonierte, kam die Erinnerung an ihre erste und bislang letzte Ballonfahrt im nahen Schielleiten wieder hoch. Der traditionellen Ballonfahrertaufe war eine unvergessliche Nacht gefolgt, die das Ende ihrer Beziehung mit Paul eingeleitet hatte. Damals hatte sie noch geglaubt, der feinsinnige, liebenswerte Kollege vom Raubdezernat könnte der Vater ihrer Kinder werden, die sie sich gewünscht hatte. Geblieben war ihr nur der Adelstitel, den ihr der Pilot nach der Ballonfahrt verliehen hatte. »Gräfin Angelika von den Strahlen der Abendsonne umgarnte Luftlady zu Schloss Schielleiten« hatte einfach kein Glück mit den Männern. Bis jetzt war von Hubert Müllner kein Lebenszeichen eingelangt. Bestimmt hatte sie ihn vergrault. Sandra war sich nicht sicher, ob sie ihn überhaupt jemals wieder anrufen sollte.

Bergmann unterbrach ihre schwermütigen Gedanken. »Hast du dich endlich mit den Keltenritualen beschäftigt?«, erkundigte er sich erneut.

»Ja, sogar ausführlich. Ich bin allerdings auf kein einziges Ritual gestoßen, das sich mit der Signatur unseres Täters in Zusammenhang bringen lässt. Tut mir leid.«

Bergmann seufzte. »Das muss dir nicht leidtun. Nicole wird mir schon nicht den Kopf abreißen.«

Das konnte er besser beurteilen als Sandra. Schließlich war er mit der Chefin verlobt gewesen. »Vielleicht solltest du zuerst einmal eure privaten Missverständnisse aus der Welt schaffen«, schlug sie ihm vor. »Immerhin musst du mit ihr zusammenarbeiten. Und ich auch.«

Bergmanns Nasenlöcher blähten sich, während er hörbar ausatmete.

»Schon gut, es war nur ein Vorschlag«, lenkte Sandra ein, bevor sie wieder einen dummen Spruch einstecken musste. Sie setzte den Blinker und bog auf den Parkplatz des Landgasthofs in Puch ab, der gleichzeitig auch Dorfbäckerei und Café-Konditorei war. Beim Frühstück wollte sie Bergmann endlich berichten, was sie aus den Handydaten des zweiten Mordopfers geschlossen hatte. Beim Betreten des Lokals stieg ihr der köstliche Duft von frischem Brot in die Nase.

Bergmann hielt an der Vitrine an, in der die Torten und Mehlspeisen des Hauses ausgestellt waren. Allein die Aussicht auf ein Wiener Frühstück, das hier angeboten wurde, und einen süßen Abschluss hob seine Laune.

»Gute Arbeit, Sandra. Bleib dran«, lobte er sie ausnahmsweise, nachdem sie ihm ihre Rückschlüsse aus Dominik Ederers Handy ausführlich dargelegt hatte.

»Sobald mir die vollständigen Daten vorliegen, erstellen wir ein Bewegungsprofil. Die Kriminaltechniker schauen sich auch den Laptop und das Handy von Markus Mauerhofer noch einmal genauer an. Er scheint nämlich einiges gelöscht zu haben, was sich vielleicht wiederherstellen lässt.«

Herzhaft biss Bergmann in seine Schinkensemmel, während sich Sandra das letzte Stück von ihrem Briochekipferl in den Mund steckte. Sie konnte sich gar nicht mehr erinnern, wann sie zuletzt eines gegessen hatte. Beinahe hatte sie vergessen, wie köstlich so etwas schmeckte.

»Wir sollten uns dringend Stefanie Mauerhofer vorknöpfen«, meinte Bergmann kauend. »Ich schicke Anni gleich noch eine Nachricht, um sie an den Termin zu erinnern.« Er spülte den Bissen in seinem Mund mit Kaffee hinunter.

Sandra blickte erneut auf die Uhr. »Stefanie Mauerhofer ist höchstwahrscheinlich noch in der Schule und erst später erreichbar.«

Bergmann tippte eine Nachricht ins Handy und aß seine Semmel auf. »Zahlen, bitte!«, rief er die Kellnerin herbei.

9.

Gähnend fuhr Sandra ihren PC hinunter und schaltete die Schreibtischlampe aus. Für heute hatte sie genug gearbeitet. In welche Richtung sie auch ermittelten, alle Wege schienen in einer Sackgasse zu enden.

Anni und sie hatten fast alle Apfelmänner befragt und deren Alibis überprüft, die Kollegen aus Anger die meisten Anrainer in Elz befragt. Ohne auf eine brauchbare Erkenntnis oder eine neue Spur zu stoßen. Den Anrufen vermeintlicher Zeugen, die sich telefonisch gemeldet hatten, weil sie glaubten, etwas Bedeutendes beobachtet zu haben oder etwas zu wissen, waren sie ebenfalls nachgegangen. Relevant war nichts davon. Auch nicht das Hundebellen, das sie Zerberus zuordneten.

Die Spurenauswertung war bisher auch nicht besonders hilfreich. Der Reifenabdruck, der bei Dominik Ederers Leiche sichergestellt worden war, stammte von seinem E-Auto. Dass sich darin auch Fingerabdrücke von Jakob Binder befunden hatten, konnte nicht als Beweis für eine Straftat gewertet werden, höchstens als Indiz. Immerhin war er der beste Freund des Opfers gewesen und gab an, sich erst kürzlich seinen e-Berlingo ausgeborgt und damit Probe gefahren zu sein. Dass der junge Biobauer mit dem Gedanken spielte, sich ebenfalls ein E-Auto zuzulegen, um auf fossile Brennstoffe künftig weitestgehend zu verzichten, kaufte ihm Sandra ohne Weiteres ab. Den *Crowdfarming*-Vertrag hatte er ihr, wie versprochen, gemailt. Sie hatte sein Exemplar mit jenem aus Dominik Ederers Rucksack verglichen und festgestellt, dass die beiden identisch waren. Auch die Daten der Erntehelfer hatte er ihr geliefert, sodass sich ihr Verdacht gegen ihn einigermaßen zerstreut hatte. Seine Aussagen entsprachen jedenfalls der Wahrheit, soweit sie diese bisher überprüft hatten. Allerdings war Anni an der Verständigung mit den beiden Rumänen gescheitert, die kaum Deutsch sprachen. Ein Dolmetscher war an diesem Tag nicht aufzutreiben gewesen. Vielleicht morgen. Solange musste sie sich ohnehin noch gedulden, bis Stefan die vollständigen Daten herausrückte. Irgendein technisches Problem verzögerte die Auswertung.

Die Reifenspuren, die vom Gittertor durch die Plantage von Jakob Binder führten, stammten wenig überraschend von seinem Traktor und einem Anhänger. Wann genau sie dort hinterlassen worden waren, und wer den Traktor gesteuert hatte, ließ sich nicht mehr feststellen. Einige Schuhabdrücke passten zu Binders Schuhgröße, andere hatten bislang niemandem zugeordnet werden können.

Den Schuhabdruck am Leichenfundort hatte zweifelsfrei Anton Krautwaschl mit seinen Gummistiefeln hinterlassen, als er den toten Dominik Ederer gefunden hatte. Auf einen Abgleich der Hundepfotenabdrücke verzichteten sie. Bei der Vorstellung, dass ein Kriminaltechniker Zerberus' Zwinger betreten musste, um seinen Abdruck zu nehmen, stellten sich Sandra die Nackenhaare auf. Gleichzeitig fielen ihr beinahe die Augen zu, obwohl sie vorhin einen Espresso getrunken hatte, was so gut wie nie vorkam. Seither litt sie auch noch unter Magengrimmen.

Auf dem Heimweg beschloss sie, Andrea anzurufen, um ihr von ihrem neuen Nachbarn zu erzählen. Ihre Beziehung belastete sie bereits jetzt. Wobei sie noch gar keine hatten. Außer einem netten Abend und zufälligen Begegnungen war nichts passiert. Vielleicht litt sie unter Verfolgungswahn und war ein Fall für den Psychiater.

In der Tiefgarage ihres Wohnhauses stieg sie aus und versperrte den Wagen. Sie stand still und spitzte die Ohren, bis das Klacken der Schlösser verhallt war. Alles in Ordnung. Es war nichts mehr zu hören. Außer ihren Schritten, als sie auf die Feuertür zuging. Kaum hatte sie diese geöffnete, schreckte sie zurück.

»Sandra! Was für ein Zufall!«

Daran glaubte sie allmählich nicht mehr.

Hubert stand mit einer Weinflasche vor dem Aufzug, der soeben das Tiefgeschoß erreichte. »Ich habe mir gerade eine Flasche Sauvignon aus dem Keller geholt.«

Immerhin hielt er sein Alibi in der Hand. »Hallo, Hubert«, grüßte Sandra, wacher als zuvor, und betrat den Fahrstuhl.

Ihr fescher Nachbar stieg zu ihr ein. »Du siehst müde aus«, meinte er, während sich die Tür hinter ihm schloss.

Sandra drückte auf »2«, dann »3«. Der Aufzug setzte sich in Bewegung.

»Das bin ich auch.«

»Du bist aber auch müde sehr hübsch.«

»Es war ein langer, anstrengender Tag heute …«

»Möchtest du ihn nicht damit beenden?« Noch einmal präsentierte er ihr die Weinflasche.

»Nein danke, Hubert.« Sandra lehnte sich an die Fahrstuhlwand und schloss erschöpft die Augen.

»Dann halt nicht.« Hubert zog die Flasche zurück. »Ich wollte dir den Wein schenken. Ich habe ja noch ein paar Flaschen davon im Keller.«

»Entschuldige bitte. Ich bin wirklich todmüde.« Weshalb starrte er sie auf einmal so merkwürdig an und kam ihr immer näher? »Was soll das, Hubert?« Sandra drückte ihren Rücken gegen die Wand. Wenn er sie anfasste, würde er ihr Knie schmerzlich zu spüren bekommen. Ihre Hand tastete nach dem Pfefferspray in der Jackentasche.

»Du hast da was auf der Wange ...« Behutsam strich er ihr mit dem Zeigefinger übers Gesicht und hielt ihn ihr unter die Nase. »Eine Wimper. Du darfst dir etwas wünschen.« Er lächelte sie an.

Ein bezauberndes Lächeln, beinahe unschuldig. Offenbar war sie wirklich paranoid, rügte sich Sandra insgeheim. Sie ließ von ihrem Pfefferspray ab und blies die Wimper von seiner Fingerkuppe, als der Lift im zweiten Stock zum Stillstand kam. Für heute wünschte sie sich nur mehr eines: ihre Ruhe.

Die Tür glitt beiseite. »Bis morgen, Sandra«, verabschiedete sich Hubert und stieg aus dem Fahrstuhl.

»Wieso morgen?«, fragte sie irritiert.

Hubert wandte sich um und stellte ein Bein vor den Sensor der Lichtschranke, um die Fahrstuhltür am Schließen zu hindern. »Du wolltest mich morgen anrufen, um unser Date am Wochenende zu fixieren.«

»Ach so, ja. Das können wir auch gleich tun. Wie wäre es am Samstagabend? Sagen wir, um 18 Uhr?«

Hubert strahlte sie an.

Er hätte auch mit Zahnpastawerbung sein Geld verdienen können, schoss Sandra durch den Kopf.

»Wunderbar. Bei mir oder bei dir?«, spielte er auf ihren früheren Fauxpas an, was sie zum Schmunzeln brachte.

»Wollen wir nicht lieber auswärts essen gehen? Und dann vielleicht einen Film anschauen? Ich war schon ewig nicht mehr im Kino.«

»Gute Idee. Welchen Film?«

»Such du einen aus, ja?« Dass sie dieselben Filme mochten, hatten sie letztens festgestellt. Unterhaltsam und spannend mussten sie sein. Gerne auch anspruchsvoller, aber keine Problemfilme, die einen depressiv stimmten. Und keine Science Fiction- oder Action-Movies mit allzu viel Tschinnbummkrach.

»Gerne. Und was möchtest du essen? Italienisch, Steirisch oder Asiatisch? Magst du's gern scharf? Beim Essen, meine ich. Nicht, dass du mich wieder falsch verstehst.« Er grinste sie an.

»Ich mag alles. Auch scharf. Hauptsache, es ist frisch gekocht, und die Zutaten mussten nicht um die halbe Welt geflogen werden.«

»Dann reserviere ich uns einen Tisch und Kinokarten. Und läute am Samstag um 18 Uhr bei dir an.«

»Perfekt. Danke dir, Hubert. Schönen Abend noch!« Sandra lächelte ihn an.

»Schlaf gut und träum was Schönes. Ich freue mich schon auf Samstag.« Hubert zog sein Bein zurück.

Sandra hob die Hand zum Abschied, ehe sich die Tür schloss. Einen tiefen Atemzug später holte sie ihren Schlüsselbund aus der Tasche. Was war bloß mit ihr los? Sie musste endlich ihre Freundin anrufen, um ihr von ihrem neuen Nachbarn, den vielen Zufälligkeiten und ihren Bedenken zu erzählen.

»Du spinnst«, bestätigte ihr Andrea wenig später am Telefon. »Es ist höchste Zeit für einen neuen Mann in deinem Leben. Du musst ihn ja nicht gleich heiraten.«

»Wenn schon, denn schon«, scherzte Sandra.

»Setz ihn bloß nicht unter Druck.«

»Ich ihn? In diesem Fall ist es umgekehrt.«

»Wenn er nichts von dir wollte, wäre es dir auch nicht recht.«

»Stimmt.«

»Dann lass dich doch einfach auf ihn ein und genieß es. Wenn er's nicht bringt, schickst du ihn zurück in den zweiten Stock. Sag, ist er wirklich so fesch, wie du behauptest?«

»Noch fescher. Du kannst ihn gerne googeln. Hubert Müllner. Ich nehme an, dass ein Foto von ihm im Netz zu finden ist.« Die meisten Menschen hinterließen ihre Spuren im Internet, die dann kinderleicht zu finden waren. Sogar von Sandra, die auf Anonymität bedacht war, gab es ein Foto mit ihrem Namen, das sie neben Sascha Bergmann zeigte. Es war vor einigen Jahren bei der Hochzeit ihres Ex-Freundes Julius, einem bekannten Radiomoderator, entstanden und ins Netz gestellt worden. Dort würde es wohl für ewige Zeiten aufscheinen.

»Sag bloß, du hast deinen Hubert noch nicht gegoogelt«, meinte Andrea erstaunt.

»*Meinen* Hubert? Als hätte ich nichts Besseres zu tun.«

»Als Mord und Totschlag?«

»Das ist mein Job.«

»Dann bist du hinter diesem Apfelstraßen-Killer her?«

»Ja«, erwiderte Sandra knapp.

Andrea wusste ganz genau, dass Nachfragen über ihre Arbeit nichts brachten. Als Polizistin war Sandra zu absoluter Verschwiegenheit verpflichtet. Dasselbe galt für den Mann ihrer besten Freundin, der Polizist beim Sondereinsatzkommando Cobra Süd war.

»Du rufst mich am Sonntagvormittag an und erzählst mir, wie es war, ja?«

»Ja«, versprach Sandra. »Solltest du bis Sonntagmittag nichts von mir hören, ist Hubert Müllner ein ausgesprochen attraktiver Psychopath. Merk dir seinen Namen. Für alle Fälle, ja?«

Andrea lachte herzlich. »Du arbeitest zu viel, Frau Kommissarin.«

»Wie oft muss ich dir noch sagen, dass es bei uns keine Kommissarinnen gibt, sondern Inspektorinnen? Wir sind ja nicht in Deutschland.«

Ansonsten hatte ihre Freundin unbestritten recht. Allerdings hatte sie auch nicht die geringste Ahnung, wie viele

Verrückte auf den steirischen Straßen herumliefen. Nicht nur auf der Apfelstraße.

»Komm wieder runter von der Schaufel«, entgegnete Andrea, amüsiert. »Ich wünsche dir viel Spaß, meine Liebe. Was für eine aufregende Kombi: ein Psychopath und eine Polizistin …« Sie lachte erneut auf.

»Ist dir das Eheleben schon zu langweilig geworden?«

»Ganz bestimmt nicht. Robert ist nach wie vor mein Traummann.«

»Wie schön für dich«, meinte Sandra, in diesem Fall ehrlich und nahezu neidlos. Nachdem sich die Freundinnen voneinander verabschiedet hatten, griff sie zu ihrem Handy, um Hubert Müllner zu googeln. Doch sie fand keinen einzigen Eintrag über ihn, auch kein Foto, Video oder sonst etwas. Sie beschloss, morgen im Büro einen Blick ins Zentrale Melderegister zu werfen. Das konnte keinesfalls schaden.

KAPITEL 5

Freitag, 18. November

1.

»Dein Käsepappeltee.« Anni stellte das dampfende Häferl neben Sandra auf den Schreibtisch. »Magst du ein Butterkeks dazu?« Sie hielt ihr die geöffnete Kekspackung unter die Nase.

»Nein, danke. Später vielleicht.« Sandra wandte sich wieder den Dokumenten auf ihrem Bildschirm zu, die verspätet aus der Kriminaltechnik eingetroffen waren.

Die Standortdaten von Dominik Ederers Handy bestätigten, dass er am Dienstagabend vom Flughafen Graz-Thalerhof direkt nach Hause und später zu seinem Freund gefahren war. Dort war er fast eine Stunde lang im WLAN eingeloggt gewesen. Tot oder lebendig. Entweder Jakob Binder hatte ihn ermordet, oder er war auf dessen Hof von einem anderen Täter abgepasst und dort oder in seinem E-Auto ermordet worden, ehe seine Leiche damit in Anton Krautwaschls Nähe transportiert und abgelegt worden war. Weshalb ausgerechnet dort? Anschließend war der Täter mit dem e-Berlingo zurückgefahren, wobei der Wagen außerhalb der Reichweite von Jakob Binders WLAN abgestellt worden war. War der Täter an den Tatort zurückgekehrt? Aber weshalb? Hatte er etwas vergessen? Wohnte er in der Nähe oder war sein eigenes Fahrzeug dort geparkt gewesen, in das er umgestiegen war? Niemandem war im fraglichen Zeitraum ein fremdes Fahrzeug aufgefallen. Zumindest war der Polizei nichts dergleichen gemeldet worden. Immerhin ließ sich jetzt der Tatzeitraum weiter eingrenzen. Dominik Ederer musste am Dienstag zwischen 21.15 Uhr und 22.30 Uhr getötet und seine Leiche am Fundort abgelegt worden sein.

Kam Anton Krautwaschl als Täter theoretisch infrage? Laut daktyloskopischem Befund war an der rechten hinteren Tür des E-Autos, die den Laderaum öffnete, sein Fingerabdruck sichergestellt worden. Vielleicht war er doch stärker als angenommen. Zorn mobilisierte oftmals ungeahnte Kräfte. Möglicherweise stammte die Verletzung an seiner Hand gar nicht von der Hundeleine, wie er behauptete, sondern von einem der Stricke, mit denen er seine Opfer erdrosselt hatte. Aber welches Mordmotiv sollte er gehabt haben? Was hatte er mit den Apfelmännern zu tun? Außer, dass er ihnen gelegentlich bei der Apfelernte und anderen Hilfsdiensten zur Hand ging. Möglicherweise war er fallen gelassen, gedemütigt oder anderweitig verletzt worden. Eine mehr oder weniger enge Verbindung zu den Obstbauern bestand zweifelsohne. Und es gab keine Zeugen, die sein Alibi hätten bestätigen können. Vielleicht steckte Krautwaschl mit seinem Taufkind Jakob unter einer Decke, überlegte Sandra weiter. Auch in diesem Fall stellte sich die Frage nach einem Tatmotiv, die sie nicht beantworten konnte. Noch nicht. Sie loggte sich in den Zentralcomputer ein, um zu überprüfen, ob ein Fahrzeug auf Anton Krautwaschl zugelassen war und wurde fündig. Sein Kia Sportage, Baujahr 2007 musste neulich im alten Schuppen, hinter dem Haus oder ganz woanders geparkt gewesen sein.

Als Nächstes öffnete sie den Ordner mit den Bilderalben von Dominik Ederers Handy, die Stefan in die digitale Akte am Server hochgeladen hatte. Die letzten Fotos hatte der junge Apfelmann am Dienstag in Spanien aufgenommen. Sie zeigten Plätze, die Sandra gar nicht oder nur namentlich kannte. Ein Besuch der spanischen Hauptstadt fehlte noch auf ihrer Bucket List. Den Prado konnte sie eindeutig identifizieren. Ihr kunstsinniger Ex-Freund Paul hatte ihr damals Fotos des bedeutenden Museums und einige Kunstwerke großer spanischer, italienischer und flämischer Meister, die dort ausgestellt waren, gezeigt und kommentiert. Der junge Biobauer hatte sich offenbar auch für Kunst interessiert. Sie klickte sich durch die älteren Bilder von der Apfelernte, bis sie nach einigen Selfies schließlich bei den bekannten Fotos von Monika Ederer und Markus Mauerhofer landete. Sie hatten einander begehrt. Das war deutlich zu erkennen.

Sandra blickte auf, als Bergmann das Büro betrat und berichtete ihm dann, was die neuen Daten hergaben.

»Haben wir schon die Laborergebnisse?«, fragte er.

»Ein DNA-Befund und der Abgleich der biologischen Spuren liegen uns frühestens Anfang nächster Woche vor«, sagte Sandra. Nach einem Blutserumtest stand lediglich fest, dass das Blut aus der Ladewanne des E-Autos menschlicher Herkunft war und von einem Mann stammte.

»Was ist mit Stefanie Mauerhofer«, wandte sich Bergmann an Anni. »Hast du einen Termin mit ihr vereinbart?«

»Sie kommt am Montag um 10 Uhr ins LKA«, bestätigte Anni. »Ihre Mutter wird sie begleiten.«

»Gut. Dann setzen wir das Teammeeting um 8 Uhr an, das geht sich mit der Zeugenbefragung gut aus«, meinte Bergmann.

»Wir sollten die junge Dame aber allein befragen«, wandte Sandra ein. »Damit Romana Mauerhofer nicht erfährt, dass ihr Mann sie mit ihrer Freundin betrogen hat.«

»Es wird wohl kein Problem sein, sie draußen warten zu lassen«, sagte Bergmann. »Ihre Tochter ist schließlich volljährig. Hat sich Helmut Sinkovits schon gemeldet?«

Beide Frauen verneinten. »Vermutlich ist er noch im Krankenhaus«, sagte Sandra. Der Apfelmann war alles andere als gesund. Aber immerhin lebte er noch.

2.

Sandra stellte ihre Laufschuhe unter der Bank im Vorzimmer ab, damit sie trocknen konnten. Die durchgeschwitzte Joggingkleidung stopfte sie in die Waschmaschine, die sie gleich einschaltete. Anschließend stieg sie unter die Dusche.

Die Joggingrunde an der frischen Luft hatte ihr gutgetan. Auch wenn es längst dunkel gewesen war, als sie an der Mur entlanglief. Allemal besser, als frühmorgens aufzustehen und zu sporteln, wie Bergmann es gerne tat. Das war einfach nicht ihre Zeit. Außerdem war es Mitte November in der Früh ebenfalls finster. Über sein gestriges Gespräch mit Nicole Herbst hatte er kein Wort verloren, aber seither deutlich entspannter gewirkt. Vielleicht hatten sich die beiden endlich ausgesprochen.

Während Sandra das Shampoo aus ihren Haaren spülte, dachte sie über ihre Wochenendpläne nach. Morgen Vormittag wollte sie am Lendmarkt einkaufen und sich vielleicht mit Andrea auf einen Tee oder ein Glaserl Wein treffen, sofern die Freundin Zeit hatte. Am Nachmittag musste sie endlich wieder einmal staubsaugen und -wischen, bevor sie sich selbst für ihr Date am Abend herausputzte. Das erste seit fast sieben Monaten, rechnete sie zurück. Und das war ein ziemlicher Flop gewesen. Sie drehte das Wasser ab und griff zum Badetuch.

Beim Abtrocknen fiel ihr ein, dass ihr Hubert Müllner heute noch gar nicht über den Weg gelaufen war. Es hatte sie stutzig gemacht, dass sich kein Eintrag im Zentralen Melderegister an seiner neuen Adresse fand. In Graz war überhaupt kein Mann mit diesem Namen gemeldet. Vermutlich war ihr neuer Nachbar von auswärts zugezogen und noch nicht dazugekommen, sich umzumelden. Vielleicht fehlte ihm auch die Unterschrift des Vermieters. Morgen wollte sie ihn diskret auf dieses Versäumnis ansprechen. Freilich, ohne zu erwähnen, dass sie ihm hinterherspioniert hatte. Sie wollte nur verhindern, dass er Strafe zahlen musste, weil er die gesetzliche Frist nicht eingehalten hatte, die eine Ummeldung innerhalb von drei Tagen nach dem Bezug einer Unterkunft vorschrieb.

Im Bademantel, mit Frotteeturban ging Sandra in die Küche und setzte einen Topf mit Wasser auf. Als es zu sieden begann, salzte sie es und gab die handgemachten Steinpilz-Ravioli hinein, die aus einer Nudelmanufaktur in Gratkorn stammten. Während die Teigwaren kochten, ließ sie ein Stückchen Butter in einem kleinen Reindl schmelzen und bräunen, um diese anschließend über die angerichteten Steinpilz-Ravioli zu gießen. Dazu rieb sie noch ein wenig Parmesan darüber. Ruckzuck war ihr köstliches Abendessen fertig.

Heißhungrig setzte sich Sandra an den Esstisch im Wohnzimmer, um die ersten Bissen zu genießen, als ihr Blick aufs Handy fiel. Während sie geduscht und gekocht hatte, war ein entgangener Anruf zu ihrer Mobilbox umgeleitet worden. Die Telefonnummer des Anrufers sagte ihr nichts. Außer, dass die Vorwahl zu einem Festnetzanschluss in Puch bei Weiz gehörte. Vielleicht ein neuer Hinweis von Allmer von seinem Privatanschluss? Oder hatte Helmut Sinkovits zurückgerufen?

Die nervige Stimme der Mobilbox sagte ihr dieselbe Telefonnummer an, die ganz oben in der Anrufliste stand. Anschließend meldete sich Helmut Sinkovits aus dem Krankenhaus zurück. Sandra könne ihn bis 23 Uhr am Handy erreichen, dessen Nummer er ihr auf die Box sprach. Ihm sei etwas aufgefallen, das möglicherweise mit dem Mord an Dominik Ederer zusammenhing, meinte er abschließend.

So neugierig Sandra war, zuerst wollte sie in Ruhe ihre Ravioli aufessen. Nach einem Notfall hatte Sinkovits' Nachricht nicht geklungen. Und sollte inzwischen doch einer vorliegen, würde er hoffentlich den Polizeinotruf kontaktieren. Den Appetit hatte ihr sein Anruf dennoch verdorben, stellte sie fest. Wobei sie selbst schuld war. Was musste sie beim Essen auf ihr Handy schauen?

Sandra schluckte den letzten Bissen hinunter und trank ihr Mineralwasser aus. Das schmutzige Geschirr wanderte in den Geschirrspüler. Dann kehrte sie an den Esstisch zurück und griff noch einmal zu ihrem Handy, um Sinkovits zurückzurufen.

Er könne gerade nicht reden, flüsterte er, kaum verständlich.

»Soll ich Sie später noch einmal anrufen?«, antwortete Sandra unwillkürlich leiser.

»Lieber wäre mir, wenn Sie gleich vorbeikommen könnten.«

»Jetzt noch? Wollen Sie mir nicht am Telefon sagen, worum es geht?«

»Ich muss Ihnen was zeigen«, wisperte der Apfelmann geheimnisvoll.

»Sind Sie in Gefahr?«

»Wenn Sie gleich herkommen, nicht.«

Sandra seufzte. »Na schön, Herr Sinkovits. Dann hole ich gleich meinen Kollegen ab und bin in ungefähr einer Stunde bei Ihnen.«

Der Obstbauer bedankte sich bei ihr. »Ich warte in der Brennerei auf Sie. Läuten Sie bloß nicht an. Sonst macht sich meine Frau wieder Sorgen.«

Womöglich zu Recht, dachte Sandra. »Alles klar. Bis dann«, beendete sie das Gespräch und blickte auf ihr Handy. 21.31 Uhr. Es half nichts. Ihr Bereitschaftsdienst dauerte bis morgen um 7 Uhr Früh. Dafür hatte sie anschließend das ganze Wochenende frei. Ruckartig erhob sie sich von ihrem Stuhl, der auf Filzklebern über den Laminatboden glitt, und wählte Bergmanns Handynummer.

Im Badezimmer angekommen, meldete sich seine Mobilbox. Vielleicht stand er jetzt unter der Dusche oder rührte im Kochtopf um, dachte Sandra und legte wieder auf. Wenn er bemerkte, dass sie ihn angerufen hatte, würde er sie bestimmt gleich zurückrufen. Sie nahm den Turban vom Kopf, um ihre feuchten Haare rasch trocken zu föhnen. Auf Styling und das bisschen Make-up, das sie üblicherweise für den Dienst auflegte, verzichtete sie.

Im Schlafzimmer holte sie ihre schwarzen Jeans aus dem Kasten und zog einen schwarzen Pulli an. Das Hüftholster mit ihrer Dienstwaffe nahm sie mit, ohne es anzulegen.

Als sie im Vorzimmer in ihre schwarze Steppjacke schlüpfte, hatte sich Bergmann noch immer nicht bei ihr gemeldet. Sandra schnappte sich ihre Tasche und die Schlüssel und warf die Tür hinter sich ins Schloss.

Kaum hatte sie die Tiefgarage verlassen, rief sie den Chefinspektor noch einmal an. »Wo zum Teufel steckst du, Sascha? Sinkovits möchte dringend mit uns sprechen. Angeblich hat er einen Hinweis, der mit dem Mord an Dominik Ederer zusammenhängen könnte. Keine Ahnung, worum es sich handelt. Ich komme jetzt zu dir und hole dich ab. In der Hoffnung, dass du zu Hause bist. Ruf mich bitte gleich an, wenn du meine Nachricht abgehört hast, ja? Pfiat di!«

Fünf Minuten später blieb Sandra vor dem Wohnhaus des Chefinspektors in der zweiten Spur stehen und stieg aus, um ihn herauszuläuten. Die Nebelschlussleuchten ließ sie sicherheitshalber an. Ihr Daumen verharrte länger als üblich auf dem Klingelknopf, was sie mehrfach wiederholte. Doch Bergmann antwortete nicht.

Sie überquerte die kurze Sackgasse, blickte vom Gehsteig die Fassade hinauf. In seiner Dachgeschoßwohnung war es finster. Ärgerlich stieg sie in ihren Wagen ein. Ob sie Anni anrufen sollte, damit die sie nach Puch begleitete?

Sandra verwarf den Gedanken wieder. Sie wollte ja nur eine Zeugenaussage aufnehmen. Kein Grund, auch noch der Kollegin den Abend zu verderben. Falls nötig, konnte sie vor Ort Allmer anrufen. Und im Notfall Verstärkung über die Landesleitzentrale anfordern. Außerdem rechnete sie damit, dass sich Bergmann demnächst bei ihr meldete und mit einem Streifenwagen nachkam. Sie wendete den Wagen, um an der Kreuzung in die Grenadiergasse abzubiegen.

Kurz vor Gleisdorf wurde der Nebel immer dichter, ihr Ärger über Bergmann immer größer. So lange hatte ihr Partner sie noch nie hängen lassen.

3.

Der Skoda kroch durch den Nebel hügelaufwärts, am Hof von Jakob Binder vorbei. Hätte Licht in den Gebäuden gebrannt, hätte Sandra es von der Straße sehen müssen. Entweder war der Jungbauer ausgegangen, oder er schlief schon.

Die Fahrt auf der Apfelstraße hatte Erinnerungen an einen nächtlichen Einsatz im südsteirischen Sausal geweckt. Wie aus dem Nichts war damals ein leichtbekleidetes Mädchen mitten auf der Fahrbahn aufgetaucht. Sandra hatte eine Vollbremsung hingelegt, um es nicht anzufahren. Schon war die Gestalt wieder im Nebel verschwunden. Seltsamerweise hatte ihr Beifahrer sie nicht gesehen. Warum meldete sich der Chefinspektor nicht endlich bei ihr? Wenn es keinen guten Grund dafür gab, würde sie ihm diesen Vertrauensbruch noch eine ganze Weile vorhalten. Fürs Erste hatte sie sich genug über ihn geärgert, zwischendurch auch Sorgen gemacht, dass ihm etwas zugestoßen sein könnte. Besser, sie konzentrierte sich auf den Mordfall und den mutmaßlichen Hinweis, den Helmut Sinkovits ihr unbedingt persönlich geben wollte.

Sandra kniff die Augen zusammen, um die Zufahrt, die zu seinem Obsthof führte, nicht zu verpassen. Im Schneckentempo bog sie ab, orientierte sich an den bläulichen Lichtern, die aus den Fenstern im zweiten Stock des verwinkelten Wohnhauses flackerten. Offensichtlich lief dort oben der Fernseher. Ihr nächster Blick galt dem einstöckigen Nebengebäude, in dem Licht brannte. Das musste die Hofbrennerei sein. Sandra stellte den Wagen zwischen den beiden gelb erleuchteten Fenstern ab und stieg aus. Dass es keine Bewegungsmelder gab, die den Hof bei Bedarf erhellten, verwunderte sie. Wo Doris und Helmut Sinkovits doch um sein Leben fürchteten. Sie legte ihr Hüftholster mit der Dienstwaffe an. Sicher war sicher. Im Augenwinkel glaubte sie, eine Gestalt oder einen Schatten in der Hofbrennerei wahrgenommen zu haben, der am Fenster vorbeihuschte. Höchstwahrscheinlich hatte Sinkovits sie kommen gehört. Der Ordnung halber klopfte sie an die Tür, bevor sie diese öffnete und eintrat.

Der fruchtige Geruch der Apfelmaische stieg ihr in die Nase. Den Obstbauern konnte sie in der vollgeräumten Brennerei, die an die 20 Quadratmeter maß, auf den ersten Blick nicht entdecken. Ob er sich nebenan, hinter der halb geöffneten Tür aufhielt? Dort brannte aber kein Licht.

»Herr Sinkovits? Sandra Mohr, LKA Graz!«, rief sie, ohne sich von der Stelle zur rühren. Ihre rechte Hand wanderte zur Hüfte, ihr Blick zu einem Sack, der zwischen der Tür und dem Brennkessel auf dem Boden lag. Erst im nächsten Moment kam ihr in den Sinn, dass der vermeintliche Jutesack genauso gut ein Mann in einer braunen Kutte sein konnte. Und sie hatte recht. Blitzschnell zog sie ihre *Glock* und scannte nacheinander alle vier Ecken des Raumes. Nein, da war niemand. Aber vielleicht im Nebenraum. »Polizei! Ist da jemand? Kommen Sie heraus!«, rief sie und wartete auf eine Reaktion. »Ich warne Sie. Ich bin bewaffnet! Nehmen Sie die Hände über den Kopf, und kommen Sie heraus!«

Nichts. Totenstille. Der Täter war wohl längst über alle Berge. Aber wen hatte sie vorhin von draußen gesehen? Oder hatte sie sich den Schatten nur eingebildet?

Die Waffe im Anschlag, schlich Sandra auf den reglosen Körper zu, die halb offene Tür im Blick. Hoffentlich flog ihr nicht gleich der Brennkessel, der in Betrieb war, um die

Ohren. Sie hockte sich neben den Apfelmann, um seinen Puls zu fühlen. Sein Herz stand still. Ihres schlug umso heftiger. Seine Haut fühlte sich noch warm an. Vor einer Stunde erst hatten sie miteinander telefoniert.

Der kurze Strick der Kutte lag lose um seinen Hals. Eine Kugel steckte im weit geöffneten Mund, zwischen den zahnlosen Kiefern. Die Zahnprothese vermutete Sandra hinter der dunklen Holzkugel in seiner Kehle. Aus einer Platzwunde am Hinterkopf sickerte Blut, ebenso aus seinen Nasenlöchern.

Sandra ließ von der Leiche ab, erhob sich und zog ihr Handy aus der Tasche, um die zuletzt gewählte Nummer ein weiteres Mal anzurufen. »Jetzt geh endlich ran, verdammt!« Noch immer hatte sie die Tür im Visier und die Pistole in der Hand. Wieder meldete sich die Mobilbox. »Sascha, was ist mit dir? Ich habe gerade Helmut Sinkovits erdrosselt in seiner Brennerei aufgefunden und fordere jetzt Verstärkung an …« Während sie ihm noch auf die Box sprach, nahm sie ein Knirschen hinter ihrem Rücken wahr. Den Finger am Abzug wollte sie sich umdrehen, als ihr Schädel explodierte. Sie taumelte, ließ die Waffe und das Handy fallen, sackte zu Boden. Neben ihr nahm sie braunen Stoff wahr, Jeans und Sneakers. Sascha, bist du das? Hilf mir!

Der Kapuzenmann stand jetzt über ihr. Unscharf. Aus einem Mann wurden mehrere, die vor ihren Augen hin und her wackelten. Keines der Gesichter konnte sie erkennen. Obwohl sie sich anstrengte, bis ihr übel wurde. Dazu schmerzten sie die schrillen Töne in ihrem Kopf. Und ihr war kalt. Gleich würde sie sich übergeben müssen. Sie schloss die Augen, um das Schaukeln anzuhalten. Schwarze Watte umfing sie. Besser, viel besser. Sie ließ sich fallen, bis sie nichts mehr wahrnahm. Keine Geräusche. Keine Übelkeit. Keine Angst. Und plötzlich war da ein Licht. Wärmend, Liebe und Glück verheißend. Dorthin zog es sie. Zu der Seele, die auf sie wartete, nach der sie sich so lange gesehnt hatte. Papa, ich bin gleich bei dir!

4.

Bergmann saß ihm Fond des Taxis und bewunderte die schnittigen Formen der modernen Villa, die ihn an eine Luxusjacht erinnerten. Oder an ein Raumschiff, das auf diesem Hügel in Andritz gelandet war. Hinter den schräg verlaufenden Glasfronten im ersten Stockwerk fiel ihm eine ausladende Sitzlandschaft im Wohnzimmer auf. Dunkelblau oder schwarz. So genau ließ sich die Farbe aus der Entfernung nicht bestimmen.

Den mittleren Teil der Villa verdeckte ein mächtiger Laubbaum, der kaum mehr Blätter trug. Sandra hätte die Baumart wahrscheinlich auch in der Dunkelheit erkannt. Eiche, Ulme oder Ahorn? Egal. Baum war Baum. Jedenfalls für ihn.

Sein Blick schweifte weiter nach rechts. Direkt hinter der Glasfront stand ein massiver Tisch mit Stühlen in schlankem Retrodesign. Vom Essplatz aus konnte man bestimmt auf die Stadt hinunterblicken. Wenn es nicht so nebelig war wie heute. Dahinter vermutete Bergmann eine schicke offene Küche, die alle Stückeln spielte. Im ersten Stock ging jetzt das Licht aus. Die LED-Würfel, die die weißgestrichene Fassade im Erdgeschoß stimmungsvoll beleuchteten, blieben an.

Bergmann blickte auf sein Handy. Pünktlich wie immer, dachte er. Außer bei ihrem ersten Teammeeting. Er steckte das Mobiltelefon in seine Jackentasche, ließ es jedoch eingeschaltet. Bis morgen Früh hatte er Bereitschaftsdienst.

Sandra hatte recht. Er musste mit Nicole Frieden schließen. Immerhin waren sie erwachsene Leute in verantwortungsvollen Positionen, die möglichst konfliktfrei zusammenarbeiten sollten. Dass ihm die aktuelle Rangordnung nicht passte, durfte ebenso wenig eine Rolle spielen wie die gemeinsame Vergangenheit. Seit ihrer Trennung war schließlich genug Wasser die Donau und die Mur hinuntergeflossen. Dennoch war er nervös, als er sie durch das edelstählerne Gartentor kommen sah. Ob sie sich für ihn so schick gemacht hatte? Wohl kaum.

»Guten Abend, Sascha«, begrüßte ihn die Vize-Landespolizeidirektorin, die neben ihm im Fond Platz nahm.

»Gut schaust du aus, Nicole«, sagte Bergmann, als das Taxi losfuhr. Ihr Duft war ihm noch immer vertraut.

»Danke. Es dauert halt nur ein bissl länger als früher«, erwiderte sie lächelnd. »Du kannst mich übrigens ruhig Nicki nennen, wenn wir privat unterwegs sind. Nur vor den Kollegen bitte nicht.«

Bergmann nickte. »Ich habe uns einen Tisch im Sankt Veiter Schlössl reserviert. Hat mir Sandra empfohlen.« Und die hatte diesen Tipp von Andrea, die sich mit größtem Vergnügen durch die Lokale kostete.

»Weiß Sandra von uns beiden?«, fragte Nicki.

»Dass wir früher ein Paar waren, hat sie relativ rasch bemerkt. Nach all den Jahren kennt sie mich wohl ziemlich gut. Sie weiß aber nicht, dass wir uns heute zum Abendessen treffen.«

»Hast du was mit ihr?«

»Wie kommst du darauf?«

»Ich kenne dich auch ziemlich gut.« Nicki grinste vielsagend.

»Vielleicht habe ich mich in den letzten Jahren ja verändert?«

Nicole prüfte ihn mit schmalen Augen. »Ist mir bis jetzt nicht aufgefallen. Außer, dass du ziemlich grau geworden bist.«

Bergmann verstummte. Er musste ja nicht mit der Tür ins Haus fallen und ihr sofort den Grund für ihr privates Treffen verraten. Der Abend war noch jung.

»Bist du jetzt beleidigt?«, riss sie ihn aus seinen Gedanken.

»Nein, wieso denn?«

»Wegen der grauen Haare …«

Bergmann grinste sie an. »Ach so. Die findest du doch sexy …«

»Das weißt du noch?«

Täuschte er sich, oder zog die Frau Direktorin Farbe auf? Wie herzig! Er konnte sich nicht im Entferntesten daran erinnern, dass sie auf graue Haare stand, sondern hatte lediglich einen Scherz anbringen wollen. Aber welche Frau verstand schon seine Scherze? Sandra am allerwenigsten.

5.

»Unfassbar«, wiederholte Nicki und kuschelte sich unter der Decke näher an ihn heran.

»War ich wirklich so gut?«, fragte Bergmann, nicht ganz ernst gemeint. Schließlich war er nicht mehr der Jüngste.

Nicole lachte. »Das habe ich nicht gemeint. Aber ja, du warst gut. Fast so gut wie früher.«

»Wie bitte? Nur fast?«, echauffierte Bergmann sich künstlich und versuchte, von ihr abzurücken.

Nicole klammerte sich umso fester an ihn. »Mit ein wenig Übung bekommen wir das bestimmt wieder hin«, hauchte sie ihm ins Ohr und küsste ihn. Zuerst auf die Wange, dann leidenschaftlicher auf den Mund, was ihn erregte. Dennoch musste er zuerst seinem Harndrang nachgeben.

»Ich muss mal für kleine Chefinspektoren«, entschuldigte er sich und löste sich aus ihrer Umarmung.

Nicole verdrehte die Augen.

»Rühr dich nicht von der Stelle, ich bin gleich zurück.«

»Wo sollte ich denn hingehen? Ich wohne hier.« Nicole zog die Decke über ihre kleinen Brüste, denen die Schwerkraft nicht viel anhaben konnte, und gähnte.

Bergmann blieb auf der Bettkante sitzen und blickte sich im Schlafzimmer um. »Ganz allein in diesem viel zu großen Haus.«

»Wer weiß?«

Über seine Schulter hinweg sah Bergmann sie an. »Gibt es jemanden?« Sie hatte lediglich erwähnt, dass sie glücklich geschieden und kinderlos war. Und er hatte ihr von Sarah erzählt, die Manuela ihm als Kuckucksei ins Nest gelegt hatte.

Nicole zuckte mit ihren nackten Schultern.

Warum hatte er sie das nicht schon vorher gefragt? Weil es nichts geändert hätte, gab er sich selbst die Antwort. Er wollte ganz bestimmt keine Liebesbeziehung mit seiner Vorgesetzten führen. Eigentlich hatte er auch nicht mit ihr schlafen wollen. Doch sie hatte es darauf angelegt. Und er hatte ihr nicht widerstehen können. Warum sollte er? Er hatte das, was man gemeinhin einen Notstand nannte. »Freundschaft plus« mit Jutta gehörte der Vergangenheit an. Mit der Gerichtsmedizinerin war er zuletzt vor Corona intim gewesen. Seit einigen Monaten hatte er ein Gspusi mit einer Journalistin vom *Wiener Boten*, die ihn an der Hotelbar aufgerissen hatte. Nichts Ernstes, nur Sex. Wann immer er seine Tochter in der Bundeshauptstadt besuchte, traf er Conny für ein Schäferstündchen, was höchstens ein-, zweimal im Monat vorkam, also nicht der Rede wert war. Bergmann stand auf, um das Schlafzimmer zu verlassen. Nickis Blicke konnte er auf seinem Rücken beziehungsweise auf dessen Verlängerung spüren.

Er musste sein Handy auf Anrufe überprüfen, fiel ihm beim Wasserlassen ein. Im Restaurant hatte er es leiser gedreht und später, im Eifer des Gefechts, in seinem Sakko vergessen. Das hatte Nicki in ihrem begehbaren Kleiderschrank aufgehängt. Dieses Luxusweib. Er wollte sie gleich noch einmal beglücken. Ausgiebig mit der Zunge, bis sie nach mehr bettelte. Dass er die Vorlieben seiner Ex kannte, machte den Sex viel entspannter. Er grinste sich selbst im Spiegel an, während er sich die Hände wusch.

Sein Handy fiel ihm mitten im zweiten Akt wieder ein. Er verdrängte den Gedanken, der seiner Libido kaum zuträglich war. Zuerst wollte er Nicki den nächsten Höhepunkt bescheren. Solange musste die Pflicht warten.

»Unfassbar«, wiederholte Nicole, als sich ihre Körper voneinander lösten.

»Was denn?«

»Diesmal meine ich dich, Sascha Bergmann.«

»Oh, das freut mich aber«, sagte er, ehrlich geschmeichelt. »Und wen oder was hast du vorhin gemeint?«

»Das weiß ich nimmer«, lachte Nicole. Ihre blauen Augen leuchteten sogar im gedimmten Licht des Schlafzimmers.

Kleschblau nannte Sandra die auffällige Augenfarbe. Bergmann sah Nicole an, dass sie gelogen hatte. Und wenn schon. »Ich müsste dringend mal mein Handy checken.«

»Ich halte dich ganz bestimmt nicht von der Arbeit ab.« Nicole zog ihm die Bettdecke weg.

»Ach … Dann steht Sex im Dienst jetzt auch in meiner Job Description?«

»Geh schon! Hopp, hopp …« Sie boxte ihn mit dem Ellenbogen in die Rippen und kuschelte sich in ihrer Tuchent ein.

Bergmann suchte noch einmal die Toilette auf, ehe er den begehbaren Kleiderschrank betrat, in dem sich das Licht automatisch einschaltete. Sein nacktes Konterfei empfing ihn in voller Lebensgröße. Er posierte vor dem Spiegel, zog den Bauch ein. Vier, fünf Kilo wollte er noch loswerden. Dann passte es wieder. Für sein Alter sowieso. Er wandte sich dem einzigen Herrensakko im Schrank zu, das Nicki am Griff einer Schublade aufgehängt hatte. Zuerst holte er seine Lesebrille, danach das Handy heraus.

Seufzend starrte er auf die neuen Meldungen. Sandra. Sandra. Sandra. Vor sechs Minuten die Landesleitzentrale. Und zuletzt auch noch Anni. Das ließ nichts Gutes erahnen. Er rief die Nummer der Landesleitzentrale zurück. Kaum hatte sich Lubensky gemeldet, stürzte Nicole zur Tür herein, um sich hastig anzuziehen.

Bergmann sah sie irritiert an, während ihm Lubensky von einem weiteren erdrosselten Apfelmann berichtete. Helmut

Sinkovits. Ausgerechnet der, den sie noch nicht befragt hatten. Seine Frau hatte die Leiche vor 20 Minuten in der Hofbrennerei aufgefunden und den Notruf verständigt.

»Zieh dich an, Sascha!«, drängte Nicole.

Was denn sonst? Bergmann stand mit einem Bein in seiner Hose und kämpfte mit dem Gleichgewicht.

»Ich fahre dich.« Nicole streckte ihm sein Hemd entgegen.

Bergmann legte das Handy auf einem Regal ab und schaltete den Lautsprecher ein, um Lubensky weiter zuzuhören. Er zog seine Hose hoch, schloss den Gürtel und legte den Zeigefinger auf die Lippen, während er Nicole das Hemd abnahm. Es musste ja nicht jeder wissen, dass er die Chefin gevögelt hatte, anstatt seiner Pflicht nachzukommen. »Ist Sandra schon unterwegs zum Einsatzort?«, erkundigte er sich.

»Ähm, es tut mir leid, Sascha. Abteilungsinspektorin Sandra Mohr wurde im Einsatz verletzt.«

Vor Schreck vergaß Bergmann, sein Hemd weiter zuzuknöpfen. »Was? Das darf doch nicht wahr sein! Ist es schlimm? Ist sie bei Bewusstsein?« Deine Schuld, meldete sich prompt sein Gewissen. Wärst du an dein Handy gegangen.

»Sie wurde mit der Rettung ins LKH Weiz eingeliefert. Mehr weiß ich leider nicht.«

Während er sich vergnügt hatte, war Sandra womöglich lebensgefährlich verletzt worden. Wenn sie starb, würde er sich das nie und nimmer verzeihen. Bergmann legte sein Hüftholster an.

»Sascha, jetzt komm schon«, zischte Nicole und winkte ihn zu sich. »Ich habe die Adresse! Anni hat mich angerufen, während du hier herumgebrodelt hast.«

»Ich fahre jetzt aus Graz weg zum Einsatzort«, sprach der Chefinspektor in sein Mobiltelefon. »Du brauchst mir keinen Wagen zu schicken, Lubensky.« Während er hinter Nicole die Treppe hinunterlief, zog er sein Sakko an. Unten stieg er in die Sneakers.

»Die Schuhe kannst du dir im Auto zubinden.« Nicole schnappte sich ihre Handtasche und die Schlüssel und schaltete die Alarmanlage ein.

Bergmann nahm seine Jacke von der Garderobe und folgte ihr durch die Tür zur Treppe, die direkt in die Garage führte. »War Anni bei Sandra, als es passiert ist?«

»Nein, Sandra war offenbar allein unterwegs.«

Er hätte sie begleiten müssen, warf er sich vor.

»Die Landesleitzentrale hat Anni informiert, nachdem du nicht erreichbar warst. Sie hat es noch einmal vergeblich probiert und dann mich angerufen.« Nicole öffnete den Kofferraum der nagelneuen schwarzen Audi S3 Limousine. »Kannst du das Ding auf dem Dach befestigen? Ich gebe die Zieladresse ins Navi ein.« Mit besorgter Miene drückte sie ihm das Blaulicht in die Hand.

Wahrscheinlich machte auch sie sich Vorwürfe, dass sie ihn vom Einsatz abgehalten hatte, bei dem noch dazu eine Kollegin verletzt worden war. Dabei war es nicht ihre Schuld, sondern seine, glaubte Bergmann und tat, was ihm die Chefin aufgetragen hatte. Dann stieg er zu ihr in die Limousine. Erst einmal musste er sich sammeln. Hoffentlich waren Sandras Verletzungen nicht allzu gravierend. Sein Verhalten war unverzeihlich.

Nicole jagte den Wagen mit Blaulicht aus der Garage, als wäre der Teufel hinter ihnen her. Das Martinshorn ließ sie ausgeschaltet, um die gut betuchte Nachbarschaft nicht aus dem Schlaf zu reißen. Dabei quietschten immer wieder die Reifen, als sie den Wagen durch das enge Gasslwerk lenkte. Blieb zu hoffen, dass ihnen niemand entgegenkommen würde, bis sie die Hauptstraße unten erreichten. Glücklicherweise war in dem Villenviertel kurz vor Mitternacht niemand unterwegs. Die roten Ampeln auf der Hauptstraße konnten Nicole nicht aufhalten. Einzig der Nebel drosselte ihre Geschwindigkeit auf ein gerade noch vertretbares Maß.

Während der Fahrt versuchte Bergmann vergeblich, Sandra zu erreichen und hörte schließlich seine Mobilbox ab. Sie klang zu Recht verärgert. Ihre letzte Sprachnachricht ließ seinen Herzschlag kurz aussetzen. Bergmann schluckte und fasste sich an den Kopf. »Aber das ist doch …«

»Was ist?«, fragte Nicole.

Bergmann hörte die letzte Nachricht von Sandra noch einmal ab. »Gib Gas, Nicole!« Ihr Fahrziel hatte sich soeben geändert, die Route blieb dieselbe. Er wählte die Nummer der Staatsanwaltschaft, um einen Haftbefehl zu erwirken. Anschließend forderte er Verstärkung durch das Sondereinsatzkommando Cobra Süd an, ehe er die Fragen seiner Vorgesetzten beantwortete.

»Und dieser Herr Sinkovits hat Sandra nicht verraten, über welche Hinweise er angeblich verfügt?«, fragte Nicole.

Bergmann schüttelte den Kopf.

»Dann hoffen wir, dass seine Frau es weiß.«

KAPITEL 6

Samstag, 19. November

1.

Der Chefinspektor sprang aus der Limousine, kaum dass sie stillstand, und blickte sich um. Der Nebel ließ ihn auch hier nur wenige Meter weit sehen. »Wo bleibt die Verstärkung, verdammt noch mal?« Im Haus war es dunkel.

»Geduld, Sascha. Die Cobra ist bestimmt gleich hier«, meinte Nicole durchs geöffnete Fenster. »Und jetzt sei leise, damit du den Verdächtigen nicht vorwarnst. Steig wieder ins Auto ein. Jetzt komm schon.«

Bergmann folgte der Anweisung seiner Chefin und zog die Wagentür leise zu, während sie das Fenster schloss. Die nächsten sieben Minuten kamen ihm wie eine Ewigkeit vor. Seine Gedanken kreisten um Sandra, über deren Gesundheitszustand er noch immer nichts wusste. Die Nachtdienstschwester hatte ihn vertröstet, als er von unterwegs im Krankenhaus angerufen hatte. Ab 8.30 Uhr sollte er es noch einmal versuchen, hatte sie ihm geraten. Dann würden die Ärzte bestimmt mehr wissen. Andrea war Sandras engste Bezugsperson, überlegte er weiter. Ob man sie schon verständigt hatte? Mitten in der Nacht? Er verwarf den Gedanken, ihre Freundin zu nachtschlafender Zeit anzurufen. In ein paar Stunden sollte er ohnehin mehr erfahren. Ein herannahendes Motorengeräusch ließ ihn aufmerken.

»Da kommen sie!« Nicole blinzelte ins grelle Licht der Scheinwerfer und wollte aussteigen.

»Du bleibst hier schön brav sitzen!« Bergmann hielt sie am Arm fest.

»Aber ich …«

»Ich weiß, dass du der Boss bist, Nicki«, unterbrach Bergmann ihren Protestversuch im Ansatz. »Aber eine Festnahme gehört definitiv nicht zu deinen Aufgaben. Und ich möchte nicht, dass dir auch noch etwas zustößt. Mir reicht es schon, dass Sandra ...« Er biss sich auf die Lippen, um die Beherrschung nicht zu verlieren. Was, wenn Sandra nie wieder in sein Team zurückkehren konnte?

Seine Ansprache und der ernste Blick hatten Nicole überzeugt. Sie lehnte sich zurück und atmete durch. »Pass auf dich auf, Sascha«, hörte er sie sagen, als er ausstieg.

Sechs schwarz vermummte Männer in schwerer Schutzkleidung sprangen nahezu geräuschlos aus dem Einsatzbus. Der Kommandant der Cobra-Truppe salutierte. »Primus Robert«, meldete er sich zur Stelle. »Guten Morgen, Sascha!«

Andreas Ehemann! Hätte er seinen Namen nicht genannt, hätte Bergmann ihn mit der Sturmhaube bestimmt nicht erkannt. Höchstens an seiner Stimme. Er war versucht, sich nach Sandra zu erkundigen, doch die Festnahme des Tatverdächtigen, der sie überfallen und drei Apfelmänner auf dem Gewissen hatte, ging jetzt vor. »Es gibt auf der Hinterseite des Wohnhauses einen Eingang, den ihr vor dem Zugriff sichern müsst«, erklärte er Robert.

»Mit wie vielen Bewohnern müssen wir rechnen?«

»Wenn keine Besucher anwesend sind, mit einem einzigen jungen, großen und kräftigen Mann.« Auf dem Hof parkten keine Fahrzeuge, außer ihren. Doch gab es hier einige Garagenplätze, in denen weitere abgestellt sein konnten.

Zwei schwer bewaffnete Männer schlichen zur Hintertür, deren ungefähre Lage Bergmann ihnen beschrieben hatte. Ein Cobra-Polizist ging nach links, der andere nach rechts um das Haus herum. »Auf dieser Seite brennt kein Licht«, stellte der Kommandant fest. »Im besten Fall überraschen wir den Verdächtigen im Schlaf.«

Und im schlimmsten Fall? War er getürmt. Oder er widersetzte sich seiner Festnahme mit Gewalt. »Könnte sein, dass Schusswaffen im Haus aufbewahrt werden«, sagte Bergmann. Er konnte sich nicht daran erinnern, dass sie ihn gefragt hatten, ob er Jäger war. Sandra hätte es ganz bestimmt gewusst.

»Wie ist sein Name?«, wollte Robert wissen.

»Binder, Jakob. Habt ihr eine Schutzweste für mich? Ich gehe mit euch hinein.«

»Bist du sicher?«

Bergmann nickte. Jakob Binder war der gesuchte Serienmörder, war er überzeugt. Und er hatte Sandra verletzt. Er wollte unbedingt dabei sein, wenn er festgenommen wurde.

Ein Cobra-Polizist reichte ihm eine ballistische Schutzweste aus dem Wagen, die er über seine Jacke zog.

Bergmann hielt sich im Hintergrund, als einer der Männer an der Haustür läutete. »Aufmachen! Polizei!«, rief er und wiederholte das Prozedere.

Robert gab einem anderen Kollegen das Zeichen, dass sie den Rammbock einsetzen sollten, um anschließend das Haus zu stürmen, als hinter den Fenstern Licht anging. Der Cobra-Kommandant stoppte die Aktion. Statt zum Rammbock griffen die Männer zu ihren Waffen. Dann ging alles sehr schnell.

Jakob Binder öffnete die Tür und sah in die Mündungen von vier Sturmgewehren, die auf ihn zielten.

»Hände über den Kopf!«, schrie ihn ein Vermummter an.

Der Verdächtige kam der Aufforderung ohne zu zögern nach.

Wie konnte Binder in dieser Situation so gelassen bleiben? Bergmann trat pfeifend nach vorn. Dieselbe Melodie hatte seine Mobilbox aufgezeichnet, unmittelbar nachdem Sandra schwer verletzt worden war. Zum ersten Mal hatte er diese Töne von seinem Gegenüber gehört, als sie ihn zum Tod seines Freundes befragt hatten, erinnerte sich Bergmann. Auf sein absolutes Gehör konnte er sich verlassen.

Die Cobra-Beamten mochten sich darüber wundern, dass der Chefinspektor beinahe fröhlich vor sich hin pfiff. Jakob Binder aber wusste ganz genau, warum er das tat. Er fragte nicht einmal, weswegen sie hier waren.

Bergmann konfrontierte ihn mit dem Tatverdacht und belehrte ihn über seine Rechte. »Bringt ihn nach Graz. Ich vernehme ihn später.«

Zwei Cobra-Männer führten den mutmaßlichen Serientäter in Handschellen zum Bus.

Bergmann gab Robert Primus die Schutzweste zurück. »Weißt du zufällig, wie es Sandra geht?«

»Nein, wieso? Was ist denn mit ihr?« Der Cobra-Mann zog seine Sturmhaube vom Kopf und sah Bergmann an.

»Sie wurde vor wenigen Stunden bei einem Einsatz am Nachbarhof verletzt und ins LKH Weiz eingeliefert. Ich dachte, dass deine Frau vielleicht schon mehr weiß.«

Robert schüttelte den Kopf. »Dann hätte sich Andrea bestimmt bei mir gemeldet. Hoffentlich ist es nicht allzu schlimm …«

»Ich gebe euch Bescheid, sobald ich mehr weiß«, versprach Bergmann.

»Mach das, bitte. Pfiat di, Sascha!«

Bergmann kehrte Robert Primus den Rücken, um sich an sein ursprüngliches Ziel fahren zu lassen. In Gedanken bei Sandra, bemerkte er die Erleichterung in Nicoles Gesicht nicht, als er unversehrt neben ihr im Audi Platz nahm.

2.

Einige Polizeistreifen standen auf dem benachbarten Obsthof kreuz und quer herum. Auch die Tatortgruppe war noch immer vor Ort. Und der Skoda, mit dem Sandra hierhergefahren war. Bergmann schluckte, als er ausstieg.

Nicole folgte ihm in die Hofbrennerei.

Die Gerichtsmedizinerin hatte die Leiche bereits abtransportieren lassen, erfuhren sie von Jörg Schöffmann. »Sandra wurde gegen 23.15 Uhr bewusstlos dort hinten neben der Leiche aufgefunden, als Doris Sinkovits nach ihrem Mann schauen wollte.«

Demnach war Sandra höchstens eine halbe Stunde verletzt hier gelegen, rechnete Bergmann von ihrer letzten Sprachnachricht zurück. Hätte die Obstbäuerin erst am Morgen nachgeschaut, wäre es womöglich auch für Sandra zu spät gewesen. Sein Blick folgte Schöffmanns Arm, der zu den Tatortmarkierungen in der Nähe des Brennkessels wies. Bergmann musste erneut schlucken, als er das Blut sah, das sowohl vom Mordopfer als auch von Sandra stammen konnte. Wieder spulte sein Gehirn die Melodie ab, die seine Mobilbox aufgezeichnet hatte, als sie überwältigt wurde. Die Audiodatei war zwar nicht als Beweis zu werten, aber als Indiz, das dem Tatverdächtigen hoffentlich ein Geständnis entlocken würde. Vielleicht lieferte ihm Doris Sinkovits den entscheidenden Hinweis, den er gegen Jakob Binder verwenden konnte. Falls ihr Mann sie eingeweiht hatte.

»Wie kommt es, dass Sandra allein am Tatort war?«, riss Jörg Schöffmann den Chefinspektor aus seinen Gedanken.

»Sascha war bei mir«, kam Nicole seiner Antwort zuvor.

Bergmann starrte sie wie versteinert an. Wenn sie dem Leiter der Tatortgruppe jetzt auch noch erklärte, dass sie es miteinander getrieben hatten, konnte er gleich für Sankt Pölten oder Leoben packen. Oder besser seine Versetzung nach Wien beantragen. Zurück zu seiner Tochter.

»Wir sind zusammen alle Fakten durchgegangen, die für die Erstellung eines umfassenden Täterprofils nötig sind und haben Szenarien entwickelt«, fuhr Nicole fort. »Mir sitzen ja nicht nur die Presse und der Generalmajor im Genick, sondern auch noch ranghohe Regierungsmitglieder. Also, was lässt sich über den Modus Operandi und die Tätersignatur bei diesem dritten Mord sagen?«

Elegant die Kurve gekratzt, fand Bergmann. Wien rückte wieder in die Ferne. Damit auch Sarah. Und das eine oder andere Schäferstündchen mit Conny.

»Beinahe dasselbe Tatmuster«, antwortete Jörg Schöffmann auf die Frage der Vize-Landespolizeidirektorin, die am Tatort nichts verloren hatte. »Ähnliche Verletzungen. Nur die Strangmarke ist diesmal kaum ausgeprägt. Doktor Kehrer meint, dass sein Herz versagt haben könnte, bevor die Blutzufuhr zum Gehirn durch den Strick unterbrochen wurde.«

Anders war diesmal vor allem, dass Sandra dem Täter in die Quere gekommen war. Wenn sie ihn gesehen hatte, würde ihre Aussage ihn höchstwahrscheinlich überführen. Vorausgesetzt, sie konnte überhaupt noch aussagen. »Sinkovits wollte Sandra etwas zeigen«, sagte Bergmann, sich umblickend. Was immer es war, es musste sich in der Brennerei befunden haben und vielleicht noch immer hier befinden. Aber was? »Habt ihr das Handy des Toten sichergestellt?«

»Ja, es ist dort drüben auf dem Fensterbrett gelegen«, bestätigte Jörg Schöffmann.

»Meines könnt ihr auch gleich haben und die letzten Sprachnachrichten von Sandra als Beweismittel sichern.« Bergmann erläuterte den akustischen Hinweis auf den mutmaßlichen Täter, den er zuvor festgenommen hatte, und folgte dem Leiter der Kriminaltechnik zu den Asservatenboxen beim Eingang. Nicole schaute sich indessen in der Brennerei um. Vielleicht fiel ihr etwas auf, das als Hinweis taugte.

Bergmann übergab Stefan Baumgartner sein Handy, damit er die Daten sicherstellen konnte.

»Saschas Handy hat oberste Priorität«, betonte Jörg Schöffmann. »Haben wir ein Ersatz-Handy für ihn im Wagen?«

»Ich bringe gleich eines«, versprach Stefan. »Dein Handy bekommst du so rasch wie möglich zurück. Ich werde dir auch eine Ersatz-SIM-Karte bestellen, damit du unter deiner Nummer erreichbar bist.«

Bergmann nickte. »Kann ich mir das Handy von Sinkovits anschauen?«

Stefan suchte den gewünschten Asservatenbeutel aus einer grauen Kiste.

»Zeig mir die Fotos und Videos.« Bergmann setzte seine Lesebrille auf, während Stefan auf dem Plastikbeutel herumdrückte, den er ihm dann übergab.

Der Chefinspektor wischte sich durch die Bilder. Außer Apfelmännern und Brennkesseln gab die Galerie nicht viel her. Doch halt! War das nicht der Hof seines Nachbarn, auf dem ein Apfelmann in einen grünen e-Berlingo einstieg? Oder auch ausstieg? Am 15.11. um 22.29 Uhr. Bergmann war verwirrt. Hatte Dominik Ederer das Haus seines Freundes doch lebend verlassen? Das passte nicht in sein Szenario. Er zoomte auf das Gesicht, das im Schatten der Kapuze nicht zu erkennen war. »Kannst du aus dem Foto mehr herausholen, damit wir den Mann identifizieren können?«

Stefan nahm das Handy zurück und prüfte das Bild. »Ich kann es versuchen.«

»Und schick mir dieses Foto gleich auch unbearbeitet auf mein Ersatzhandy, ja?«

Stefan nickte und ging nach draußen, um ein Mobiltelefon aus dem Wagen zu holen.

»Was ist mit Sandras Handy?«, wollte Bergmann wissen.

»Es war weder in ihrem Dienstwagen noch in der Brennerei«, sagte Jörg Schöffmann.

Dann hatten es ihr die Rettungssanitäter entweder ins Krankenhaus mitgegeben oder der Täter hatte es entwendet. Jakob Binder musste mitbekommen haben, dass Sandra telefonierte, als er sie überwältigte. Anzunehmen, dass er anschließend nachgeschaut hatte, mit wem.

»Ihre Dienstwaffe ist unter ihrem Körper gelegen.« Jörg Schöffmann nahm die *Glock 17* im Beutel aus der Asservatenbox.

Bergmann wurde noch schwerer ums Herz. Sandra musste ihre Waffe gezogen haben. »Wurde damit geschossen?«

Jörg Schöffmann verneinte. »Das Magazin ist voll.«

Bergmann sah Nicole auf sich zukommen. »Okay, dann schau ich jetzt mal zu Frau Sinkovits hinüber. Habt ihr schon mit ihr gesprochen?«

»Wir nicht, aber Allmer. Er wollte sich um sie kümmern, bis der Arzt kommt. Seither habe ich ihn nicht mehr gesehen. Könnte sein, dass du die Frau so schnell nicht wieder wachbekommst«, meinte der leitende Kriminaltechniker.

Einen Versuch war es jedenfalls wert. Außerdem wollte Bergmann mit Allmer sprechen.

KAPITEL 7

Sonntag, 4. Dezember

1.

Sandra öffnete die Augen, als es an der Tür klopfte. Ihr brummte der Schädel. Und sie litt an Sehstörungen, die hoffentlich wieder vergehen würden. Sie griff zum Triangelgriff am Galgen über ihr, um sich im Krankenbett aufzusetzen. Schmerzen verspürte sie kaum. Wie auch? Bei dem Medikamentencocktail, den sie ihr im Krankenhaus verpassten. Intravenös und – seit sie aus dem Tiefschlaf aufgeweckt worden war – auch oral.

Das Letzte, woran sie sich anfangs hatte erinnern können, war ihre Fahrt durch den Nebel gewesen. Wo und wohin sie gefahren war, hatte sie vorerst vergessen, aber angenommen, bei einem Autounfall verletzt worden zu sein. Sie hatte sich umgehend nach Sascha Bergmann erkundigt, den sie auf ihrem Beifahrersitz vermutete. Doch der Traumatologe wusste zu berichten, dass nur sie bei einem Polizeieinsatz durch einen heftigen Schlag auf den Hinterkopf verletzt worden war.

Nach und nach waren die Erinnerungen zurückgekehrt. Und damit auch der Ärger über den Chefinspektor, den sie trotz Bereitschaftsdienst nicht erreicht hatte. Wenngleich die Erleichterung, dass er unverletzt war, überwog.

Sandra machte Bergmann keinen Vorwurf, war sie doch selbst schuld. Sie hatte die Lage völlig falsch eingeschätzt und den folgenschweren Fehler begangen, allein zu einem Einsatz zu fahren. Einzig ihrem Glück war es zu verdanken, dass sie diese Attacke überlebt hatte und höchstwahrscheinlich ohne Langzeitschäden davonkommen würde. Ihre Sehstörungen sollten früher oder später verschwinden, glaubte der Facharzt. Wann genau, konnte er aber nicht sagen.

Der Blick zur Tür verriet Sandra, dass dort kein Weißkittel, sondern eine Gestalt in dunkler Kleidung stand. Von der Statur her ein Mann. So viel konnte sie, wenn auch nur unscharf, dafür aber doppelt sehen. »Komm herein, Sascha!«, begrüßte sie den Besucher, der sich heute Morgen telefonisch bei ihr angekündigt hatte. Vorab hatte Bergmann sie gefragt, ob sie den Täter am Tatort gesehen hatte, der Helmut Sinkovits ermordet und sie niedergestreckt hatte. Doch ihr Gedächtnis verweigerte nach wie vor, sich an die Vorfälle in der Hofbrennerei zu erinnern. Sie wusste nicht einmal mehr, dass sie dort gewesen war.

Dafür hatte sie unzählige offene Fragen zum Serienmord an der Apfelstraße, den Bergmann inzwischen aufgeklärt hatte, während sie in der Intensivstation tiefgeschlafen hatte.

»Wer ist Sascha?«, fragte der doppelte Mann, der auf sie zukam.

Sandra kniff die Augen zusammen, um ihn erkennen zu können, als ihr einfiel, wem diese Stimme gehörte. Was zum Teufel machte ihr Nachbar hier? »Hubert?«, fragte sie verunsichert.

»Du kannst dich an mich erinnern?« Hubert Müllner klang hocherfreut.

Sandra musste schmunzeln. Wie hätte sie ihren feschen Nachbarn vergessen können?

»Kann ich die leere Vase für die Blumen verwenden?«, fragte er.

»Dafür ist sie ja da«, sagte Sandra und bedankte sich für den Blumenstrauß, den er raschelnd aus dem Papier auswickelte.

Anschließend lief er hin und her, um die Vase mit Wasser zu befüllen, die Blumen hineinzustecken und sie auf dem Fensterbrett abzustellen.

Sandra blinzelte hinüber. Hatte er ihr allen Ernstes rote

Rosen mitgebracht? Die Blumen der Liebe? Obwohl sie sich kaum kannten? Zuzutrauen war es ihm.

Hubert stellte einen Stuhl neben ihr Bett und setzte sich hin.

Aus der Nähe konnte Sandra wenigstens sein Gesicht erkennen. Wenn auch doppelt.

»Hast du Schmerzen?«, erkundigte er sich.

»Kaum. Aber Sehstörungen, die angeblich wieder vorübergehen. Woher weißt du überhaupt, dass ich im Krankenhaus bin?«

»Eine große, blonde Freundin von dir und ihr Mann haben am Samstag, an dem wir verabredet waren, bei mir angeläutet, um mich zu informieren, dass du schwerverletzt hier liegst. Primus«, fiel ihm der Name wieder ein.

Andrea und Robert also.

»Ich war vor zwei Wochen schon einmal hier, als du noch in der Intensivstation im künstlichen Tiefschlaf gelegen bist«, erzählte er weiter.

»Und die haben dich einfach so mir nichts, dir nichts zu mir gelassen?«, wunderte sich Sandra.

Hubert räusperte sich. »Na ja, ich habe angegeben, dass wir zusammenwohnen. Das stimmt ja auch beinahe. Wir haben dieselbe Adresse.«

An der er nicht gemeldet war, fiel Sandra ein, erwähnte es jedoch nicht. Vielleicht hatte er diese Formalität inzwischen erledigt.

»Ich durfte dich nur kurz durch die Scheibe der Intensivstation sehen. Gestern haben sie mich dann endlich angerufen, um mir zu sagen, dass du ab sofort Besuch empfangen darfst. Ich konnte dich am Handy nicht erreichen, also bin ich heute einfach hergefahren.«

»Das ist lieb von dir«, sagte Sandra. Wenngleich sie noch lieber vorab informiert worden wäre. »Mein Handy ist mir abhandengekommen. Sascha will mir heute ein neues bringen.«

»Und wer ist dieser Sascha?«, wiederholte Hubert seine allererste Frage.

»Chefinspektor Sascha Bergmann ist mein Partner. Er wird jeden Moment hier aufkreuzen, um den letzten Mordfall mit mir zu besprechen.«

»Solltest du dich nicht schonen?«

»Das tu ich doch. Ich liege im Bett.«

»Weißt du schon, wann du aus dem Krankenhaus entlassen wirst?«

»Hoffentlich nächste Woche. Kommt darauf an, wie sich meine Sehstörungen entwickeln.«

»Da fällt mir ein, ich habe dir auch eine handgeschöpfte Schokolade mitgebracht.« Er zog eine Tafel aus seiner Jackentasche. »*Süße Weihnachtsgrüße* vom Chocolatier aus Riegersburg. Ich hoffe, die magst du.«

Weihnachten? Darauf war Sandra überhaupt noch nicht eingestellt. Die letzten zwei Wochen ihres Lebens fehlten ihr. Tatsächlich war heute schon der zweite Advent. Sie bedankte sich für die Schokolade, die Hubert auf ihren Nachttisch legte, als es erneut an der Tür klopfte. »Herein!«, rief sie.

»Dann verabschiede ich mich jetzt lieber. Rufst du mich an, sobald du weißt, wann du entlassen wirst, ja? Ich hole dich gerne ab und fahre dich heim.«

Sandra lächelte ihn an. »Danke für das Angebot und für deinen Besuch. Ich melde mich demnächst bei dir. Pfiat di, Hubert.«

Ihr Nachbar nahm ihre Hand und küsste sie, bevor er aufstand und den Chefinspektor im Vorbeigehen begrüßte. Ob sich die Blicke der beiden Männer trafen, konnte Sandra nicht sehen. Nur, dass Bergmann mitten im Raum stehenblieb und sich nach Hubert umwandte.

»Wer war das denn?«, fragte er, nachdem der Unbekannte die Tür hinter sich geschlossen hatte. »Das war doch kein Arzt, oder?«

Sandra lachte auf. »Würde mir der die Hand küssen?«

»Ich habe geglaubt, du stehst auf *junge* Männer.«

»Hubert ist so alt wie du.« »Dann hättest du ja gleich mich nehmen können.« Bergmann ließ sich auf den Sessel fallen, auf dem eben noch ein anderer Mann gesessen war.

»Vielen Dank! Es geht mir schon viel besser.« Sandra zog ihre Decke bis zu den Schultern hinauf.

»Sind die roten Rosen dort von deinem Hubert?«

»Bist du eifersüchtig?«

»Nein. Und wie geht es dir wirklich?«

»Momentan sehe ich unscharfe Doppelbilder. Aber das sollte sich bald wieder legen.«

»Dann siehst du mich jetzt zweimal?« Bergmann schwankte sitzend hin und her.

»Der doppelte Bergmann, ein Albtraum …« Stöhnend schloss Sandra ihre Augen.

Bergmann lachte. »Das haben die Lehrer über mich und Peter damals auch gesagt«, erwähnte er seinen Bruder, der in Südafrika lebte.

»Jetzt hör schon auf zum Wackeln! Mir wird schwindlig.«

»Gibt es hier keinen Kaffee?«

»Nein, nur Schokolade.« Vorsichtig tastete Sandra auf ihrem Nachtkästchen zuerst ins Leere und erwischte dann die Schokoladentafel. »Magst du?«

Bergmann nahm sie ihr ab, um sie zu öffnen. Währenddessen pfiff er eine Melodie, die Sandra bekannt vorkam. Sie versuchte sich daran zu erinnern, woher, als Bergmann verstummte und sich ein Stück Schokolade in den Mund steckte. Mampfend half er ihr auf die Sprünge.

Richtig! Jakob Binder hatte diese Melodie gepfiffen, als sie ihn befragt hatten. Ob er sie in der Hofbrennerei von Sinkovits wiederholt hatte, war aus ihrem Gedächtnis gelöscht. Dennoch lief es Sandra eiskalt über den Rücken, als Bergmann ihr ihre letzte Sprachnachricht vorspielte, die mit denselben Pfeiftönen endete. So eine Amnesie hatte durchaus auch ihr Gutes.

»Dieselbe Melodie habe ich Jakob Binder bei seiner Festnahme vorgepfiffen«, berichtete Bergmann. »Er hat sofort gewusst, dass er überführt ist.«

»Aber es hätte doch genauso gut jemand anders pfeifen können. Sowohl in der Brennerei als auch bei seiner ersten Befragung.« Vielleicht war außer ihnen doch noch jemand im Haus gewesen, was Binder jedoch bestritten hatte.

»Mein Gehör täuscht mich nicht. Außerdem habe ich ihn diese Melodie bei seiner Einvernahme im LKA noch einmal pfeifen lassen. Der akustische Forensiker hat zweifelsfrei bestätigt, dass die Schallquellen identisch sind.«

»Warum hat Jakob Binder überhaupt vor Zeugen gepfiffen?«, fragte Sandra.

»Eine Angewohnheit. Er hat sogar dem Haftrichter etwas gepfiffen, als er vorgeführt wurde.«

»Wieder dieselbe Melodie?«

Bergmann nickte. »Nicki meint, dass ihm das Pfeifen hilft, extremen psychischen Druck abzubauen. Das musst du dir wie ein Ventil in einem Druckkessel vorstellen.«

»Ach, seid ihr jetzt wieder ›per Nicki‹?«

»Auch so eine Angewohnheit wahrscheinlich.«

Dass er flunkerte, konnte Sandra an seiner Stimme hören. Auch wenn er sich ein weiteres Stück Schokolade in den Mund schob, um abzulenken.

»Weißt du inzwischen auch, was Helmut Sinkovits mir in seiner Brennerei mitteilen wollte?«

»Ich nehme an, er wollte dir dieses Handyfoto zeigen.« Bergmann nahm kauend sein Mobiltelefon zur Hand, um nach einem bestimmten Bild zu suchen.

»Aber warum hat er mir nicht am Telefon gesagt, was er will, und mir das Foto geschickt?«, fragte Sandra. Der Apfelmann wäre vermutlich trotzdem ermordet worden, aber sie wäre dem Täter nicht in die Quere gekommen.

Bergmann streckte ihr sein Handy entgegen.

»Ich kann nichts erkennen, Sascha. Gib mir lieber ein Stück Schokolade, bevor sie weg ist.«

»Mach den Mund schön auf. Aah …«, schlüpfte Bergmann in die Rolle eines Kinderarztes.

Sandra gehorchte und hatte die übrige Schokolade zwischen den Zähnen. Sie biss ein Stück ab und behielt den Rest in der Hand. »Jetzt sag schon: Was ist auf diesem Foto?«, nuschelte sie mit vollem Mund. Auf ihrem Gaumen breitete sich Zimtgeschmack aus. Auch eine Vanillenote schmeckte sie aus der zartschmelzenden Nugatkrokant-Schokolade heraus.

»Ein Apfelmann in einer Kutte, der nachts auf dem Hof von Jakob Binder in einen grünen e-Berlingo einsteigt. Zuerst habe ich ihn für Dominik Ederer gehalten. Das Gesicht ist unter der Kapuze nicht zu erkennen. Auch nicht, nachdem die Kollegen sich bemüht haben, die Gesichtszüge kenntlich zu machen. Unserer Anni ist jedoch aufgefallen, dass der Mann auf dem Foto die Kutte eines alten Apfelmannes trägt, wohingegen Dominik Ederer die Kutte eines jungen Apfelmannes anhatte. Die Kutten der Jungen und Alten unterscheiden sich nämlich in der Anordnung des dunkel- und hellbraunen Stoffs. Außerdem haben die Kriminaltechniker berechnet, dass der Mann auf dem Foto größer als der Fahrzeughalter war.«

»Das mit den unterschiedlichen Kutten hätte ich dir auch sagen können.«

»Im Koma?«

Sandra überging die letzte Bemerkung des Chefinspektors. »Lass mich raten: Jakob Binder hat die Kutte seines toten Vaters angezogen, um sich zu tarnen. Für den Fall, dass ihn in der Tatnacht ein Zeuge am Steuer des Autos seines ermordeten Freundes gesehen hätte. Habe ich recht?«, sprach sie ihre Gedanken aus und schob sich die restliche Schokolade in den Mund.

»Du bist und bleibst mein bestes Pferd im Stall.«

»Und du ein unsensibler Macho«, konterte Sandra kauend.

Bergmann fand das auch noch lustig. »Ich bin froh, dass du wieder gesund wirst, Sandra. Tut mir leid, dass ich nicht an mein Handy gegangen bin, als du mich gebraucht hast«, entschuldigte er sich, was selten genug vorkam.

»Und mir tut es leid, dass ich Sinkovits' Aussage im Alleingang aufnehmen wollte.« Wie eine blutige Anfängerin. Sie leckte sich die Schokolade von den Fingern.

»Vergessen wir es«, schlug Bergmann vor.

»Vergessen kann ich gut«, spielte Sandra auf ihre kongrade Amnesie an, die ihr die Erinnerung an die traumatischen Ereignisse jener Nacht raubte. Ansonsten funktionierte ihr Gedächtnis soweit wieder. Wenngleich sie manches lieber vergessen hätte. »Kannst du mir bitte mein Wasser geben?«

Bergmann reichte ihr das Glas, damit sie den süßen Geschmack hinunterspülen konnte. »Warum hat Sinkovits seinen Nachbarn auf dem Hof fotografiert?«

»Dieses Geheimnis hat er mit ins Grab genommen. Seine Witwe glaubt aber, dass er Verdacht geschöpft haben könnte.«

»Muss er wohl. Sonst hätte er mich nicht angerufen und zu sich gebeten.«

»Wahrscheinlich wollte er seine Frau nicht noch mehr beunruhigen«, glaubte Bergmann. »Und Jakob Binder hat alle drei Morde gestanden?«

Bergmann bestätigte ihre Frage. »Er hat auch gestanden, dass er dich ausgeknockt hat, aber nicht töten wollte.«

»Wie nett von ihm. Womit hat er denn zugschlagen?« Sandra fasste sich an den Hinterkopf. Die Platzwunde war zugeheilt, die Nähte gezogen, die Beule nahezu verschwunden. Auf der ausrasierten Stelle wuchsen die Haare nach.

»Immer mit derselben Waffe: einem Teleskopschlagstock. Du hast Binder in der Brennerei nicht gleich bemerkt, als du mir deine letzte Nachricht hinterlassen hast, und deine Pistole zu spät gezogen.«

Sandra zuckte mit den Schultern.

»Dass er dein Handy anschließend verschwinden hat lassen, hat ihm nichts genützt. Sein Gepfeife war auf meiner Mobilbox. Ich musste ihn nur mit der Tonaufnahme und dem Foto von Sinkovits konfrontieren, und schon hat er gesungen.«

»Und was war sein Tatmotiv?«

»Er hat den Apfelmännern die Schuld am Rückfall seines Vaters in die Alkoholsucht gegeben. Offenbar hat sein Tod einen psychotischen Schub bei ihm ausgelöst. Solche Schübe haben ihn seit dem Alkoholmissbrauch in seiner Kindheit in Krisensituationen immer wieder eingeholt.«

»Hat er sich nicht behandeln lassen?«

»Zuletzt nicht mehr.«

»Dann hat Jakob Binder im Wahn getötet?«

Bergmann nickte. »Er hat ausgesagt, den Stimmen in seinem Kopf gefolgt zu sein, die ihm befohlen hätten, alle

Apfelmänner zu töten. Sie sollten nie wieder Schnaps brennen und jemanden in die Alkoholsucht und in den Tod treiben.«

»Und die Inszenierung der Leichen haben ihm auch diese Stimmen eingeflüstert?«

»Ja, er sollte Zeichen setzen, um ihre zerstörerischen Rituale anzuprangern.«

»Und er ist nicht davor zurückgeschreckt, seinen besten Freund zu töten.«

»Dominik Ederer hat ihm beim Begräbnis seines Vaters versprochen, das *Abakus*-Brennen bleiben zu lassen. Als er nach der Rückkehr aus Madrid doch wieder mitmachen wollte, war sein Schicksal besiegelt.«

»Und warum hat er die Leiche weggebracht? Und das Auto unmittelbar neben seiner Plantage abgestellt?«

»Tarnen und täuschen«, meinte Bergmann. »Er hätte das Auto weiter weggebracht, hätte es nicht dermaßen heftig geregnet.«

»Hast du auch mit Stefanie Mauerhofer gesprochen?«

»Ja, das habe ich. Sie hat ihren Freund verlassen, weil Jakob Binder ihn immer mehr in Beschlag genommen hat. Außerdem hat er sie massiv angebaggert. Doch das wollte ihr Dominik Ederer nicht glauben und hat ihre Warnungen in den Wind geschlagen. Die junge Dame hält seinen Freund schon die längste Zeit für einen Psychopathen und hat leider recht behalten.«

Sandra gähnte. »Mehr muss ich momentan nicht wissen, Sascha. Den Rest erzählst du mir ein andermal, ja? Ich muss mich jetzt ausruhen.«

»Dein neues Handy lege ich dir aufs Nachtkastl«, kommentierte er seinen nächsten Schritt und erhob sich.

Sandra bemerkte nicht mehr, dass Bergmann ihr die Hand küsste. Auch nicht, dass er eine rote Rose aus der Vase zog und zu ihrem Handy legte. »Schlaf dich gesund, *Liebling*«, flüsterte er und schlich zur Tür, um sie lautlos hinter sich zu schließen.

ENDE

GLOSSAR DER ÖSTERREICHISCHEN UND STEIRISCHEN AUSDRÜCKE UND ABKÜRZUNGEN

altvatrisch	altmodisch, antiquiert
außiklaubn	herauspicken
BDSM	Abkürzung für »Bondage & Discipline, Dominance & Submission, Sadism & Masochism«; Sexualpraktiken, die auf Unterwerfung und Dominanz basieren
Boku, die	Abkürzung für die Universität für Bodenkultur in Wien
brodeln	hier: trödeln
Bucket List	engl. Auflistung aller Dinge, die man vor seinem Tod noch erledigen möchte
BZS	Abkürzung für Bildungszentrum der Sicherheitsakademie
derrisch	schwerhörig, taub
fraliwull	freilich und wohl in einem Wort zusammengefasst
Frankowitsch, der	alteingesessener Delikatessenladen in der Grazer Innenstadt
Grogga, die	Name der Steirischen Krakau bei den Einheimischen
Froschgoscherl, das	Froschmäulchen; Trachtenmode: eine Borte aus gerafftem Stoff, deren

	Aussehen an die gleichnamige Blüte beziehungsweise aufgerissene Froschmünder erinnert
Gimpl, der	beschränkter Mann
Graffl, das	wertloses Zeug
Greibl, das	abwertend: Fahrzeug, Maschine
Gschloder, das	schlechtes, schales Getränk
Hawidere	Abschiedsgruß abgeleitet von »die Ehre (mit jemandem) haben«; anders betont, kann damit auch Verwunderung ausgedrückt werden.
IG-L	Abkürzung für Immissionsschutzgesetz-Luft; setzt das zulässige Tempolimit auf österreichischen Autobahnen von 130 Stundenkilometer auf 100 Stundenkilometer herunter, um Immissionen der Luftschadstoffe vorübergehend zu reduzieren
kalter Hansl, der	abgestandener Kaffeerest; vgl. *warmer Hansl*: abgestandener Bierrest
karnifeln	schikanieren, quälen
oisa	als; *oisa Nasser* wörtlich als Nasser/im nassen Zustand; *oisa Ganzer* als Ganzes/im Ganzen
PI	Abkürzung für Polizeiinspektion
Schlatz, der	Spucke, Speichel
Schmafu, der	Unsinn, Schwachsinn, Stuss; abgeleitet aus dem Französischen: *Je m'en fous* – ist mir egal.
stad	still
Staubzucker, der	Puderzucker
wascheln	regnen

ZIB 2	Spätnachrichten in ORF 2
Zuagroaster, der	Jemand, der an einem Ort lebt, aus dem er ursprünglich nicht stammt.

HERZLICHEN DANK

Maria Steinbauer (Hofbrennerei Steinbauer, Rassach/Stainz, www.hofbrennerei.at)
Dr. Leonhard Steinbauer (Referat Versuchsstation Obst- und Weinbau Haidegg, A10 Land und Forstwirtschaft, Amt der Steiermärkischen Landesregierung)

Seppi Wilhelm (Apfelmann/Brennmeister) und Pepi Wilhelm (beide Wilhelm Spezialitäten, Obst, Schnaps und Wein, Lingstätten/Puch bei Weiz)
Hans Hofer (Apfelmann; Kirchenwirt, Puch bei Weiz)

Ursula Mohr (weder verwandt noch verschwägert mit Sandra Mohr, Kriseninterventionsteam Österreichisches Rotes Kreuz, Bezirksstelle Neunkirchen)

Hannes Rossbacher (best husband forever)

und allen anderen, die mich unterstützt und/oder inspiriert haben, allen voran die Apfelmänner (www.abakus-puch.at)